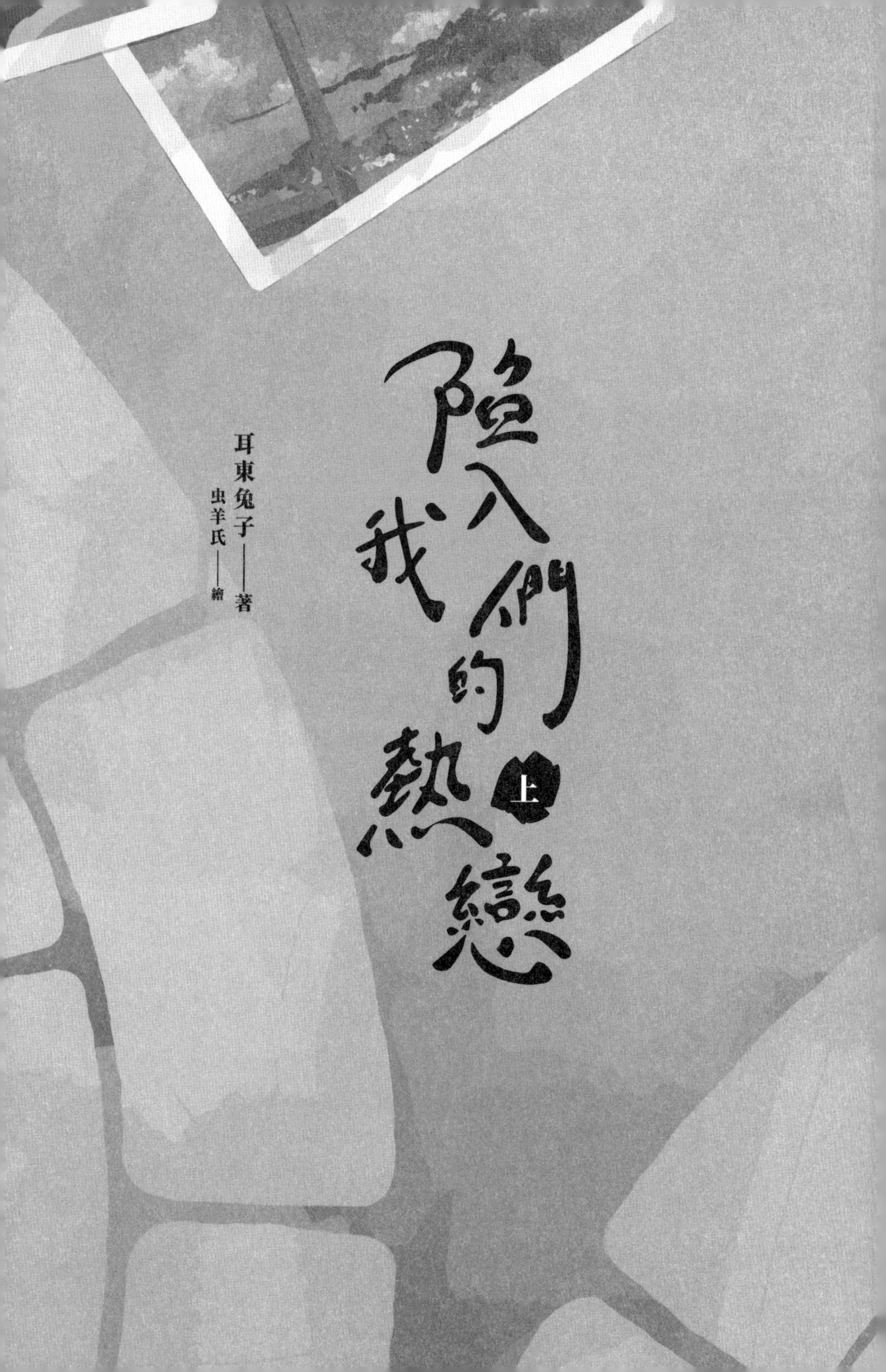
陷入我們的熱戀
上
耳東兔子——著
虫羊氏——繪

目錄

CONTENTS

第一章　初遇

二〇一六年升學考剛結束，兩場暴雨劈頭蓋臉地傾盆而下，但慶宜市依舊火雲如燒，暑氣難消。

睿軍中學高三教學大樓前所未有的喧囂熱鬧，有人肆無忌憚地朝著樓下的學弟學妹們飛考卷，有人明火執仗地對著美女老師吹流氓口哨，還有一撥未開智的，圍著走廊那根飽受摧殘的石柱玩什麼火星撞地球。

「幾歲了還他媽玩這個。」

曲一華經過走廊時，無比嫌棄地丟下一句話，也沒管，只從裡面抓了個自己班的男生，大步流星地朝著高三八班走去，走到班級門口，拍了拍他的背：「去，把徐梔給我叫出來。」

曲一華是八班的班導師，一個長得像張飛，辦事像張媽的退伍軍人。

教室裡鬧哄哄，女生們大概也是估算分數估得心力交瘁，索性破罐子破摔，決定用玄學戰勝科學，不過這時主題已經歪了。

「我的未來另一半呢？」

「我看看啊，火星代表妳們喜歡的另一半，哇，從星盤上看，應該是個猛男。」

「那我呢，我男朋友呢？」

「妳男朋友可能會是個老男人，有錢有權，不過就是對愛情比較理智，好像沒什麼衝動欸——」

徐栀很白，在一群女生中尤其出挑，她沒加入，心無旁騖地趴在位子上補同學錄，重點在「前程似錦」四個字上描了又描，只露出一段乾淨修長的後頸，卻莫名看起來有股堅韌勁。

「啊，什麼衝動？」有人問。

「就說妳男朋友那方面不行。」男生走過去嘴賤接了句，趁那幫女生沒反應過來，轉頭對徐栀：「班長，老曲找妳。」

「龜苓膏，看我不把你的天靈蓋打成滑蓋！」

女生們瞬間群起而攻之，氣勢洶洶地抄起桌上的書追著他一頓窮追猛打，直到男生抱頭鼠竄地求饒：「欸欸欸，女俠們饒命，滑蓋多難打理啊，下雨天容易進水啊。」

徐栀出去的時候，老曲姿態妖嬈地靠在走廊上，腋下夾著個常年不離手的不鏽鋼保溫杯，頭髮抹得油光發亮全往後梳，一副人類高品質男性的打扮，開口還是老生常談：「考得怎麼樣啊？」

她手上抱著兩本書和一大疊資料，正要開口，突然在群情鼎沸的走廊瞥見一道熟悉的背影。

「妳的目標還是慶大？」曲一華接著問。

徐梔心不在焉地站在走廊邊沿，看著那道格格不入的孤僻背影消失在走廊盡頭。

「嗯，慶大應該沒問題。」徐梔急匆匆地說了句，指了指手上的資料：「那個，曲老師，我現在得——」

曲一華低頭看上面的名字一眼：「談胥的？」

「嗯，他之前借我的複習資料。」

談胥。

曲一華說他是高二從市一中轉過來扶貧的，聽說以前在市一中競賽獎狀都是用來糊牆的程度。市一中是升學高中，並且在全省十三所升學高中裡獨占鰲頭。全省前一百名，百分之八十都來自市一中。

睿軍中學是普通高中，談胥轉過來之後就沒考過第一之外的成績。所以高三這一年，徐梔在談胥的幫助下成績突飛猛進，成了一匹小黑馬，三模直接衝進了全市前十名，反倒談胥自己這幾次考試頻頻失利，三模甚至跌出十名之外。

「放我辦公室吧。」曲一華說：「談胥大概要留級重考。」

徐梔愣了愣：「分數不是還沒出來嗎？」

「談胥數學最後幾道題都沒做，這已經不是失誤了，他考試根本不在狀態。談胥父母已經打電話給我了，他們要求學校再給談胥免費留級重考的機會。」

曲一華沒對徐梔說，談胥父母話說得很難聽，電話裡還提到徐梔，甚至用上「勾引」等字眼，認為是徐梔和談胥談戀愛影響了談胥，還要求徐梔主動向學校說明情況，承認是她的問題。

「妳跟談胥……」曲一華欲言又止。

「我們沒談戀愛，以後也不會談。」

徐梔很感謝談胥，曾經有一段時間確實誤以為這種感激和感動就是喜歡，後來在談胥一次次冷暴力和無理取鬧中，徐梔突然就覺得十七八歲的男孩子真是無趣透了，整理完情緒，也漸漸明白過來，自己對他好像更多的只是感激，本來打算等考完試找談胥好好聊一聊，但他一直躲著她。

曲一華突然乾笑兩聲：「行了，沒事，我就隨便問問，志願的事情妳再好好想想，我們真的覺得妳可以考慮一下北京上海，妳的分數完全有機會。」

徐梔眼神平靜：「慶大分數也不低了，我記得去年也得六百七、六百八。」

曲一華一直認為過分的平靜，也是一種粉飾太平。

「妳不加自選模組都快七百了，妳別告訴我妳自選模組也沒去考？」

「什麼叫也？有人沒去考？」

「是啊。」老曲把保溫杯從腋下拿下來擰開，吹開漂浮的茶葉沫，喝了口無可奈何地說：「市一中就出了這一個神仙。」

那真的是位神仙，畢竟市一中內部競爭是出了名的厲害。如果說談胥的競賽獎狀是糊牆的程度，那位大概就是糊城牆的程度。

S省這年恰巧是教育改革的最後一年，自選模組是省內附加的科目，但只有六十分，並且只用於資優考生加分。哪怕沒有自選模組的成績，只要其他幾科裸分能上頂尖大學分數線，照樣可以填報頂尖大學志願，而市一中那位，聽說不加自選模組估分已經七百多了。

曲一華倒沒跟她說這麼多，只是把蓋子擰回去，「所以，我還是得好好跟妳說說志願這件事情，填報志願也是一門學問——」

「曲老師，我知道了。」徐梔有點煩了，這些話她反反覆覆聽了真的不下十遍。

「妳不要嫌我嘮叨，有時候一個選擇就代表妳接下去的路，會遇見誰。」

「知道，我從小就立志要做一個對社會有用的人。」

徐梔這人特別擅長用最誠摯的語氣講出最敷衍的話，陽奉陰違第一名，了解她的人都知道，但這招對曲一華特別管用。

老曲果然欣慰地夾著保溫杯走了。

走廊的斜風細雨慢慢湧進來，悶熱的風拂在臉上帶著潮意，烏雲沉在天邊彷彿在醞釀下一場狂風暴雨，徐梔心想，老徐的關節炎又該發作了。她茫茫然地嘆了口氣，對社會有用的人，多有用，多大用，不知道，有用就行。

天低雲暗，狂風捲地而過，樹木被颳得刷刷直響，頃刻間，暴雨如注。

徐梔在路邊等蔡瑩瑩，就剛剛在教室裡幫人神神叨叨看另一半的那女孩。兩人是青梅竹馬，從小學到高中都是同學，住在同個社區，幾乎沒分開過，如果不是徐梔高三成績竿頭直上，兩人應該還是形影相追。

蔡瑩瑩一見到她，書包在背後一晃一晃，笑嘻嘻衝過來一把抱住她：「啊，老婆，我就知道妳帶傘了。」

徐梔撐開傘：「妳連學藝股長的另一半是猛男都能看出來，這事應該難不倒妳吧。」

「哎呀，剛才曲媽找妳幹嘛呀，還是志願的事嗎？」蔡瑩瑩跟著鑽進去問。

「他想讓我填H大。」

蔡瑩瑩倒是知道徐梔一心只想上在地的慶大。

「那可是頂級渣男，一般人能說上就上嗎？」

蔡瑩瑩有句至理名言——升學考對於學渣來說，那就是個渣男，也不說妳行不行，反正妳努努力，說不定結果也能如妳意。

「再說現在分數還沒出來，等分數出來再看唄，他著什麼急呢，萬一妳直接超常發揮考了個省第一，那還上什麼H大啊，直接A大啊。」

徐梔嘆了口氣：「……妳這腦袋瓜真是比西瓜都簡單啊。」

「可不是。欸，我都快被翟霄氣死了。」蔡瑩瑩撇著嘴，掏出手機給徐梔看聊天紀錄，迫不及待地跟她抱怨：「雖然我也不喜歡那種為了愛情放棄最後兩道大題的小傻瓜，但是像翟霄這種拚命炫耀自己考得有多好的大傻子應該也是絕無僅有了，他難道不知道我的分數可能還沒我爸的血壓高嗎！」

翟霄是蔡瑩瑩準男友，市一中的，兩人透過一場球賽暗渡陳倉，如火如荼地發展至今，就差捅破那層窗戶紙。

徐梔可以說是毫無防備地掃了他們的聊天紀錄一眼，滿螢幕的寶寶、想你、親親，屬實辣眼睛。

徐梔毫不留情地戳破：「你們之間隔的是窗戶紙嗎？鋼化玻璃吧。」

「什麼都行，反正就是沒談，」蔡瑩瑩打死不認：「對了，談胥呢？」

沿路經過藥店，徐梔收了傘進去幫老徐買兩盒藥膏，熟門熟路地找到藥膏貨架：「他考砸了。」

「難怪最近都沒理妳，看來是又把考砸的火撒在妳身上了啊。」蔡瑩瑩跟在後面，後知後覺說：「欸，他怎麼每次都這樣啊，上次物理競賽考砸了也對妳冷暴力，莫名其妙對妳發火，我覺得他就是在PUA妳。」

「嗯，我找個時間跟他說清楚就好了。」徐梔低著頭正在研究雲南白藥和麝香壯骨的成分區別，似乎一點都沒放在心上，「欸，蔡主任平時都貼哪個？」

「他才不貼這個呢，他偶像包袱重，妳知道的。」蔡瑩瑩攤手說。

「那關節炎怎麼辦？」

「拿個熱水袋捂捂。」

「老蔡還是講究啊。」徐梔忍不住讚了句。

「他就是窮講究。」蔡瑩瑩謔了句。

她們都沒媽，不過不一樣的是，蔡瑩瑩是從小就沒媽，早年老蔡忙工作疏於管教，後來想管，蔡瑩瑩又很不巧進入叛逆期，所以他們的關係一直都挺水深火熱。徐梔媽媽是前幾年才去世，只剩下她跟老徐相依為命。加上老徐是個重度社恐，徐梔也很懂事，沒讓老徐操多餘的心，家長會都沒讓他去過。

徐梔媽媽還在的時候，徐梔其實是個比蔡瑩瑩還會撒嬌的小公主，小時候很愛哭，老徐說別人家的女兒是水做的，他家女兒是水龍頭做的，哭起來滔滔不絕。

儘管徐梔現在變得開朗外向很多，甚至話也多，除了不愛哭，也不生氣，錯了我就道歉，跟誰都一副懶得爭論的樣子，哪怕談胥這麼對待她。

「老爸，我早上回學校估分了。」

徐光霽正在廚房做飯，眼鏡夾在光溜溜的腦門上，鍋碗瓢盆「砰砰砰」響著，聽不太見，舉著鍋鏟茫然地回頭：「妳說什麼？孫悟空哭了？」

「……」

「對！唐僧被豬八戒抓走了！」在一旁鬥地主的老太太暴跳如雷，「估分！耳朵比我還聾！」

徐光霽這次聽見了，笑呵呵回頭問：「考得怎麼樣？」

「還行。」徐梔正在陪外婆用手機鬥地主。

徐光霽「哦」了聲：「小蔡呢，小蔡估了多少？」

老太太丟出一對小二，徐梔低著頭正在琢磨要不要炸，半晌，才回：「您倒是很關心小蔡啊。」

徐光霽正在把薯餅翻個面，頭也不回：「我主要關心蔡主任的高血壓，他不像我身體好，受不得刺激。」

徐梔聞言從手機裡抬頭看他在廚房裡忙碌的背影，笑笑說：「爸，其實我以前最討厭別人問我妳爸是幹什麼的，因為我覺得挺難以啟齒的。我現在覺得您也挺好的，身體健康，陪我時間也多，小蔡說她小時候根本不知道她爸長什麼樣，當然也可能是她從小就臉盲。」

徐梔見徐光霽要發作，立刻舉手表忠心：「我發誓，我絕對尊重這個世界上所有職業，尤其是男性專科醫生。」

「那也請妳尊重一下我的刮鬍刀，不要拿它刮腿毛。」徐光霽拿腔拿調地接了句，回頭又瞥了她一眼，「考完有什麼打算？」

「想打工，」徐梔歪了下腦袋，「我聽說你們科室要找個收床單被褥的大爺？」

徐光霽都懶得理她，充耳不聞地把打好的西瓜汁慢慢倒出來，說：「妳要是閒著沒事幹，找幾個朋友出去旅遊一趟，新疆喀什漠河多遠都行，世界那麼大，別整天為難妳老爸。」

徐梔媽媽走後，徐光霽的生活和事業都一落千丈，有陣子差點連工作都沒保住，但他仍愛打腫臉充胖子，對徐梔說我很有錢，妳可以去環遊世界。徐梔懶得拆穿他。

吃完午飯，徐光霽叮囑徐梔今天別忘記幫外婆洗澡就匆匆趕去上班，留下徐梔和老太太在餐桌上大眼瞪小眼。

「不洗。」

徐梔一邊收拾碗筷一邊不容置喙地說：「這可由不得您。」

外婆脾氣本就暴躁，在洗澡這件事上她就是個炸藥，一點就著：「我說了我不洗，妳要是敢幫我洗澡，我就報警說妳要淹死我。」

徐梔頭也不回地說：「您有這個功夫，不如現在乖乖去把衣服脫了。」

老太太最後沒報警，她把浴霸開到最大，在悶得像個桑拿房的浴室裡，對著徐梔喋喋不休地罵了一中午的髒話——

「一家子都是孽障，孽障！」

「妳爸孬！妳也孬！妳一點都不像妳媽！」

自從林秋蝶女士去世之後，老太太連最基本的體面都懶得維持，生氣就罵，不高興就打，儘管這樣，徐光霽還是不忍心把她一個人丟在老家，決定把她接過來住。

徐梔都習慣了，一邊不為所動幫她放水試水溫，一邊表情淡淡地警告老太太一句：「妳罵我行，別罵我爸。」

老太太：「妳爸妳爸，妳個小沒良心的，妳根本不知道，妳媽剛懷上妳的時候，妳爸都不想要妳——」

「砰」一聲，徐梔一言不發地把門關上，胸膛劇烈起伏著，她嘗試著努力平息呼吸，彷彿河水漲潮，胸腔裡積累的雨水已經快淹沒她，窒息得也只剩下一場雨的喘息空隙。

這天中午，徐光霽在醫院餐廳吃，沒什麼新鮮菜，有些還是殘羹冷炙，正巧遇到蔡瑩瑩爸爸。老蔡以前是神經外科主任，雖然也是孤儔寡匹，但人仕途得意剛升副院長，春風滿面地端著他的 hello kitty 餐盒在徐光霽旁邊坐下，「老徐，你也沒回去？」

徐光霽埋頭吃飯，察覺一道人影覆下，下意識看了自己昨天醃的雞腿一眼，默默地將餐盤往懷裡攏了攏。

「你這就有點看不起人了，誰沒有似的。」蔡院長威風凜凜地揭開他的餐盒。

徐光霽無聲地掃了一眼，還真沒有。

蔡院長默默拿起筷子，岔開話題：「聽瑩瑩說，徐梔這次考得不錯啊，七百多分了。」

蔡瑩瑩那嘴比餐廳裡的炒菜阿姨還愛加油添醋，徐光霽扒著飯：「沒那麼高。」

他知道徐光霽這幾年低調得恨不得讓人忘記他的存在。早幾年慘痛的教訓讓他如今不得不信奉老太太那句風水名言：你就是太順，又高調，老天爺看見都嫉妒，秋蝶才會惹上那些不乾淨的東西。

「你家老太太迷信我知道，你可是受過正規教育的人，」老蔡用筷子刮了下餐盒邊沿，「該慶祝還得慶祝。」

「我又沒說不幫她慶祝。」徐光霽抬頭，推了下眼鏡，「等正式出分再說吧，你們家蔡蔡呢？」

「別提了。」蔡院長嘆了口氣，默默低下頭開始扒飯，「發揮得比我的血壓還穩定，多一分都不考給你，要是不願意重考，大概也就找個大專上吧。」

徐光霽心疼地把自己的雞腿夾過去，「你吃吧。」

老蔡又夾回來，徐光霽以為他不要呢，剛想說別跟我客氣呢，你們家蔡蔡真不好帶。

只見蔡院長沾了沾他盤子裡的醬，一點也不客氣地低頭咬下去，心滿意足道：「謝謝啊，你這醬真好吃，下次我讓蔡蔡再去你家挖一勺。」

徐光霽：「……」

「不過有件事，」老蔡津津有味地啃著他的雞腿，突然想起來，「我得提醒你一下，你們家徐梔是不是談戀愛了？」

徐光霽猛地放下筷子，「你聽誰說的？」

「你先別激動，」老蔡也顧不上啃，囫圇擦了把嘴立刻解釋說：「三模之後開了一次家長會，你不是沒去嗎，我在他們老師辦公室碰見一個男孩子，脖子上戴著一條項鍊，就是秋蝶留給徐梔的那條，不過那時候我看徐梔成績一直都挺穩定，怕你知道後太激動影響孩子考試，我就沒說。」

徐光霽目光如炬牢牢地盯著他，一聲不響。

「你別這樣看我啊，現在都考完了，你更沒必要激動，找個時間好好跟她聊一聊，現在戀愛確實早了點。這點，我們家瑩瑩倒是挺讓人放心，長得沒你們家徐梔漂亮，成績還這麼爛，要是有人跟她談戀愛，」老蔡把餐盒蓋上，自信滿滿地說：「我第一個帶他來我們醫院治治眼睛。」

暴雨將整座城市沖刷個遍。下過雨後的天空反而更明亮，蔥郁的樹葉在雨水的沖刷下泛著油綠色的光，知了逍遙自在地聒噪了一個又一個夏天。

徐梔去談胥租的房子，他人不在，房門關得比太上老君的煉丹爐都嚴絲合縫，隔壁同住的複習生說他下午回老家了，晚上才回來。

徐梔慢吞吞往樓下走，才打量起這座專門租給學生的公寓。這棟公寓裡住的幾乎都是高三生，因為這裡離市一中很近。

市一中競爭相當厲害，各縣市乃至外省的升學考榜首都削尖腦袋往這擠，所以外地生很多。高三外地生一般都喜歡自己租房子，因為宿舍十點要準時熄燈。

聽說這棟公寓考前那幾個月凌晨四五點都還燈火通明。在這種地獄級的廝殺下，難怪談胥脾氣各種陰晴不定。

慶宜市常年闌風伏雨，走廊裡牆皮潮濕起殼，滲著一股返潮的霉味。

徐梔走到一樓，隱隱聽見屋子裡傳來幾句低沉的談話聲——

「現在分數還沒出來，我跟你爸爸商量了一下，我們還是希望送你出國，沒必要再重讀一年。」

「哦，隨便。」

聲音清冷緊勁，很有磁性。

徐梔下意識抬頭看了眼，防盜門沒關，一抹斜長俐落的倒影穿過門縫落在走廊上，這公寓設施陳舊，湫隘破敗，牆面汗水縱橫，卻莫名襯得那乾淨修長的影子有些吸引人。

牆角處丟著好幾張沾滿密密麻麻的蚊蠅貼，還有各種牌子的電蚊香，有些甚至都沒用過，看得出來這主人是個挑剔性子，不太好伺候。

女人再次開口：「那個女孩子，總歸是要跟人家說清楚的，你還是趁早——」

「嗯，我說了，您隨便，別說那不是我女朋友，要真的是我女朋友，也沒關係，您說分就分。」可以說毫無求生欲。

門虛掩著，徐梔透過窄小的門縫瞧見客廳沙發上坐著一個氣質如蘭的中年女人，看不見臉。女人說話的聲音讓徐梔想起她媽林秋蝶女士，聲線幾乎一樣，溫柔銳利，生氣也是不緊不慢。她身上那件鵝黃色的碎花連身裙，徐梔印象中，林秋蝶女士好像也有一件。

「你還狡辯！」女士有些火冒三丈，茶杯「砰」摔在桌上，「不是你女朋友，你把人帶來家裡？我要是不過來，你們準備做什麼？還有你看看你身上穿的是什麼，我不是不允許你談戀愛，但是有些事情你別給我搞得沒辦法收場！那女孩的爸爸可不是隨隨便便就能打發的人。」

他似乎冷笑了一下。

「那不是正好，你們也不用費盡心思找理由把我扔出國了啊。」

「你這是什麼態度！嫌我們管太多是嗎？你對我們有什麼不滿意的，你倒是說，別跟我陰陽怪氣的。」

影子的主人就背對著，站在玄關處。那人高瘦，仗著自己優越的身形，穿得很隨意，就很……「捉姦在床」，彷彿只是火急火燎中隨便撈兩件衣服褲子胡亂套上。

上身是寬寬大大的球衣，下面還是印著一中 logo 的校褲，不過他肩膀寬闊平直，整個人是恰到好處的勻稱，雖然清瘦卻不單薄，線條流暢鋒利，典型標準的衣架子——這種級別的男生。

徐梔想起蔡瑩瑩確實說過，市一中不僅成績競爭得很厲害，連帥哥都競爭。

徐梔眼睛落在他印著 logo 的校褲上，相比睿軍花樣百出的校服，一中的校服倒是一直都這麼規訓端正。

但那哥看起來顯然不是端正的人，他靠在門口的鞋櫃上，單手插口袋，校服外套鬆鬆垮垮地掛在肩上，一隻腳懶懶地踩著個全是簽名的籃球，腳邊還丟著個大疆無人機，在他媽的瘋狂轟炸下，還能心平氣和地幫自己點了份外送。

「你又在點什麼！」女士顯然對他瞭若指掌：「你一天到晚就知道吃嗎？」

「吃也不行？」他火上澆油地表示：「那回頭我問問醫院，當初我出生的時候是不是忘了告訴我，我是鐵打的。」

「你說話非要這麼刺嗎？」

他嘆了口氣：「唉，您第一天見我不就知道我是個刺了嗎？」

怎麼，出生的時候帶刀嗎。

女士大約是覺得自作孽，沉默片刻，話鋒一轉：「你昨晚一整晚都陪你爺爺待在派出所？」

「不然？對方不肯私下處理啊。」

「廢話，那是專業敲詐，也就你爺爺手賤會上當。」女士頓了頓，見他不想對長輩發表任何意見的樣子，話題又繞回去：「剛那女孩，你是第一次帶回來還是你們已經——」

「服了，我說了她不是，您希望她是就是吧，我懶得解釋了。」不耐煩到極點。

走廊裡靜謐，蟬聲在窗外高亢嘹亮地叫喚著，試圖掩蓋一切不和諧的聲音，女士的聲音終於有些溫和下來——

「我不管你，反正你馬上要出國了，這些亂七八糟的事情給我處理好。還有，你昨晚在派出所打電話給我的時候，我在電視臺裡開會，開到凌晨三點才結束，早上接到警察電話才知道，不是故意不接你電話。」

「嗯，理解，」他這時意外地很好說話，並沒打算跟她深究什麼，也懶得問那三點之後呢，抓了把頭髮，像隻樹懶一樣，慢悠悠地從鞋櫃上起身，「我躺一下。」

女士叫住他：「你等等，先換身衣服，陪我去趟蔣教授家。」

他大約是氣笑，後背無語地弓了下，又靠回去，「您乾脆送我進國家隊報個鐵人十八項算了。」

說這話時，陳路周不知怎麼冷不防地回頭掃了走廊一眼，視線與門外的徐梔自然相遇，但這時他沒在意，很快便轉回去，閉著眼人靠著，一副四大皆空的樣子，沒皮沒臉地繼續跟他媽負隅頑抗：「媽，我一天沒睡了，我就是給您當三陪[1]，那也得輪三班制啊——」

「陳路周！你能不能給我正經點！」

真像，徐梔從小是個調皮性子，說話口無遮攔，林秋蝶女士的口頭禪也是：妳能不能給我正經點？

他嘆了口氣：「唉，媽，您先別氣，我更不正經的還沒說呢，但是，我是不是從沒有忤逆過你們的任何意思，用朱仰起他們的話來說，我多少也算半個媽寶男，不論是出國還是重讀，隨你們高興，我也保證，以後交女朋友一定經過你們同意，可以了嗎？我可以去睡覺了嗎？」

「你真的不知好歹——」

中年女人的聲音戛然而止，因為視線中驀然闖入一道陌生的面孔。

徐梔大約是太想念跟她母親唇槍舌劍的日子，這樣的盎盂相擊，聽得還挺津津有味、百感交集，徐梔就像一隻豎著耳朵的兔子，慢悠悠地踩著臺階往下走，明眼人都能看出來她在「圍觀」。

陳路周筋疲力盡地仰頭長吐了口氣，無語又極其無奈：「媽，我真的很睏——」

話音未落，大約也是看到母親的眼神有些偏離他們原本交火的視線軌道，於是蹙著眉不太耐煩地回頭。

1　三陪，中國大陸官場指「陪吃、陪喝、陪玩」的現象。亦指女性在聲色場所中「陪酒、陪舞、陪唱」等帶有色情的服務。

天邊滾著火燒雲，夕陽像個丹青手，寥寥幾筆，映得整個狹窄的走廊熱烈如畫。

視線再次驀然撞上，兩雙眼睛其實都沒什麼情緒，冷淡至極，就好像夏日裡兩杯咕嚕咕嚕冒著白沫的冰啤酒橫衝直撞地混到一起，誰也說不清誰更烈一點。

這哥，眉眼輪廓都格外流暢，疏冷感很重，眼皮和嘴角都很薄，不笑的時候會透著一種「不好糊弄」的冷淡勁。

徐梔是圓臉，五官小巧精緻，模樣其實很乖，吃虧就吃虧在眼睛上，冷靜而鋒利，任何時候都有種置身事外的清冷，所以直白打量人的時候會顯得有些「不懷好意」。

不好糊弄和不懷好意撞在一起，那就很不好意思了，誰先開口誰就輸。

「……」

「……」

但其實徐梔心裡是在猶豫自己是不是要說一句，對不起，我不是故意的，就是聽到你媽的聲音，想到我死去的母親——

這麼說好像不太合適。

然後，她看著他的眼神，突然想起老徐說的，眼正心實的人，不會太蠢。這哥，心實不實不知道，眼風是真的正，反正就不太好糊弄，聰明勁都寫在眼睛裡。

徐梔心想要不然還是誠心誠意地認個錯，跟人道個歉吧，還沒張口，被人一句話堵住了。

「要不然，我們加個通訊軟體好友，下次想聽人挨罵，提前找我買個票，我在門口幫您擺個座？」陳路周把肩上的校服外套扯下來，綁在腰上，也不知道在遮什麼，然後探半個身出來，一臉我替妳著想的誠懇：「站著聽人挨罵多累啊。」

「對——」不起。

還不等徐梔說完，只聽「砰」一聲巨響，他把門關得天震地駭，莫名撒著邪火，帶起的風裡混著股陌生的氣息，冷冽尖銳地撲了她一臉。

夏日樹叢裡氤氳著緋紅的霞帔，樹影在地上晃來蕩去，徐梔耳邊仍傳來屋內若有似無的餘音，混雜著孜孜不倦的蟬聲，震盪在那個滾燙明亮的六月。

「你滿嘴胡說八道什麼呢？」女士跟林秋蝶女士一樣，也有張珠璣嘴，無論如何也不肯放過他，「有你這樣跟女孩搭訕的嗎？一身桃花債你很光榮是不是？好好說話嘴巴會長瘡？」

「說不了，就這樣了。」只聽他趿拉著拖鞋往裡走，無所謂地回了句：「在您眼裡我跟狗說句話，都算是搭訕。」

「你就裝吧，蠱惑人心你最有一套，我懶得管你，還有，外套要穿就好好穿，綁在腰上幹什麼，吊兒郎當的。」

「就剛才那個拍門勁，我來得及找內褲穿嗎？您沒看她剛盯著我下面看啊。」

徐梔：「？？？？？？」

我看了我去死好嗎！

暮色漸沉，天地渾然一色，將黑未黑，混沌的霓虹燈模糊了整座城市的輪廓。

陳路周把連惠女士哄走後，又被朋友叫回一中打了場球，不過沒打兩分鐘就被人豎著中指趕下場：「你昨晚摸賊去了吧，要是沒心思打上一邊玩去，我把球扔水裡，海豚拍得都比你起勁。」

他心說不是你舔著臉求我來的嗎？不過他也懶得上趕著討人嫌，跟那豎中指的男生懶懶散散地撞了下肩表示哥不陪你玩了，然後彎腰撈起自己的球，「走了。」

「靠，你真走啊。」陳路周頭也不回，只揮了揮手，於是那哥們拍著球，回頭看其他幾位，「他幹嘛呢？」

「今天谷妍去他租的那間房子找他了，被他媽撞個正著。」

「這麼刺激？他們不會被捉姦在床吧。」

「我剛問他了，他什麼也不肯說，只問我朱仰起現在在哪。」

「欸，畢竟谷妍是大明星，以後要進娛樂圈的。」

朱仰起現在人在畫室，靠在窗邊陪小妹妹們聊天，大吹法螺：「我去年拿了六個證照，反正從省聯考之後就一直在考，最後一個證照拿到的時候已經快三四月，學科大概只學了兩個月左右，不太理想，但我速寫全省八十一名——」

說到這，他捏在手裡的手機，猝不及防地大作，「叮咚叮咚叮咚」接二連三地響起一串通訊軟體通知，朱仰起低頭掃了眼，來自 Lucy。當然是他的備註，陳路周通訊軟體的名字很簡單——Cr。

Cr：『樓下。』

Cr：『燒烤攤。』

Cr：『等你兩分鐘，很餓。』

朱仰起下樓的時候，陳路周不出意外靠在燒烤攤的椅子上看電影，耳朵裡塞著耳機。以他的閱片量，大概能當個電影博主，什麼亂七八糟、無下限的片子他都看。

他爸，確切說是他養父，早年開了間租賃錄影帶的店，後來國家掃除色情出版物、打擊非法出版活動被迫關業，他養父只能跟人下海經商，跑過人力車，跟人合夥辦過菸廠，最後在廣東發跡，衣錦還鄉後青雲直上，現在在本地開了好幾家影城，不過也只是產業之一。別人的霸道總裁父親都是收藏名菸名酒，陳路周他爹就喜歡收集絕版錄影帶，早幾年那些電影尺度大到難以想像。

所以，陳路周看的第一部電影其實就是三級片。

燒烤攤人多，他面前放著杯喝一半的冰拿鐵，長腿在桌子底下實在有點無處安放，只能大剌剌地敞著，斜斜地往兩邊倒。一隻耳機掛在脖子上，因為旁邊有個男生跟他搭訕，問他腳底下的球是不是去年總冠軍的限量款，簽名是真的嗎？

他從手機裡抬頭掃了那哥們一眼，反問：「你看像誰的簽名？」

「Curry？Green？」

陳路周把電影往後快轉幾分鐘，人靠在椅子上仰頭笑，「什麼想法啊兄弟，Curry、

Green 能簽中文名？這好歹也能看出是三個字吧？」

朱仰起想起來，陳路周當年就是用這球，坑得他那個沒有血緣關係又傲慢的弟弟親親熱熱地跟在他屁股後面叫了一天哥，知道真相後小屁孩一個月都沒有理他，渾球覺得自己還挺無辜的，靠在他弟的房間門口，毫無歉意地叩了幾下房門，「我又沒說這是 Curry、Green 還是姚明、易建聯[2]的簽名。」

小屁孩氣得哇哇大哭：「那誰會往自己的籃球上寫十幾個自己名字的簽名啊！自戀狂！」

顯然，那男生就是有點後悔自己為什麼要搭訕，什麼人啊，居然往總冠軍限量款的籃球上簽自己的大名。

朱仰起過去的時候，陳路周頭都沒抬，那耳朵比狗都靈，「畫家忙完了？」

朱仰起無視他的調侃，目光幽怨地環顧一圈座無虛席的燒烤攤，連陳路周對面的位子都被人占了，朱仰起掃了那女生的臉一眼，生得比廣東生菜還生，完全不認識：「我坐哪啊？」

這是夷豐巷有名的單人燒烤，可以隨時隨地併桌，那女生見朱仰起一副正宮娘娘的表情，想說要不然我站起來——

陳路周一副東風吹馬耳的散漫姿態靠著，還在全神貫注地看電影，眼皮都沒抬：「我可

---

2 Curry、Green，美國職業籃球運動員。姚明、易建聯，中國職業籃球運動員。

沒說要請你吃飯。」

朱仰起：「那你催命一樣傳訊息給我，我他媽以為你餓死了！」

陳路周食量不大，但他不能挨餓，一挨餓就喪心病狂、什麼事都幹得出來。朱仰起本就心虛，哪還敢讓他餓著肚子等他下班。

棕櫚巷，算是江南老屋。巷子蜿蜒縱橫，嵌著一排排犬牙交錯的雕花矮樓。

蔡瑩瑩擺好三腳架和相機，換上一身不知道從哪借來的大碼女士黑色西裝，然後鄭重其事地拉上窗簾，壁壘森嚴的屋子頃刻間暗下來，陷入一陣詭異的沉默。窗外空調機在漏水，「啪嗒啪嗒」有節奏地敲打著樓下的遮陽篷。

徐梔盤腿坐在地毯上，百無聊賴地滑著手機抬頭瞥她一眼說：「錄個染髮教學而已，妳弄得跟錄遺言一樣幹嘛？」

「可不得謹慎點。」蔡瑩瑩對著鏡頭調試，膽戰心驚地說：「等我爸晚上回來，說不定這就是大美女蔡瑩瑩同學生前最後一個影片了。」

徐梔無語地看著她：「妳就不能染個能活下去的顏色？」

等鏡頭調試好，蔡瑩瑩退回到沙發坐下，然後視死如歸地戴上手套，懷裡抱著個巴掌大小的碗，把染色劑和雙氧乳一股腦都倒進去：「翟霄說了，這是他們學校今年最流行的顏色。」

「翟霄有沒有說，讓妳趕緊把空調機修一修。」徐梔知道她對翟霄有點走火入魔，隨手翻了翻她的色卡本，說：「不然不用等妳爸動手，妳就身先士卒了。」

「徐梔！」蔡瑩瑩做作地瞪她一眼：「翟霄才沒來過我家好不好。」

徐梔也做作地挑下眉：「哇，那妳真棒。」

蔡瑩瑩沒理她，自顧自地說：「翟霄跟我說，這次市一中那邊，有好幾個大學霸考得都不行，考場出來直接收拾東西準備重讀了，就連——」她神祕兮兮地湊到徐梔耳邊說：「『誰誰誰』都缺考了一科。」

「誰誰誰」是翟霄和蔡瑩瑩對市一中某個人的專屬稱呼，其實徐梔都不知道他們說的人到底是誰，可能連蔡瑩瑩都不知道那人的名字，翟霄從來不提，也不肯讓蔡瑩瑩看照片，說就是個恃帥行凶的渾球，但成績一直都是市一中實驗班的第一第二。

如果不出意外，這次慶宜市的升學考榜首不是他就是另外一個學霸。但翟霄對他的感情很複雜，把他當偶像又不甘心，畢竟一中都是鳳毛麟角的佼佼者，加上那傢伙很少幹人事，那張嘴啊，巧舌如簧能言善辯，反正殭屍都能讓他糊弄起來走兩步的那種程度。

徐梔此刻正躺在沙發上看慶大的歷年分數線，興味索然地回了個「哦」。

「妳知道『誰誰誰』長得多帥嗎。」蔡瑩瑩一邊套上拋棄式披肩一邊說：「而且，超浪漫的，他們學校百年校慶的時候，他以他們班的名義用無人機拍了個短片，真的超會拍，運鏡很厲害，現在變成他們學校的宣傳片了，還上過熱門的。」

「了不起。」徐梔敷衍了句，「不過，妳見過？」

「那倒也沒有，我至今都不知道這個誰誰誰是誰，就翟霄傳過一張照片，一個模模糊糊的背影吧，超級有味道。」

徐梔半信半疑，畢竟蔡瑩瑩真的比學生餐廳阿姨還會炒菜，「行了，妳別加油添醋了，學弟學妹們快沒得吃了。」

「不信算了。」蔡瑩瑩把頭髮分好區，話鋒一轉：「對了，剛剛說，妳下午碰見一個聲音跟妳媽一模一樣的女人？」

徐梔這才放下手機，「嗯，妳說這個世界上真的會有聲音那麼像的人嗎？」

而且，她身上的習慣和口頭禪，真的跟林秋蝶一模一樣。

「在哪碰見的？」

奇怪，徐梔腦子裡又響起那個清冷緊勁又欠揍的聲音。

——「站著聽人挨罵多累啊。」

——「您沒看她剛盯著我下面看啊？」

徐梔滑著手機心不在焉地說：「在談胥租的房子樓下。」

「妳去找他了？」蔡瑩瑩怒其不爭：「妳還說妳不喜歡他，我看妳就是被他PUA了。」

「我去拿我媽的項鍊好嗎，上次妳約我們看流星，他沒看上流星，看上我的項鍊，覺得四葉草很幸運，就拿著去考場了。」

徐梔越想越覺得她跟談胥只能當朋友，儘管彼此沒確定過關係，但談胥認為她必須跟著他。

蔡瑩瑩從小對林秋蝶的事情也略有耳聞。反正在各種妖魔化的版本裡，林秋蝶女士彷彿就是一個厄運的象徵，有關她的東西最好都不要碰，跟徐梔他們家最好也少接觸，要不然老徐這幾年也不能患上重度社恐。

夷豐巷盡頭有家「八〇九〇」福利社，裡面放著一張灰塵僕僕的撞球桌，幾乎沒什麼人打，高三複習公寓裡的人進福利社買瓶水的功夫都沒有，更別提打撞球。

兩人拖拖拉拉打了幾局，陳路周就一言不發，倒也沒有多認真，大多時候只是靠在撞球桌旁，「輸一局，贏一局」跟他沒完沒了地爭論，全程就以一種「你就沒什麼要跟我說的」眼神漫不經心地折磨著朱仰起。

他太知道怎麼折磨人了。

靠。

「砰──」

惴惴不安的朱仰起又一次把母球擊入袋，陳路周興致缺缺地靠在桌旁，揚揚下巴，讓他撿出來，反正就是不肯跟他說話。

朱仰起把球撈出來，脅肩諂笑地幫他擺了個最好打的位置，決定自首：「谷妍一直堵我，她說現在網路上的人都在扒她，想找你幫個忙，不然以後都沒辦法當演員了，但是你一直不肯加她通訊軟體好友，我當時一聽都慌了，就把你的地址告訴她了。」

陳大少爺不領情，放回開球線，彎下腰邊瞄邊沒什麼情緒地說：「嗯，你就沒想過，我可能會因為她一輩子找不到女朋友。」

「有這麼嚴重嗎？」朱仰起一愣，後知後覺地回過神，「所以網路上那個被扒出來的小號真的是她啊，戀愛日記都是假的？還是你真的說過自己就喜歡胸大無腦的？」

陳路周瞥朱仰起一眼，冷笑著撈過桌旁的巧克：「你看我每次去你們班找你，跟她說過一句話嗎？」

朱仰起已經沒心思打球，掏出手機翻了翻，發現有關戀愛日記的貼文已經刪得一乾二淨，谷妍小號也已經登出，社交軟體上搜尋陳路周也搜不出任何東西，前陣子都還能看到一個讓朱仰起腦門都充血的關聯詞：谷妍男朋友陳路周說谷妍很浪。

「所以她說跟你談戀愛是撒謊？」

不是吧，谷妍意淫陳路周？朱仰起感覺自己女神濾鏡碎一地啊。谷妍平時看起來明明是個冷美人。

朱仰起磕磕巴巴地說：「那她……她找你說什麼了？」

還能說什麼，要不是谷妍這麼莽撞地找上門，陳路周根本都不知道發生了什麼。他洗澡洗到一半突然傳來敲門聲，以為是點的咖啡來了，內褲都沒來得及穿，隨便套了件褲子去開門，結果看到是谷妍。谷妍上過好幾次熱門，一中藝考生數她最出名，熱度比一些十八線藝人都高。陳路周如果說自己認不出她也太假，更何況她跟朱仰起還是同班同學。

不過他剛洗澡，大腦反應慢半拍，沒來得及說話，谷妍逕自開始哭，梨花帶雨，委委屈屈。所以逼得陳路周不得不先掏出手機查自己的八卦。查完之後他把手機丟在茶几上，問谷妍想幹嘛？谷妍哭哭啼啼地問他願不願意當她男朋友，陳路周直接說不願意。谷妍似乎沒想到他會拒絕，還不死心地問了句為什麼，你有喜歡的人嗎？

陳路周更無語，頭髮都還濕著，就掛了條黑色毛巾在脖子上，人往沙發上疲疲塌塌一靠，然後隨手打開電視機調了個體育頻道，看也沒看她，更直白懶散地說，對妳沒感覺啊。

他這個人，向來直接得可怕。

谷妍大概是一下子被拒絕愣了，語無倫次說了一堆，說她早上五點起來練功就是為了當演員，說身上哪哪哪都是傷，沒有一處關節是好的，她是個有夢想的人，老師們都特別看好她，認為她是能為國家拿獎的人。陳路周是個聰明人，從這一堆毫無重點的話裡也大概聽出了她的意思——你能不能保持沉默，不要上網說我。

電視機裡轉播的籃球賽異常熱烈膠著，陳路周大半注意力已經被分走，谷妍後面說什麼，他根本也沒聽，只吊兒郎當地回了四個字：看我心情。

他多半是懶得去理這件事的。但是被人莫名扣了這個屎盆子心情不爽是肯定的。

「關你屁事，既然把我賣了，就少在這假惺惺的。」

朱仰起咬咬牙，知道他昨晚在派出所，今天又被谷妍騷擾大概都沒怎麼睡，這時多半一肚子火氣，於是直接彎下腰：「還打嗎？不打我結束這局了啊。」

「你打進再說吧。」

「砰」一聲，母球筆直撞出去，這桿幾乎沒留力。

是個角球，直線的中袋球不打，他打了個角度很刁鑽的角球。

陳路周毫不吝嗇地幫他鼓掌。

朱仰起才不吃他這套，多半也是害羞：「滾啊，少在這諷刺我，扮豬吃老虎你最擅長！你知不知道，現在外面有人說你是為了谷妍棄考的，說你是戀愛腦。」

陳路周去結帳，不鹹不淡地瞥他一眼，「那你還出賣我？」

朱仰起屁顛屁顛跟過去，表示我也很無辜：「我知道這件事情的時候，我他媽以為你們真的在談，鬧彆扭呢，我還說你保密工作做這麼好，連我都瞞著。」

陳路周拉開冰櫃門，拿了兩瓶可樂出來，一瓶丟給朱仰起，無語又好笑：「我小學就寫過情書給人，你覺得我要是真的談戀愛，我會藏著掖著？」正當朱仰起愣神之際，渾球已經走到收銀臺，一副摧心剖肝的樣子去掃 Qr code，一邊輸密碼一邊嘖嘖嘆氣：「朱仰起啊朱仰起，哥哥對你很失望啊。」

朱仰起囫圇接過可樂，按在胸口，才慢騰騰地反應過來：「所以，你真的是因為前一晚，你那寶貝弟弟在你的牛奶裡不小心混入了兩顆安眠藥，才導致你睡過頭的？」

「嗯。」

這事還真的不好解釋，畢竟弟弟才是他父母親生的，陳路周是實打實垃圾桶裡撿的，他媽肯定不允許他對外說。

朱仰起覺得陳路周最近真的有點背，衰神不僅附體大概還在他身上按了個大別墅。如果說錯過自選模組的考試，算是平日裡欺負他弟欺負多了不做人的報應，但谷妍這事真是無妄之災。

「不過，以你跟你那寶貝弟弟的關係，你確定他是不小心？」

朱仰起很懷疑。

「你這個角度很大膽。」陳路周懶洋洋地靠著福利社的冰櫃，有一口沒一口地喝著可樂，「不過這事不能冤枉他，他知道我睡眠一直不好，確實是看我升學考那幾天複習太累，出於好心，拿了兩顆他媽的安眠藥，想讓我好好睡一覺。他哪知道我們第三天早上還要考自選模組，以為兩天考完就結束了。」

「小子還是涉世未深啊，還是把你當親哥了。」朱仰起感慨。

陳路周笑了下，很有自知之明，「得了吧，他把你當親哥，都不會把我當親哥。」

這家福利社很有年代感，門口貼著泛黃的張曼玉海報，不光有撞球廳、娃娃機，賣的零食飲料都是辣條浪味仙這些，就連可樂都還是玻璃的包裝，朱仰起直接拿牙咬開說：「不過說認真的，我要是女孩子，我都想跟你談戀愛。」

陳路周這時已經抱著手臂靠在福利社門口的娃娃機上跟隔壁賣烏龜相熟的大爺插科打諢，大爺哄他買隻堅韌的烏龜回去養，他欠揍地接了句，怎麼了，哪裡看出來堅韌，龜兔賽跑用這隻烏龜啊。大爺直接撈起地上的蒲扇拍他一下，陳路周笑著躲，間隙，聽見朱仰起的話，莫名其妙地轉頭瞥他一眼。

陳路周：「？」

朱仰起：「你看，你浪漫又有錢——」

他笑了下：「我們也不是不能談。」

朱仰起：「滾。」

夷豐巷寂靜昏暗，樹葉層層堆疊，整條夷豐巷年代感都很足，八九十年代的大字報張貼的到處都是，沿街是琳琅滿目的福利社，據說是慶宜市的特色年代建築之一，很多網紅會在這邊打卡。兩人提著一隻烏龜，在朱仰起的大呼小叫中往巷子深處的公寓走——

「這地方這麼招蚊子，你一個從小養尊處優的大少爺怎麼住啊？我靠我剛剛看見了什麼，剛剛咻一下竄過去，那個那個……是傳說中的 jerry？」

朱仰起長這麼大真沒見過活體老鼠。

陳路周笑著勾住朱仰起的脖子，往自己懷裡帶，指了指旁邊半開著的捲簾門，「你再叫大聲一點，那耳背老太太看你了。」

「看我幹嘛？」

「以為你叫她 honey。」

「……」

朱仰起一路罵罵咧咧。

兩人走到高三複習公寓的大門口，看見白茫茫的路燈下，像是一張白紙上站著如同水墨畫一樣的三個人，一男兩女，其中一個女生還染著驚世駭俗的綠毛。

朱仰起瞇起眼睛，匪夷所思地定了定神：「那什麼東西！鸚鵡成精了嗎？」

陳路周也聽見一個今天出現頻率有點高的聲音，喝著可樂人停下來，浮皮潦草地往那邊瞥了一眼。

「沒必要，分數沒出來之前，你為什麼總是把問題想得這麼壞，就因為我把數學和物理的最後兩道大題做出來了？好吧我承認，那是我的問題。」

能感覺出來，說這話的那女生是真心想安慰，奈何她可能是個缺乏同理心的人，連她自己都說服不了。

「……」

「……」

朱仰起推了推陳路周，相見恨晚的語氣：「……呃，這位妹妹安慰人的水準跟你有得一拚。」

昏黃的路燈下，飛螢莽撞地撲稜著，一圈又一圈，不知疲倦，這三人不知道在這聊了多久，那男孩表情始終無動於衷，像個木頭樁子，直戳戳地立在那。

那邊泉韻一般乾淨的聲音又傳來：「市一中實驗班這次也有不少人沒考好，連準升學考榜首都缺考了一科，當然我不是詛咒他，就你這樣，如果他不跳樓是不是挺對不起你在這自暴自棄的？」

「鸚鵡」小聲地說了句：「對啊，當初明明是你先找徐梔的。」

朱仰起萬萬沒想到看八卦看到自己兄弟身上，幸災樂禍地轉頭說：「準升學考榜首是說你吧？咦，你怎麼沒去跳樓呢？」

陳路周瞥他一眼。

朱仰起一副看好戲的表情：「不過她們不知道你缺考的是自選模組嗎？還拿你安慰男朋友？」

朱仰起雖然也不太懂，反正聽他們班導師說，陳路周就算沒加自選模組，除了國內兩所top院校，其他學校應該都沒問題，而且他好像還有什麼競賽降分的優勢，也就他那個缺心眼的媽非要送他出國。

陳路周單手插在口袋裡，另隻手拎著瓶沒喝完的可樂，手臂清瘦白皙，在昏昧的燈光下依稀可見脈絡清晰的青色血管，有點看熱鬧不嫌事大地說：「要不然你去告訴她。」

「什麼？」

「我們準升學考榜首雖然缺考一科，但心理素質強大，」他把拎著可樂瓶的那隻手優哉游哉地掛到朱仰起肩上，「考砸了不光不跳樓，也不用女朋友哄，妳男朋友太菜了啊。」

朱仰起嘖嘖兩聲，「喲，難得不賣慘，你不是最會賣慘了嗎？」

「我什麼時候賣過慘？」

「就你那個通訊軟體名字，賣慘事實好嗎，Cr。」朱仰起說：「我學科雖然只學了兩個月，也知道是什麼意思好嗎。」

Cr，來自於。

他從小被親生父母拋棄，不知道自己來自於哪，所以後面沒有尾碼。朱仰起是這麼理解的。

「想像力那麼豐富，你改名叫史蒂芬．銅吧，」陳路周低頭看他，一臉我真是服了你的表情，「Cr，是跑跑卡丁車一支車隊的名字，意思是瘋狂的不敗神話。傻子，多讀點書吧。」

朱仰起：「……」

第二章　陳路周

陳路周，這個人，很難講。

朱仰起從小跟他一起長大，都摸不透他。說陽光也陽光，說自戀也自戀，說人渣吧，也是個不折不扣的人渣。因為他太知道怎麼往人最脆弱的地方捅刀子。但有時候表面功夫又做得比誰都好，總而言之，那就是別得罪他，因為他這個人百無禁忌。陳家為什麼能領養他，圖的也就是他八字重。

這個是真的，朱仰起八字輕，小時候見「鬼」是常事。跟陳路周在一起之後再也沒碰見過奇奇怪怪的東西，包括陳路周那個金貴弟弟，剛生下來半夜老是哭，陳路周住進來之後，就再也沒哭過。

陳路周沒興趣聽人怎麼安慰男朋友，打算把剩下的可樂喝完，進去找部電影看，隨後，耳邊響起朱仰起陰陽怪氣的聲音：「這不是談胥嗎？」

陳路周悠悠瞥他一眼：「怎麼，認識？」

「以前一中的啊，」朱仰起瞇著眼仔細在那端詳談胥，「你還記得馮覲吧，我國中部的那個朋友，就是被他媽逼的轉學。」

他媽逼的？

「對，他媽，逼的。」朱仰起認真斷了一下句。

一中幾年前其實還挺魚龍混雜，因為那時候還沒取消附中直升部，年年都有朽木糞牆花錢混進去。後來一中為了衝升學率，劃分成三個校區，宗山區、主校區和榆林區。宗山區就是陳路周他們五個實驗班，裡面都是學神中的學神，各大競賽金牌的得主；主校區就像談胥馮觀這種普通學霸，人數最多；榆林區全是藝術生，像朱仰起谷妍這種，大多數都是附中直升的。

陳路周不是附中直升的，而且，他跟朱仰起的課表不一樣，宗山區週一到週六幾乎都要上課，週日放半天，晚上又得回去上自習，哪怕寒暑假陳路周基本都在參加競賽集訓，榆林區幾乎屬於放養，所以他們高中三年其實還是有訊息差，不然朱仰起也不會真的以為他跟谷妍在談戀愛。

所以馮觀的事情，陳路周不太清楚。但聽朱仰起那麼說，倒是想起來，他跟談胥打過一場球，談胥這人的情緒控制確實不太行。

那是高二籃球聯賽，市一中對樂成高中。

兩所都是升學高中，水準伯仲之間，但那年一中競賽拿獎多，樂高的人就想在球賽上挫挫他們的銳氣，他們打法向來激進粗野，加上那天裁判吹黑哨，樂高的人便有恃無恐、三番五次的惡意犯規，陳路周他們忍氣吞聲打了半場，比分落後大半，還不少人受傷，場外啦啦隊那些女生心疼地嚷嚷著讓陳路周他們別打了。

啦啦隊在場外吵架吵得熱火朝天，場上的隊員倒還出奇冷靜，根本沒理會對方那些好肉剜瘡的挑釁，中場休息專心致志地商量戰術和布局。

一中的學生魅力就在這，他們私下也有矛盾針鋒、水火不容的時候。但團體榮譽感都特別強，一到這種緊要關頭也不會再顧著爭先恐後的搶風頭，對彼此信任感十足，戰術八方呼應，球到哪都有人接著。

談胥只打了半場就被裁判罰下去，陳路周和校隊隊長都有不同程度的腳傷，因為談胥下場，他們只輪換休息十分鐘，硬生生把半死不活的現場打得熱血沸騰，最後他們力挽狂瀾，陳路周以壓哨三分球絕殺拿下那年聯賽冠軍。

算是險勝，全場都興奮落淚。但後來不知道怎麼的，談胥突然就衝過去二話不說一拳把對方的隊長打翻在地，陳路周和另外幾個隊員剛坐下喘口氣，攔都來不及攔，現場瞬間被男生洩洪一般的嘶吼聲和女生歇斯底里的尖叫聲淹沒。

那年聯賽他們被取消成績，陳路周和幾位隊員腳打廢，賽後打了一個月的石膏，結果因為談胥的沉不住氣，最後連個名次都沒得。

「現在都說不清楚他當時到底是不是故意的，馮覲說談胥這人愛出風頭，他被罰下場，最後風頭全被你和隊長搶了，他心裡肯定不平衡啊，明知道打架會被取消成績，他還衝上去不是蠢就是壞，而且要不是他在那亂搶籃板，你的腳能受傷？」

朱仰起說這話時，兩人已經進屋，他上完廁所出來，一邊滿屋找打火機一邊斬釘截鐵地對陳路周說。

作為當事人、因此打了一個月石膏的陳大少爺都沒他那麼義憤填膺，單手拎了張椅子擺在客廳中間，準備把前兩天剛買的燈換一下，不過他單腳站上去看了一眼，就放棄了，燈罩裡面蚊蠅密密麻麻屍橫遍野，前租客菸癮應該很大，燈罩邊沿的金屬螺絲帽上全是黑色汙膩的菸油，根本無從下手。

客廳燈很昏暗，一閃一閃，行將就木地試圖耗盡它最後的光亮，隨時都要罷工的樣子。

陳路周生無可戀地仰著腦袋靠在沙發上，盯著天花板感慨，古話還是可靠，真是英雄漢難當啊，首先你得沒有潔癖。

「有潔癖這麼嚴重，你還是搬回去住吧。」朱仰起嘲諷他，順便撇清干係，「別看我啊，我可幹不了，我潔癖比你還嚴重。」

「潔癖你還抽菸？」

「搞藝術的需要靈感懂不懂，再說我只對別人有潔癖。」

陳路周眼神誠懇地問他：「談胥有潔癖嗎？」

「滾。」

「男子漢能屈能伸，」陳路周居然還正經八百地勸他：「既能與泰山之頂齊腰，也能為五斗米折腰，你多少也折點。」

「你要是早生個一百年，我他媽懷疑你就是個漢奸，就那種只會ＰＵＡ的人，我跟他折什麼腰。」

「ＰＵＡ？」陳路周懶洋洋地仰在沙發上，斜眼瞧他。

朱仰起說：「他跟馮觀的關係一開始不錯的，後來馮觀發現他對女孩子都有點ＰＵＡ，就鬧翻了。反正他在哪都裝一副自閉症兒童的樣子，很容易激起某些女孩子的同情心和保護欲，這招屢試不爽，你懂吧？」

「那不是學楊過斷臂就能結婚了？」他沒心沒肺地獅子大開口說。

朱仰起沒理他：「你難道不覺得他門口那個女孩子，長得就一副很純、很好騙的樣子嗎？」

陳路周覺得好笑：「好騙不知道，純也就是長得而已。」

朱仰起嘖嘖，一臉你也有今天的表情：「你這是打擊報復，人家拿你安慰男朋友，心裡不舒服了吧，要不然，你乾脆追過來。」

陳路周撈過一旁的遙控器，打算自己找部電影看，瞥他一眼：「我閒的？」

「您出國前這幾月不是都挺閒的？」

「那也不談戀愛。」

「你不會被谷妍的事情搞到PTSD了吧。」

「不至於，」他調到電影頻道，此刻正在播《刺激一九九五》，這電影他看了不下十遍，在自由和希望這個主題上，這部電影表達到了極致，他漫不經心地說：「我媽管得嚴，我答應她了，交女朋友得經過她同意。而且，我馬上就要出國了，追過來幹嘛，每天打視訊電話玩啊？異國戀也不是不能談，不過我現在窮得很，等我媽把我的卡解封了我倒是能考慮考慮，不然到時候人家想見你，連張機票都搞不到。」

「我就隨口一提，你想那麼遠幹嘛，還真盤算上了？你不對勁，你剛剛腦子裡肯定想過這件事，不然思緒不會這麼清晰。」朱仰起太了解他，這狗東西絕對打過壞主意。

「嗯，」他居然還有臉點頭，大大方方承認了：「拿我當反面教材安慰男朋友，還不允許我想一下？說實話，她比谷妍有感覺。」

約莫過了半小時。

門鈴急促響起，朱仰起以為是他點的外送，他興奮地一躍而起，從沙發上跳下來飛奔去開門。

當那位妹妹的臉出現在門口時，朱仰起覺得有些事情可能要朝著不可控的方向發展了：「妳——」

徐梔開門見山：「兄弟，幫個忙，叫一下你朋友。」

朱仰起眼睛直勾勾地盯著徐梔，頭也不回，扶著門框厲鬼索命般把陳路周的所有名字都喊了遍，語氣逐漸暴躁：「Lucy，陳路周，仙草！渾球！！人渣！！！」

妹妹送上門啦！！！！！！

「你傻子嗎？」陳路周端著碗剛泡的泡麵邊罵邊走過來，只見他叉子叼在嘴上，眉峰微微擰著，眼神冷淡地看著門口的人，口齒這時倒是咬得異常清晰：「有事？」

「你院子外面那根棒球棍能借給我一下嗎？」徐梔單刀直入地說：「我的項鍊卡在你門口那棵大樹上了。」

陳路周打量她一眼，用眼神指門外那棵巨高無比的樹：「借妳棒球棍妳就搆得著？」

徐梔回頭看了眼，又淡定自若地轉回來，先是看了略矮一點的那個人一眼，很快就 pass

掉，又看看他，最後低頭看了人手上的泡麵一眼，和嘴裡叼著的叉子：「那你有空嗎？我可以等你吃完。」

陳路周：「……」

朱仰起：「………」

門口就一棵老梧桐樹，枝椏繁密，根根錯節，樹葉層層疊疊，別說晚上，白天都很難找。

陳路周跟她出去看了眼，他一手撐在粗糙的樹椿上，仰頭沉默地凝視片刻後，神情為難地看著她：「要不然這樣吧，我再買一條給妳——」

徐梔愣了下，反應很快：「那多不合適。」

陳路周看著她，沒笑，眼神大概是天生有鉤子，但很冷淡，他下巴朝上懶散一點：「妳再表演一下給我看，是怎麼掛上去的。」

徐梔：「……」

月亮曲高和寡地掛在天邊，像面前這個單薄英俊的少年，看起來挺不好對付，但是又讓人充滿希望。陳大少爺從小眾星捧月，因為百無禁忌，所以沒人能在他手下討得到好。

「這項鍊很貴。」她試圖說服他。

「是嗎？」他感同身受地點點頭，幫她出主意：「要不然，妳許個願試試，不要浪費了。」

徐梔：「？」

「這是我媽留給我的。」徐梔終於看著他說。

林秋蝶女士今天出土率特別高，徐梔很少想到她，也許是下午那個跟林秋蝶有著同樣口頭禪妙語連珠的女士，讓她對面前這個連名字都不知道的少年，有種莫名的親切感，亦或者連帶著這條項鍊，似乎都在提醒著她什麼。

昏白月色下，兩人視線坦坦蕩蕩地在空氣裡對視，陳路周莫名覺得跟那天下午的「冷冰冰的碰撞」不太一樣的是，她眼神裡柔和很多，似乎帶了某種楚楚可憐的懇求。

說實話，有男朋友還對著別的男人放電，挺敗好感的。陳路周自詡情場老手，正經的戀愛沒談過一場，但是他情根開得早，早在朱仰起他們還不知道自己為什麼就非得抓著一個女孩子使勁糾纏的時候，他就已經知道怎麼跟女孩子保持距離。

因為小時候寫情書被他媽逮個正著，所以他媽老是覺得他女朋友一堆。不過陳路周從不覺得自己在男女問題上有任何問題，今晚突然覺得自己可能有點多管閒事，人靠著，撇開眼看向別處，口氣也冷下來：「那我也沒辦法，要不然妳勞駕一下消防員？」

「你好像有個無人機，可以放上去看看嗎？」被說「放電」的徐梔渾然不覺，想到下午在他門口看到的無人機，小心翼翼遞了個眼神過去。

妳以為放風箏呢。

「眼睛挺尖啊。」陳路周差點翻白眼，「我媽還有架飛機，您看有沒有興趣？」

徐梔：「……」

蔡瑩瑩在一旁看他們你來我往的，眼睛快盯出血，她覺得這超級大帥哥真的帶勁。

氣氛一瞬靜默，蟬聲沉悶熱烈，彷彿從地裡長出來。陳路周打算進去看看他的泡麵，剛直起身，看見一個人，抬著一根長長的杆子，從大門口裡橫著出來。

陳路周面無表情：「朱仰起，你幹什麼？」

朱仰起滿頭大汗，興致勃勃地把東西從門洞裡伸出來：「幫小姐姐找項鍊啊。」

杆子七拼八湊足足有三四公尺長，捆綁了一連串有的沒的、幾乎是陳路周家裡能找到的所有長形工具，包括但不限於棒球棍、三腳架、晒衣桿、掃把，還有一個不知道從哪拆下來的木棍，最令陳路周難以接受的是，最上面居然綁著一個鍋勺。

「怎麼樣，我聰明吧？」朱仰起仰起臉，毫無惻隱之心地跟他邀功。

陳路周終於看清楚那根木棍是哪裡來的，臉瞬間黑了：「你拆了我的模型？」

朱仰起趁他發作前，像條泥鰍似的，快速從他身邊滑溜過去，吭哧吭哧對著那棵參天大樹好一頓搜腸刮肚地倒騰，樹葉被他呼得撲簌撲簌直響，像被狂風揉亂，鳥兒一驚，驚慌失措地撲騰著翅膀朝無邊無際的黑夜撲過去。

「怎麼樣，有沒有——」

還真有。

只見濃稠的暮色中，一條亮閃閃的大金鏈子「撲通」一聲，猝不及防地掉在陳路周面前。

陳路周握著手機，對她的審美產生質疑的同時，又徹底肯定了她的執著。

誰知，徐梔隨意掃了眼，不為所動地說：「不是這條。」

朱仰起：「⋯⋯」

陳路周：「⋯⋯」

終於，在這棵老樹即將被撓禿的時刻，徐梔的四葉草項鍊找到了，她淡定禮貌：「謝謝，是這條。」

然而，陳大少爺從善如流地叉腰，靠著旁邊的電線桿，老神在在地指揮朱仰起：「來，你先別停，再搖搖，看看還有沒有金條什麼的。」

徐梔：「⋯⋯」

蔡瑩瑩：「⋯⋯」

朱仰起：「⋯⋯⋯⋯」

把大金鏈子交給社區里民辦事處之後，徐梔提出請他們吃宵夜表示感謝。

蔡瑩瑩立刻附和：「對對對，我知道附近有一家開得還挺晚，不僅好吃還乾淨，評論全五星，今晚真的太感謝你們了，這項鍊對我閨密來說特別重要。」

朱仰起：「好啊。」

陳路周：「我回去吃泡麵。」

蔡瑩瑩瞬間垮下臉，果然大帥哥都不太好勾搭，欲蓋彌彰地說：「不是吧，這麼不給面子啊，吃個宵夜怎麼了，還怕我們打你主意啊，我們都有男朋友好嗎。」

「啊，都、都有男朋友啊。」這下連正在拆杆子的朱仰起都不想去了。

徐梔下意識看了蔡瑩瑩一眼，只聽蔡瑩瑩繼續用義正辭嚴的口氣對他們說：「你們幫我們這麼大的忙，你還把他模型都拆掉，我們也不想欠你們人情啊，純粹是為了感謝你們，不用想這麼多吧。」

說完，蔡瑩瑩才伏到她耳邊低聲說：「他這種帥哥就是清高又跩，我們得反其道而行之，不然就怕我們以後纏上他。」

徐梔茫然：「不是，妳現在什麼想法，翟霄呢？」

蔡瑩瑩好正氣凜然：「關我什麼事，不是妳說請他們吃飯的嗎？我就是跟著帥哥蹭頓飯而已。」她眼神指指那哥，「就這種，我想今年我們應該遇不到第二個這麼極品的吧，吃頓飯怎麼了？再說我和翟霄也還沒正式確定關係呢，妳跟談胥也沒談啊，馬上又要崩，有什麼好顧忌的。」

徐梔倒不是在意這個，也沒多說，只嘆口氣：「妳別把人給我嚇跑了。」

她心裡是有一把算盤的。不過她也不太會跟人聊天，尤其是男生。

朱仰起剛要說既然妳們都有男朋友那我也回去吃泡麵，結果蹲在地上綁鞋帶的陳路周頭也不抬地開口：「行啊，去哪吃？」

他蹲著，只能看見個蓬鬆柔軟的頭頂以及寬闊平直的後背，像朝陽初升的山脊，讓人有點想攀登。

徐梔突然覺得他可能也沒那麼不好對付，盯著他的頭頂說：「就門口吧。」

陳路周慢條斯理地綁好鞋帶，最後重重一拉緊，人站起來。兩人站在樹旁，但徐梔覺得他的身影比那樹更厚重，牢牢將她罩住，一股淡淡鼠尾草的沐浴露氣息從鼻尖鑽進來，夜幕像一張巨網，徐梔感覺他背後頂著一片天地，莫名有股安全感。

「你們先走，我回去鎖個門。」他轉身往裡走，旁邊那個像跟屁蟲一樣，也立刻跟著進去。

「我們就在門口等你！」

徐梔和蔡瑩瑩站在大門口臺階下的路燈旁等著，飛蛩仍在不知所謂地撲稜著，暈黃溫和的光線下將兩人的身影拉長，且一動不動，特別像兩座望夫石。徐梔提醒她：「蔡瑩瑩，妳把口水擦擦。」

「我那不是口水，」蔡瑩瑩說：「是羨慕的淚水。」

「羨慕什麼？」

「羨慕他以後的女朋友。」

徐梔問：「妳怎麼知道他沒女朋友。」

蔡瑩瑩眼睛牢牢地盯著門口，篤定泰山地說：「他一看就是單身狗啊，而且，這大帥哥絕對不好追。」

話音剛落，聽見裡面傳來一聲輕輕的關門聲，緊跟著，兩道年輕高大的身影一前一後從大門口走出來，「跟屁蟲」顯然是收拾過，脖子上掛一串雞零狗碎，走起來像個年久失修的音樂盒叮鈴噹啷響。他只換了件簡單乾淨的黑色T恤，不知道是不是怕晚上冷，拿了件運動服外套出來掛在肩上，冷白皮的優勢頓顯，手臂線條流暢而有力，青筋挺明顯。

他散漫拖拉地走在「跟屁蟲」身後，低著頭把手機插上行動電源，「跟屁蟲」不知道嬉皮笑臉說了句什麼，他也跟著笑了下，很敷衍。下一秒視線朝著徐梔這邊過來，大概不知道怎麼叫她們，淡淡地收回視線，人是站著沒動了。徐梔不知道為什麼看他眼神覺得有點暗渡陳倉的意思。

蔡瑩瑩二話不說拽著徐梔走過去，四人往巷子外走。

陳路周這麼一下功夫就找了部電影出來看，蔡瑩瑩不滿地說：「不是吧，跟我們出去這麼無聊嗎，看電影打發時間啊？」

「妳不用管他，他跟女朋友出去也這樣，你們不知道吧，博匯影城就是——」朱仰起口無遮攔，差點把他家底都抖乾淨，陳路周不冷不淡地瞥他，朱仰起立刻話鋒一轉：「博匯影城上映的電影他一部不落都看過呢。」

蔡瑩瑩以為自己判斷失誤，低聲問跟屁蟲：「啊，他有女朋友啊？」

朱仰起嘖嘖兩聲，「欸，妳不是說只是吃頓飯嗎？怎麼，想追我兄弟啊？」

「切，我有男朋友好嗎，」蔡瑩瑩不甘示弱地翻了個白眼，「不過我跟你說，說到博匯影城，他們家的電影票是真的貴，而且從來不送券——」

「屁話，人家是本市最大的影城好嗎——」

徐梔被落在後面，她看了眼，這哥真低著頭在看電影，顯然沒要跟她聊天的意思，而且還是一部很老的災難片。

「怎麼現在才看，我記得這電影高一就出了。」徐梔故作老手地搭訕。

「是嗎？可能之前太忙，沒注意。」

「今年暑假馬上要上映第二部欸。」

「嗯。」

徐梔絞盡腦汁地找話題：「你平時都在博匯看電影嗎？」

「嗯。」比剛才那聲更淡。

「最近有想看的電影嗎？我可以請你。」徐梔說。

陳路周終於抬頭莫名其妙地瞥她一眼，似乎不太理解：「什麼意思？一頓飯還不夠妳謝的？」

徐梔總不能厚著臉皮說，我請你看場電影，你請我見見你媽媽吧。該怎麼樣才能更自然地接近他媽媽呢？

「沒什麼。」

徐梔覺得一定是不夠自然。

巷子深沉寂靜，牆面苔痕斑駁，高高的牆頭掛著層層疊疊的樹葉，月光灑在牆頭，思念容易發酵。這是一段下坡路，風在耳邊格外清晰，身後自行車喇叭「叮鈴鈴」一直響，一群小小少年迎著月光毫無顧忌地從他們身邊呼嘯而過，一點也沒減速的意思。

徐梔沒注意，沉浸在如何更自然的搭訕中，險些被蹭到也沒管，強行打開下一個話題：「你是哪年哪月生的啊？」

問完又覺得不對，時間上不太對，應該不可能有他這麼大的兒子。

「我？問生日？」陳路周抬頭看了那群肆無忌憚的小屁孩一眼，不動聲色地走到她外側，大概是覺得好笑，嘴角難得冷淡地勾了下，「妳不如先問問我的名字，搭訕基本流程不會？」

「……哦。」

沒下文了。

陳路周：「……」

「不用跟妳男朋友說一聲？」

兩人走到巷子口的時候，陳路周鎖上手機，兩指捏著拎在手裡慢悠悠地來回打轉，不知道是隨口還是故意，站在人來人往的街口，看著即將轉換的紅綠燈，突然就問這麼一句。

徐梔覺得他這句問話並不友善，緊跟著第二個想法就是，當他女朋友一定很不自由。

「有男朋友就不能跟異性出去吃飯嗎？」

她的眼神太誠懇，誠懇到讓陳路周漫不經心拎著手機轉的手都微微一頓——

「……好問題。」

夷豐巷燒烤一條街遠近聞名，別說慶宜市，鄰市也有不少慕名而來，這個時間點，正是人流量爆滿的時候，各種有的沒的豪車見縫插針地停著。徐梔沒心思排隊，在軟體上找了家等候人數最少的店預約位子，也是他們在地特色，海鮮骨頭燒烤。

一坐下，陳路周手機就響起來，他一邊看菜單一邊隨意掃了眼，直接按掉，螢幕上顯示著女王大人。

徐梔和蔡瑩瑩對視一眼。

朱仰起知道是他那掃興的媽：「喲，翅膀硬了啊。女王大人的電話都敢不接了？信用卡不想解了？」

「你倒是提醒我了。」陳路周有點甘拜下風地嘆口氣，把菜單丟給對面兩個女生，「妳們點。」

朱仰起興奮地敲著桌子：「快點，快點，不用幫他省錢，螯蝦刺身先讓老闆上十隻。」

蔡瑩瑩奪過菜單：「是我們請好嗎。」

朱仰起：「放心吧，他從來不會讓女生買單的。」

陳路周去廁所回電給連惠女士，他把電話夾在耳邊，低著頭洗手，「媽。」

連惠女士的聲音一如既往的莊重溫婉：『現在已經考完試了，你還不打算搬回來嗎？』

他無所謂地一笑，關掉水，抽了張紙巾擦手：「反正也沒兩個月就出國，不用搬來搬去吧，怎麼，您想我了？」

『出國的資料我們幫你準備得差不多了，如果快的話，下週就視訊面試。』

「嗯知道了。」陳路周把紙巾丟進垃圾桶，靠著洗手臺懶洋洋說。

『你不打聽打聽是哪所大學嗎？』

「不管哪所，我一定能上不是嗎？」陳路周無語的仰頭，用手撐了撐鼻梁骨說：「媽，我聽得懂您的意思，不管他幫我找什麼野雞大學，我都會老老實實去上。」

陳路周回來的時候，菜剛上齊，垃圾桶裡已經躺著一大把空竹籤，朱仰起吃的滿嘴都是油膩膩的孜然，陳路周拉開椅子坐下，嫌棄地抽了張紙巾遞給他：「擦擦吧，看了挺沒胃口。」

陳路周看了徐梔一眼，她面前倒是乾淨，沒怎麼吃，手機擺在旁邊，自己的行動電源已經插在她的手機上，瞥了眼，倒也沒說什麼，「不餓？」

「還好，」徐梔主動解釋，作勢要拔下來，「剛手機沒電了，朱仰起——」

「不用，充著吧。」他低頭喝了口丸子湯說。

「朱仰起，你居然不吃香菜？」蔡瑩瑩痛心疾首地說。

顯然剛剛他不在，朱仰起已經替他們做過自我介紹，又順便自動自發地幫他介紹一番：「那個美女叫蔡瑩瑩，就那個蔡，晶瑩的瑩。這個仙女叫徐梔，雙人徐，梔子花的梔。你叫陳路周，我跟她們說過了。」

蔡瑩瑩：「聽說你英文名叫 Lucy？」

朱仰起點頭：「因為我兄弟從小長得太好看，小時候的英文家教以為他是女孩子。」

蔡瑩瑩將信將疑地說：「現在看起來可不像女孩子，很帥啊。徐梔，妳說是吧？」

徐梔覺得陳路周是個經得起推敲的帥哥，五官眉眼都很標準，任誰都不會對他的長相產生爭議，平直長眉溫順服帖，眼角尖銳單薄，瞳仁黑亮清冷，所以看起來冷淡不好糊弄。

他大多時候嘴角都彎著，全身上下也就這個部位看起來最溫柔。

不知道為什麼，徐梔覺得他身上有一種天不怕地不怕的坦蕩無畏，聽見蔡瑩瑩那麼說也沒覺得不好意思，大大方方任由徐梔打量，目光甚至毫不避諱、筆直地回過去。

反倒是徐梔忍不住避開他的視線：「是吧。」

陳路周笑了下，抱著手臂往後靠，身上運動服的拉鍊也被他拉開，敞著懷靠在椅子上，自己倒了碟醋，說：「我還是很好奇，妳項鍊是怎麼掛上去的？」

蔡瑩瑩說：「是這樣，她升學考考得比她『男朋友』好，她『男朋友』大概心裡不平衡吧，就對徐梔各種冷暴力。也不是一次兩次了，每次考砸都莫名其妙發脾氣，都要徐梔去哄。剛剛徐梔想把項鍊要回來，他就突然發瘋把項鍊從樓上扔下去，就……卡在你們樹上。」

朱仰起：「神經病吧，妹妹，這妳都不分手？」

徐梔心平氣和地對他說：「你不要叫我妹妹，我不一定比你小，而且，我是打算跟他說清楚的——」

蔡瑩瑩打斷說：「但那男的吧，有時候也挺好的，他家裡沒什麼錢，高三的時候為了省錢，一天只吃一頓飯，有一次徐梔沒來得及吃晚飯，他也把自己唯一的那頓飯留給徐梔吃了。就是一個挺複雜的人。」

朱仰起咬了一口香菇串，疾首蹙額的樣子，口無遮攔：「妹妹，妳媽媽沒教妳不要在垃圾桶撿男朋友嗎？妳倒好，妳直接去垃圾回收站翻啊？」

徐梔倒是沒生氣，反倒是蔡瑩瑩聽完火冒三丈，想罵朱仰起你會不會說話，沒事問候別人媽媽幹嘛，不等她張口，一直冷眼旁觀地靠著椅背、雙手環在胸前的陳路周，隨手在桌上撿了個黃金小饅頭，二話不說塞朱仰起嘴裡，示意他不會說話就不要說：「你是被人丟進去過，還是進去撿過啊？人家交個男朋友影響你在那撿垃圾了？年底ＫＰＩ因為她你達不了標是不是？」

朱仰起開玩笑確實沒他有分寸，此刻回過味來，是挺不合適。畢竟才見第一面的女孩怎麼能這麼說人家，於是順著陳路周給的臺階，自己嘟嘟囔囔地補充：「可不是嘛，現在競爭多激烈。」

蔡瑩瑩火氣這才下去些，不過她暫時不想跟朱仰起說話，於是便把話頭對準陳路周：「聽說你還有個外號叫仙草。」

徐梔看著陳路周，不知道為什麼，也許是因為那個聲線跟她媽一模一樣的女人，讓徐梔總覺得陳路周很親切，可他明明一副生人勿近的跩王樣。

陳路周一臉「這妳別問我，誰這麼喊的妳去問誰，這種外號我他媽再自戀也不好意思親自介紹」的表情。

徐梔和蔡瑩瑩同時轉頭看朱仰起。

朱仰起頓時又趾高氣揚起來，他一邊啃骨頭一邊解釋：「妳們沒聽過嗎，我們市一中帥哥競爭啊，簡直堪比神仙打架，他就是『打贏』的那個，神仙裡的仙草。」

陳路周一邊看手機，一邊想說我什麼時候參與過？算了，再裝遭雷劈。

蔡瑩瑩這才後知後覺地看著他們：「你們也是市一中的？」

朱仰起側頭看陳路周，後者視若無睹，絲毫不考慮一中的形象，人懶懶散散、大剌剌地敞著腿靠著，訊息聲響個不停，好像有人寫了一篇小作文給他，一個對話欄還不夠傳的。他居然饒有興趣一字不落地看完，儼然一副「市一中頂級渣男日理萬機」的做派。

朱仰起默默地往旁邊靠了靠，他決定跟他保持距離，正襟危坐地對蔡瑩瑩說：「怎麼，我們不像？」

蔡瑩瑩看看陳路周，又看看朱仰起，不知道誰不像，反正就是不太像：「有點。」

朱仰起心說，頭髮長見識短，妳知道旁邊這個人有多厲害嗎？但他覺得現在還是不要理陳路周比較好。

他用餘光瞥了眼，才發現那篇小作文並不是他想像的那種，陳路周果然不是人，那麼長一篇問候祖宗的話，他居然能看得那麼津津有味。那人大概是谷妍的舔狗，不知道透過什麼方式加了陳路周的好友，話語是不堪入目的髒。

「這你能忍？」

燒烤店的電視機上正播放著一部法國電影，陳路周靠在椅子上人往後撐，拉長著脖子看那部電影的名字一眼，才放下椅腳對朱仰起說：「看他問候得那麼真誠，我以為他知道我祖宗的墳在哪。這不是好奇嗎，看到最後也沒留個地址給我。」

「……」

蔡瑩瑩根本沒聽懂他們在說什麼，把話題扯回來：「既然你們是市一中的，那你們認識翟霄嗎？」

陳路周搖頭。

朱仰起在腦海中搜索了一下，「認識吧，前陣子還一起打過球。」

「哪個？」陳路周側頭問他：「我見過？」

朱仰起：「廢話，打好幾次了，不過，你都跟姜成那幫人打得多，應該不記得他。」

蔡瑩瑩眼裡放光：「他在你們學校應該也是學霸吧？」

「算不上，不過倒是挺努力，屬於勤奮型的。」

跟他旁邊這位可比不了。

蔡瑩瑩不服氣地反唇相譏：「聽起來你成績很好？升學考估了幾分？」

「四百多分吧，不到五百。」

「那你這麼大言不慚。」蔡瑩瑩很不屑。

「我是藝術生，這個分數夠上八大美術學院了好嗎。」朱仰起說。

蔡瑩瑩和徐梔對視一眼，沒再往下問，自動自發地把陳路周和朱仰起一樣歸為藝術生行列。

燒烤店陸陸續續迎來不少客人，陳路周再三確認徐梔吃飽了沒有，隨後拿起手機站起來似乎要去買單的樣子，徐梔眼疾手快地跟上去。

位子上就剩下朱仰起和蔡瑩瑩兩人，還在啃最後一點骨頭渣，蔡瑩瑩還是沒忍住問：「那平日裡跟翟霄來往的女生多嗎？」

「女生？沒注意啊。」朱仰起先是搖搖頭，然後靈光乍現，突然說：「他在外校有個女朋友吧。」

蔡瑩瑩笑得神祕兮兮。

朱仰起渾然不覺地嘬著骨頭裡的骨髓，含糊不清地說：「好像叫什麼晶晶。」

蔡瑩瑩翻了個白眼。晶晶，瑩瑩，這麼分不清嗎？

蔡瑩瑩耐心地給他提示：「你想想，是不是跟我的名字挺像的？」

朱仰起瞬間豁然開朗：「對，叫柴晶晶，八中的。」

蔡瑩瑩笑意僵住：「……」

徐梔緊追陳路周的腳步，跟到前臺掏出手機隨時準備跟陳路周搶買單，她甚至連Qr code都提前打開了。

結果陳路周只是在前臺拿了包紙巾，轉頭見她跟過來，低頭意味深長地看人一眼。

前臺來來往往結帳的人很多，聲音嘈雜細碎，他獨獨看她。那雙眼睛，乾淨澄亮得好像籬落疏疏裡掩藏的明月，令人怦然萬里，那裡寬廣無垠，好像他是可以扛下所有狂風暴雨的江湖海面，也可以是平靜藏起少年心事的一汪池水。

陳路周順手從前臺的糖果盒裡拿了顆水果糖很自然地遞給她，笑得不行：「跟過來幹嘛，以為我買單啊？」

那瞬間，徐梔跟他學到了，什麼叫自然。

燒烤店人聲鼎沸，徐梔耳邊充斥著啤酒瓶的碰撞聲，夾雜著親朋好友間口氣比腳氣大的吹噓，以及下屬們「市區一套，郊區一套」的溜鬚拍馬聲。

陳路周站在那，跟身邊的澆漓世道格格不入，笑起來的模樣就好像清晨的山林裡敷滿露水的雪松針，嫩出水，也帶著一股燦爛的銳氣。

雖然不可否認他的尖銳張揚，但他確實是個讓人充滿希望的人。

就是很不好糊弄。

徐梔默默把手機收起來，接過糖，手指特地避開他捏著的部分，「……你們藝術生，真的很費紙，那一包紙巾，都是你們抽的。」

陳路周笑了下，倒也沒否認，眼神往回指了下：「還吃嗎？」

徐梔剝開糖果包裝紙，塞進嘴裡，搖頭。

於是，他毫不客氣地用手指點點前臺檯面，「那妳買單吧。」

雖然說好是徐梔請，但不知內情的前臺收銀員小姐聽見他這副理直氣壯吃軟飯的口氣，還是忍不住翻白眼。

陳路周說完就轉身走了，徐梔看著他走回去把那包紙巾漫不經心地丟桌上，不知道說了句什麼，只隱隱約約聽見他帶水帶漿地調侃朱仰起：「節約點吧，哥，實在不行就讓你爸改種樹吧。」然後拿起不知道什麼時候脫在椅子上的外套轉身出去了。

聽說朱仰起重讀過一年，應該比他們幾個都大，這聲哥叫得確實沒毛病，但聽起來怎麼那麼諷刺。

朱仰起炸毛：「靠，你看看你自己面前這都什麼東西，不知道的還以為你在這幹什麼不正經的勾當了好嗎！」

「……」

徐梔付完錢也往外走，手機正巧彈出一則老徐的訊息。

光霽是個好醫生：『妳外婆說讓妳晚上回來帶個烤地鼠？』

梔子花不想開：『？？』

梔子花不想開：『您用問號是不是也覺得這東西挺難抓的？』

光霽是個好醫生：『哦，是烤地薯。妳吃晚飯了嗎？大概什麼時候回來？』

梔子花不想開：『蔡蔡還在吃宵夜呢，不知道幾點。』

光霽是個好醫生：『那算了，我直接鎖門了，妳晚上睡蔡蔡家吧。地薯幫外婆外送過來好了。』

梔子花不想開：『……別，爸，蔡蔡今晚能不能回家還不一定。』

徐梔傳了一張下午蔡蔡染髮的照片過去。

半晌，老徐回覆：『會高啊。』

徐光霽經常錯別字連篇，徐梔對她爸倒是瞭若指掌：『是吧，蔡蔡會搞吧？』

光霽是個好醫生：『我是說蔡院長的血壓會高！！』

梔子花不想開：『……蔡蔡說支持您當院長！』

慶宜市是港口城市，近幾年省裡大刀闊斧，市區早已鳥槍換炮，高樓林立，商圈簡直比奧運五環還緊密。夷豐巷在市中心，當初東西兩港為了爭這塊地，爭得頭破血流，甚至還鬧出過人命。

最後誰也沒得利，夷豐巷保留原貌，這個擁有著八九十年代最原始風貌的小巷便在繁華的商業街煢煢孑立，反而成了網紅打卡地，連帶著附近燒烤店的生意都蒸蒸日上，不然以前這個時間，哪會這麼熱鬧。

燒烤店外，此刻還大排長龍，等位的隊伍如同多米諾骨牌，一推倒一片。徐梔一出去，看見陳路周無所事事地抱著手臂，靠在門外的旋轉木馬等位椅上欺負小孩。

他居高臨下地睨著面前這個不過到他大腿根的小屁孩，拉仇恨地說道：「猜拳吧，贏了就把位子讓給你。」

小孩不肯走，一副非要坐的樣子：「我不，剛剛都輸給你五把了，你作弊。」

他笑笑：「這麼輸不起啊，輸了就說別人作弊。」

「那你怎麼能把把都贏我啊。」

「因為你笨啊。」

小孩崩潰一瞬，徐梔生怕他下一句話就是你信不信我讓超人力霸王來修理你，徐梔這種時候總是很無語，因為每次被小孩這麼問候的時候她都很想說這個世界上根本沒有超人力霸王，但老徐說，要保護小孩子的童心。超人力霸王是必殺技，是一種比警察叔叔還好用的利器。

果不其然，「哥哥，你怕不怕超人力霸王。」

「怕死了。」陳路周說。

「那你信不信我讓超人力霸王來修理你，梅比斯，超人力霸王屆的團寵。」

「是嗎，團寵不都是最菜的那個嗎？」

「……」小孩簡直要哭，「不要臉，哥哥你都幾歲了，還搶我們的椅子。」

「不管我幾歲站著也累啊，」陳路周欠揍得很，「如果你不介意的話，我也可以叫你哥。」

這他媽什麼妖魔鬼怪啊，小孩氣得哇哇大叫，終於忍無可忍氣急敗壞地轉身跑開。

徐梔走過去提醒他：「他好像去叫家長了。」

陳路周靠著木馬椅，眼神清清淡淡地看她兩秒，或許沒帶什麼情緒，但徐梔總覺得那眼睛裡有根看不見盡頭的導火線，蘊藏著一股隱祕而巨大的力量。

他慢悠悠地回了句：「哦——」

徐梔掏出手機，調出錄音功能——

陳路周看著她低頭專心致志地擺弄著手機：「妳幹嘛？」

「錄音啊，」徐梔點開錄音功能說：「萬一遇上個無理取鬧的家長怎麼辦，我等等幫你交給警察叔叔申訴。」

陳路周低頭笑了下，人沒動，慢慢撇開頭，眼神落在不遠處此起彼伏的音樂噴泉上，懶散地把雙手插進口袋裡，「第一次見面而已，幹嘛這麼幫我？」

妳心思不單純啊。

徐梔茫然地看著他，「我以為介紹過名字，我們就是朋友呢。」

陳路周：「那妳朋友太多了吧。」

徐梔認真想了想：「不多啊。」

話音剛落，耳邊就響起一道急匆匆、感激涕零的聲音，「謝謝你啊，今天不知道為什麼這家店這麼擠，我爸爸腿腳不方便，去趟廁所都不敢，麻煩你了啊，幫我們占座。」

陳路周才緩緩從椅子上直起身，對著那對父女慢聲說：「沒事。」

徐梔怔愣間，轉頭看見那家長還真領著小孩氣沖斗牛地要過來說理，眼見這邊是這番模樣，轉而劈頭蓋臉對著自家小孩就是一通破口痛罵：「那位叔叔腳都這樣了你還跟他搶座位！你要點臉！還吃什麼吃！回去寫作業！」

暮色深沉，霓虹燈、看板混沌地垂在樓宇間，路上車流堵塞，喇叭聲四起，身後是燒烤店裡越來越熱烈的拚酒聲。

兩人站在門口，等蔡瑩瑩和朱仰起掃完尾出來。

「他們怎麼還沒吃完啊？」

徐梔拿著手機，不知道為什麼有點心虛有一下沒一下地拍著掌心。

陳路周仰頭似乎在看星星，喉結異常明顯，像被一塊正方體的冰塊頂出來一個直角，鋒利而冷淡，半晌，他才低頭笑著問：「怎麼，怕被查崗啊？」

徐梔覺得天上的星星好像猝不及防地跑進他眼睛裡，怎麼會那麼亮。

「不是。」她一下沒反應過來查崗是指誰，以為是家裡催她回去，看著他說：「我外婆想吃烤地薯，這個時間我都不知道去哪買。」

陳路周按亮手機螢幕，看了眼時間。

是挺晚。

這幾年慶宜市評文明城市，在警察夜以繼日的監督驅趕下，路邊攤確實日漸減少，這個時間雖然是宵夜攤的尖峰時段，但烤地薯這種入不敷出的生意，對於慶宜這種幾年光景發展飛速，靠拆遷就拆出不少暴發戶的城市來說，確實沒什麼人願意做。

「你們家老太太挺晚睡的啊。」他半信半疑地調侃了句。

「嗯，吃不到還得發脾氣，沒開玩笑。」

「這麼凶啊——」陳路周拖著音，拿後背抵上身後的電話柱，垂眼若有所思地看著她，「我倒是有個辦法。」

朱仰起接到電話的時候，嘴裡正在大快朵頤地吸著最後一根骨頭裡的骨髓，「什麼，你們去哪？烤什麼地鼠？那東西多難抓啊。哦哦，行吧，那我吃完送她回去再過去找你。」

蔡瑩瑩這時才回過神，心神恍惚地開口：「他們去哪了？」

「說是去打地鼠了？」朱仰起掛掉電話，得，聽半天還是沒聽清楚，「不知道，反正我的任務就是吃完剩下的骨頭然後把妳送回去。」

「哦——」蔡瑩瑩瞇起眼睛，洞若觀火地看著朱仰起，直白地問：「你朋友是不是想追我朋友？」

朱仰起剛把吸管插進骨頭，瞬間怔住，「什麼東西？妳說陳路周？」

「對啊，不然他們為什麼單獨去打地鼠了？打地鼠多曖昧啊。」

「打地鼠有什麼曖昧的？又不是去看電影。」朱仰起直男式不解。

蔡瑩瑩信誓旦旦，一臉我還不了解你們臭男人的樣子說：「反正就很曖昧，你朋友就是想追我朋友，別說是我朋友主動的，她是絕對不會主動約的。」

「明明是妳朋友更主動好嗎。」朱仰起不屑地笑了下，「我覺得妳就是想多了，我朋友才不會做這麼不人道的事情——」

後來一想，陳路周不人道的事情確實也做了不少，朱仰起自己都愣了愣，緊跟著，他心裡莫名躥起一股未明火，不知道是出於被人看低了人品和道德底線的怒氣，還是其他什麼。他鄭重其事地把手套一摘，義氣十足地丟在桌上，看著蔡瑩瑩一字一句道：「反正就是不會，妳說他要是去跟人約炮一夜情當牛郎還是什麼的，那我不敢保證啊，但是撬牆角這種事他才不會幹！」

蔡瑩瑩：「……」

陳路周其實搬過來不久，廚房冷冷清清，沒開過火。他依稀記得前兩天過來打掃的阿姨為了感謝他幫她兒子講數學試卷，送過一袋地薯給他，不過他不知道放在哪。

徐梔看他邏輯縝密地連馬桶蓋都掀起來找了一圈，突然也有點猶豫，這東西要是找出來，她還要不要給外婆吃。

陳路周從廁所出來，見徐梔寸步不離地跟著他，往旁邊讓了下拉開些距離，然後不動聲色地從她旁邊繞過，才低頭無語地睨她一眼：「跟著我幹嘛？我還能在廁所偷吃啊？」說完，流暢乾淨的下巴頦往沙發上一指，「去那坐著，找到了我拿給妳。」

徐梔「哦」了聲，乖乖地轉身朝客廳走去，徐梔在心裡感嘆了一下，真是奇妙的緣分，她特地坐在下午女士坐的位子，好奇地環顧了一圈。

房子乾淨整潔倒不像高三生，書也看不到一本，角落裡倒是井然有序地陳列著好幾個刻著名字的無人機和滿是龍飛鳳舞的簽名籃球，以及半張還沒畫完，但看起來並沒有什麼藝術天分的畫板。還有應該就是他說的模型，他有很多模型，朱仰起拆的應該是一個榫卯結構的小建築，旁邊還有一個人物雕塑，有點像美術畫室常用的大衛那種，不過那張臉看起來有點熟悉，徐梔看老半天才認出來，應該是他自己。他真的好自戀，做自己的雕塑，還到處刻自己的名字，連 iPad 都沒放過。

一圈看下來，應該是有阿姨定期幫他打掃，除了地上那一堆剛剛被朱仰起拆下來還沒來得及收拾的「杆子成員」外，其餘地方可謂是一塵不染。

沒幾分鐘，陳路周還真的找到了，拿出來問她：「妳會烤嗎？」

「你這有微波爐嗎？」

「妳要在我這烤？」

「不行嗎？」她是真的誠懇，一雙眼睛乾淨耿直地看著他：「我家沒有微波爐。」

她家是真的沒有微波爐，老徐不喜歡用，只買了個蒸箱。

當然陳路周是不能理解這年頭還有人家裡沒買微波爐？

陳路周勸不動她，只能勸自己，陳路周你別禽獸不如她有男朋友。

朱仰起說得沒錯，長得純，也是一種優勢，哪怕這麼醉翁之意不在酒的一句話，從她嘴裡說出來，聽起來也只是想要烤兩顆地薯而已。

徐梔把地薯洗乾淨，放進微波爐裡，設置好十五分鐘，按下開始鍵，微波爐便嗡嗡嗡地開始在靜謐的夜裡工作。

平日裡，這棟高三公寓倒也沒那麼安靜，跟父母吵，跟室友吵，跟女朋友吵，加上小孩子撕心裂肺的哭聲，每當陳路周想安安靜靜寫題目時，這種人類不能相通的悲喜總是格外多。但偏偏今天就很萬籟俱靜所有人都跟死了一樣，所以顯得那漫長的十五分鐘就變得尤其尷尬。

這是一間小戶型的兩房一廳，廚房走道只留一人寬，狹窄也空蕩，檯面上沒一個鍋碗瓢盆，洗乾淨的泡麵碗倒是不少，他留給門口收紙板大爺的。

他們一人一邊靠著廚房門框，像兩個門神，看著微波爐裡面的紅光，這畫面詭異的像是在等什麼救命丹藥。

陳路周覺得自己識相點就該避嫌走開，但是又怕她把廚房炸了，於是問了句：「平時會做飯嗎？」

「會吧，但是做的比較少。」徐梔禮尚往來，「你呢？」

我不是在跟妳搭訕。

但他還是回答了，靠著門框，口氣懶散：「也就看電影的時候煮個泡麵。」

徐梔：「那你喜歡看什麼電影？」

她是真的不會聊天。這樣的對話已經足夠乾巴巴，陳路周並不想再聊下去，然而更尷尬的是，地著放上去沒兩分鐘，客廳那盞行將就木的燈徹底罷工，廚房本來就沒燈，之前燒掉他就懶得花時間修，反正也不用。

所以頃刻間，整個空間徹底陷入一片混沌的黑暗。

徐梔下意識先去看微波爐，「嗡嗡嗡」發動機迴旋音還在頑強運轉，微波爐加熱時中間還朦朦朧朧地散發出一道橙紅色的光暈，並不是停電。

整個廚房就靠著那點昏暗的光暈亮著，因為微波爐還在不知好歹地轉，那道氤氳的光，模模糊糊地照在兩人身上，氣氛一下子堪比燈火飄搖的燭光晚餐，透著一種沉默又尷尬的浪漫。

陳路周一時之間不知道是該說我什麼電影都看，還是先替那個不知好歹的微波爐道個歉，抱歉，氣氛搞得有點浪漫了。

「我可以加你通訊軟體好友嗎？」

在昏昧的燈光裡，徐梔看著他，突如其來地問了句。

看吧，陳路周，你惹禍了。

陳路周低頭看著她，眼神徹底冷淡下來，本來想說，妳不是有男朋友嗎，問這話合適嗎？但是他怕她等等又丟出一句有男朋友就不能加異性的好友嗎？

「我手機沒電了。」他憋了半天說。

自以為找了個完美的藉口，結果下一秒，他忘了，運動通知整點推送，手機在褲子口袋裡「叮咚」一響，因為螢幕貼著褲子口袋，所以在黑漆漆的屋子裡，那螢幕的白光瞬間就照亮了徐梔茫然的臉。

「……」

徐梔「哦」了聲，慢悠悠地對他說：「不是說加個好友，你幫我擺個座嗎，我站著有點累，你能幫我搬張椅子嗎？」

陳路周：「……」

「高手，絕對是高手，」朱仰起振振有詞地說：「如果她不是海后，我朱仰起從此以後改名叫洋氣朱。」

朱仰起這名字是老爺子取的，他剛好趕上仰字輩，後來上小學學英文之後，知道英文名是姓放在後面，同學們就幫他取了個「洋氣豬」的綽號，他嚎啕大哭著回家想要改名，老爺子當時在麻將局上大殺四方，正得心應手地取了一手好牌，連連撫掌大笑：「取得好啊，取得好啊。」

那時候才五六歲的朱仰起哪知道老爺子說的是麻將局，以為老爺子說同學們幫他取的外號取得好，直接悲傷痛哭到失聲，小小年紀就深刻體會到什麼是「不如意事常八九，可與人言無二三」，尤其不能說綽號。所以朱仰起對洋氣朱這個外號深惡痛絕，這把可以算是All in。

陳路周這時在洗澡，蓮蓬頭開得小，水流涓涓地滑過他清薄而分明的肌理，腰腹像鋪著幾塊規整勻稱的鵝卵石，飽滿而有力。

小烏龜不知道什麼時候從箱子裡爬出來，此刻正趴在他的腳邊，喝地上的水，陳路周嫌棄地把牠拎開，牠又孜孜不倦地爬回來，陳路周嘆口氣，算了，明天拿回家送給陳星齊那個傻子。哦，不行，明天週日，爸應該在家，讓那小子自己出來拿吧。

陳路周洗完掛著條毛巾出來的時候，朱仰起叼著菸，坐在沙發上，準備出去寫生前，把他最後兩碗泡麵也糟蹋了，因為沒燈，他不知道從哪翻出兩根蠟燭，這次是真的燭光晚餐，燭火搖曳，簡直讓人浮想聯翩。

「怎麼樣，是不是比微波爐好點？」朱仰起調侃他說。

陳路周拿毛巾隨便擦兩下頭髮，趿拉著拖鞋走過去，彎腰全吹滅，往沙發上懶洋洋一靠，繼續摸黑擦頭髮，「跟她我倒還能接受，尷尬也就尷尬點，我們就算了，我怕你對我有什麼想法。」

朱仰起把菸拿下來，震驚得舌撟不下：「？」

「你搞什麼，她對你陳大少爺有想法就沒關係？她有男朋友欸！」

朱仰起之前也就是嘴炮談胥爽一下，但陳路周這人膽子向來比天大，搞得他突然也有點沒底。

昏暗中，兩人輪廓都模糊，但依稀還能藉著窗外皎潔清白的月光看清彼此的神態，陳路周擦頭髮的手一頓，還挺為難，「那你讓我怎麼辦？人家又沒說什麼過分的話。」

朱仰起甚至都能看見他上揚的嘴角，「你他媽就是期待她更過分一點！你不會真的對她有感覺吧？」

「我告訴你啊，」根本不等他說話，朱仰起一副我被海后渣過我知道的篤定表情，「你涉世未深啊，那個徐梔絕對是海后，包括她那個姐妹，也不是什麼好東西。」

陳路周簡直無語，仰在沙發上笑得不行，把毛巾丟一旁，坐起來，打開泡麵蓋子懶得再跟他扯下去，拿起叉子撈了兩下，甘拜下風地說：「行行行，哥，你饒了我，下次我看見她一定繞路走。」

朱仰起這才心滿意足地把菸放一旁，跟著打開自己那碗泡麵，嗦了口說：「不過，你真打算聽你媽的話去國外待著？」

「嗯。」

「你為什麼不反抗啊，北京上海那麼多好學校，現在分數還沒出來呢，今年數學試卷難度那麼大，你都快滿分了，光這科目你都能拉不少分，我覺得你總分上A大說不定都還有機會呢，幹嘛非要聽你媽的出國啊，你就那麼怕你媽啊？」朱仰起嗤之以鼻地說。

「怕吧，畢竟我是領養的。」陳路周拿叉子的手頓了下，說：「而且，這是我唯一的家啊。」

是這個道理，但陳路周什麼德行啊，他多少了解。朱仰起氣極反笑，拿出青春少年狐假虎威的腔調：「你少給老子放屁！你根本就是懶，你覺得浪費感情，你沒有留戀的人對吧，我跟那幫兄弟你都無所謂，喜歡你那麼多年的女孩你也無所謂，反正你對誰都無所謂。」

陳路周嘆了口氣：「你也知道我爸媽是什麼人，你覺得從小到大，我哪次反抗有效，結果有任何不一樣嗎？說到兄弟，國中三年我們也不在同個學校，聯絡也少，你不也跟張小三李小四玩到一條褲子裡去，也沒見你像現在這樣哭爹喊娘。」

「我那是勉為其難。」朱仰起死不承認。

陳路周高大的背脊微微弓著坐在沙發上，一邊低著頭慢條斯理地把牛肉片一片片夾出來鋪在泡麵蓋子上準備等等給小烏龜吃，一邊得以預見地說：「一樣，我走了你馬上會有趙小五。」

說完，低頭嗦了口麵。

他太清楚了，無論對誰，他從來都不是獨一無二的那個。

牆葛下，白日裡剛淋過雨的樹葉片被暈黃的路燈照撫著像片片金麟，巷子裡蟬聲響亮，牆面斑駁，泛著一股歷久彌新的潮腥味。

「……朱仰起說他和柴晶晶約好考同所大學，但他從來沒跟我說過考大學的事情，我跟他高二就認識，到現在幾乎每天都在聊天，」蔡瑩瑩趴在牆根底下哭得上氣不接下氣，「五分鐘前還問我要不要吃蜜雪冰冰，妳說他怎麼有那麼多時間，蔡瑩瑩，柴晶晶，嗚嗚嗚嗚……他以為他在收集星星呢……」

經過剛才談胥那一段，徐梔這時都不敢隨意開口，生怕起到反效果。當下竟不自覺想到陳路周，要是有一張他那樣的嘴就好了，反正不管說出來的話好不好聽，至少氣氛不會這麼沉默。

「要不然，我們找人打他一頓。」徐梔能想到的只有這個，她這人比較直接，「傅叔叔不是認識道上的人嗎？」

傅叔叔是她們爸爸的好朋友，已經金盆洗手很多年，「退休」後就一直窩在山裡整天默默無聞地磨石頭，每年暑假老徐和老蔡都會帶她們進山去避暑。

蔡瑩瑩哭聲戛然而止，抽抽嗒嗒地一邊思考一邊看著她：「……」

傅叔叔的手勁會把翟霄打死吧。

「不行不行，」蔡瑩瑩啜泣著擺手，哽咽著說：「妳不許告訴傅叔叔他們，要分手還是打他一頓我自己想，妳不許插手。」

她下手可狠了。

徐梔嘆了口氣：「好吧。」

蔡瑩瑩生怕徐梔把注意力放在翟霄身上，立刻抹了抹眼淚牽著她的手往家裡走，岔開話題，「妳後來怎麼會跟那帥哥去打地鼠了？」

「是烤地薯，外婆想吃，沒地方買，陳路周說他家裡正好有。」徐梔晃了晃手裡兩顆熱烘烘、新鮮出爐的地薯。

「什麼嘛，朱仰起那什麼豬耳朵啊，沒用可以蒸著吃了，他還說你們去打地鼠了，我就說兩個人好端端的，怎麼可能突然去打地鼠。」蔡瑩瑩說：「不過，看不出來，陳路周還挺好心的嘛。」

徐梔認同地點點頭，「妳不覺得他還挺親切的嗎？」

蔡瑩瑩噗哧一笑，「他明明就是個跩王。」

「妳還記得我跟妳說的那個女人嗎，就是他媽媽。」徐梔說。

蔡瑩瑩一愣，「就妳說那個聲音習慣和口頭禪都跟妳媽一模一樣的女人？」

「嗯。」徐梔點點頭，慢吞吞地頓了下，似乎在思考，片刻後說：「妳有沒有看過一部電影，叫《恆河女人》，一部印度片，講的就是一個才華橫溢的女人，天才建築設計師，但是因為她過去是個寺廟妓女，經歷不太乾淨，甚至汙點重重，所以無論她後來設計出多麼精美絕倫的作品都無法參與評獎，世人對她的評價侮辱性居多，但不乏有人認可她的才華，於是她為了能讓自己更有尊嚴的活著，她拋下自己的孩子和丈夫，跟幕後覬覦她才華的資本家聯合起來，製造一場大火，假死後整形成別人的樣子，很快她的作品獲得了世界大獎，但幾年後她沉浸於紙醉金迷，再也設計不出令人動容的作品，很快被資本家拋棄，利用她的聲紋，曝光了她的身分。」

蔡瑩瑩似乎捉到一絲蛛絲馬跡，「難怪妳剛才看見項鍊掉在樹上，都沒猶豫就去敲他的門了，難道妳覺得妳媽媽——」

「我只是想知道為什麼兩個人會這麼像，不管是不是，我也知道機會渺茫，但我總要確認一下，我才能安心，就是想要弄明白。」

也不能衝上去就跟陳路周說我想驗驗你媽媽是不是我媽媽，陳路周一定會把她當神經病的。

聽說林秋蝶是死在老家，下葬的時候，徐梔當時在夏令營，她沒來得及回去參加葬禮，老太太沒等她，因為天氣太熱，屍體放在村子裡引起村民的不滿。加上老太太信奉風水，出殯日子就那麼幾天，錯過就要等上大半年，骨灰寄存在殯儀館也要好一筆費用。

徐光霽堅持要等徐梔回來，因為這件事，脾氣一向溫和的徐光霽第一次對老太太大發雷霆，但老太太從來都是我行我素。

徐梔心想，也好，如果自己當時親眼見到林秋蝶的屍體火化，就不會有今天的事情了吧。

蔡瑩瑩仔細一想，「但是不對啊，阿姨是幾年前才……不可能有他這麼大的兒子，年齡對不上啊，妳不要鑽牛角尖啊，越說越玄啊。」

「他應該是被領養的。」徐梔說。

巷子裡靜謐，這條青石小徑她們幾乎每天都走，蔡瑩瑩卻從沒有一刻感覺到像現在這麼森冷，越往裡越冷，最後在兩人分道揚鑣的慣常位置停下來。

蔡瑩瑩才是震驚得舌撟不下：「他告訴妳的？」

徐梔搖搖頭，而是把那天下午在門口聽見的對話重複了一遍給蔡瑩瑩聽。

——「你說話非要這麼刺嗎？」

——「您第一天見我不就知道我是個刺了嗎？」

「如果是親生的這種對話妳不覺得很奇怪嗎。」徐梔把一晚上的思考結果娓娓道來，她其實已經很累了，但不知道為什麼，腦子就是停不下來，「我一開始以為是後媽，後來我們不是一起吃飯嗎，好像是有人傳訊息罵他，朱仰起問他這你都能忍，他跟朱仰起說了這一句。」

——「看他問候得那麼真誠，我以為他知道我祖宗的墳在哪。這不是好奇嗎，看到最後也沒留個地址給我。」

她靠著牆說：「說明不是後媽，因為爸爸也不是他的親爸爸，他大概都不知道自己的親生父母是誰，那就只能是領養。還有一個不知道能不能算證據。」

蔡瑩瑩有點震驚：「什麼？」

「我在他家看到一顆簽名籃球，我本來以為是全明星的簽名，後來仔細看看發現每個簽名都一樣，是他自己的名字，而且連無人機、iPad上都刻著名字，可能有自戀的成分，也有可能是習慣使然吧，以前應該生活在一個大團體裡，又有潔癖，才會把自己的東西都貼上名字。就比如育幼院這些。」

蔡瑩瑩已瞠目結舌，徹底被她說服。

徐梔嘆口氣，看著高高的牆頭，清白的月光下掛著一串串豔紅的夾竹桃，突然覺得特別像她小時候喜歡的色彩斑斕的糖果罐子。哪個小孩不愛吃糖，林秋蝶怕她牙蛀光，永遠把糖果罐子放在家裡最高的位置，她哭鬧著求誰都沒用，最後只有老徐心疼她，總是隔三差五地幫她偷兩顆出來吃。

徐梔：「陳路周如果在育幼院長大的話，是不是就沒有能幫他偷糖果的大人呢？」

徐梔：「那他小時候應該挺不快樂。」

翌日。

陳路周拎著小烏龜鬆鬆慢慢地走進遊戲廳時，他們八字大概天生相沖，原本氣氛和諧的遊戲廳，突然就翻江倒海起來，好像是陳星齊跟人吵起來，應該就是對方踩了他一腳，沒道歉，陳星齊這個小夥子嘰嘰歪歪地非要逮著人跟他大聲道歉。一般這種場面，陳路周都懶得管。也就這個年紀還敢大聲地跟不公不允對抗。

「陳星齊！你哥來了！」旁邊有小夥伴提醒了句。

陳星齊跟人吵得面紅耳赤，轉頭朝著他們戰戰兢兢指的方向望過去，果然看見一道熟悉的身影懶洋洋地靠在某臺娃娃機上，不僅視若無睹，沒上來幫忙就算了，居然還拿著手機在喪心病狂地錄影片，陳星齊下意識拿手擋了下鏡頭。

「躲什麼躲，都拍完了，我傳給你們班那誰看看，叫什麼，茜茜？」陳路周把手機揣回口袋裡，等他走到自己面前，扒拉了他腦袋一把，人還是靠在娃娃機上，「喲，幾天不見，長高了啊，你媽又帶你打生長激素了？」

「不也是你媽。」陳星齊沒理他，「你不許傳給劉童茜，還有，人家叫劉童茜！你不許叫茜茜。」

陳路周冷淡地睨著他：「全國幾萬個人叫茜茜，你管我叫哪個茜茜。」

「陳路周！好，以後我也這樣叫你女朋友！叫小名！叫寶貝！」陳星齊從小就是以牙還牙以眼還眼的典範。

「行，等哥找到，你隨便叫。」陳路周懶得再跟他扯下去，把烏龜遞過去，「你帶回去養，別給我養死了，牠活多久，你哥就打算活多久。」

陳星齊說：「我明天就把他煎了！」

陳路周一臉你試試看的表情，隨手又扯了扯他身上非常眼熟且騷氣的T恤領子，口氣實在欠揍：「你別老是偷我衣服穿行嗎，這件全球斷碼啊，我齊哥。」

「你都快穿不上了好嗎。」

「你幫我洗縮水了吧。」

陳星齊理直氣壯地把領子從他手裡一把奪回來，想半天，還是忍不住問了句：「你真的不打算搬回來啊？爸爸前幾天問起你呢，他那天……是真的沒想打你的。」

陳路周神色倒是沒變，還是一副人畜無害的樣子靠著娃娃機，直起身說：「行了，你少在這當老好人，我只是懶得搬來搬去。」

「那我以後找你很麻煩啊。」

他雙手環在胸前笑了下，伸手捋了捋陳星齊腦門上被汗沾濕的雜毛，「找我幹嘛啊，我最近很忙，自己流浪去吧。」剛好把他的瀏海捋成三柄雜毛服服帖帖地黏在腦門上。

陳星齊煩死，擋開他的手：「你考試都考完了，你還有什麼事情啊？你就不能回去跟爸爸道個歉？他這幾天其實一直在等你，進門第一句話就是問阿姨，你今天回來過沒有。」

陳路周若有所思地睇著眼睛，多少聽出一些端倪：「你是不是，又在學校惹事了？」

「沒有，怎麼可能。」

他打算走了，從娃娃機上直起身，「行，那不是快死了，都別找我。」

「那快死了就能找你了？」

陳路周推了一下他光不溜丟的小腦門：「你腦子是不是有問題，快死了你找我幹嘛，找我幫你蓋白布啊。」

所以就是——

都別找我。

陳星齊支支吾吾：「……好，哥，那我跟你直說了，我打算跟同學去山裡避暑，但是老媽不讓我們去，她說……必須……」

陳路周了然地睨著他：「我陪著是吧？伺候你們一幫大少爺是吧？可以啊，一天八百，陪吃陪喝還陪玩。」

「成交。」陳星齊傳了個地址給他，「地址是這。」

——傅玉山莊。

第三章　徐梔

升學考也是有後遺症的。徐梔現在每天早上醒來還是會下意識地打開手機播放機放幾段英語聽力，然後邊聽邊吃早餐。

老徐把播放機關了，徐梔茫然抬頭瞧過去，只見老徐正容亢色地坐在她對面，一邊擦眼鏡，一邊對她說：「考都考完了，妳不打算出去玩一下？」

徐梔仰在椅子上醒神，這時人清醒點，了無生趣地搓把臉，「去哪啊，周邊都沒能玩的地方，再過半個月成績就出來了，又不能去太遠的地方，要不然明天我和蔡蔡回傅叔那一趟？」

徐光霽其實根本沒聽她說話，眼睛光盯著她的脖子看，項鍊明明還在啊，老蔡看錯了吧，就說嘛，徐梔怎麼可能談戀愛，她根本都還沒開竅。徐光霽心不在焉地連連「哦」了兩聲，「都行都行，妳自己看著安排吧，不用在乎錢，爸爸有，別人還欠爸爸好多錢呢——」

嗯，徐光霽的口頭禪就是，別人還欠爸爸五百萬沒還呢，妳放心花，千萬別省著。

徐梔：「您那張彩券還沒中呢？」

徐光霽沒理她，拿上公事包，「傻孩子，送妳一句話，」一邊在門口換鞋一邊語重心長地說：「生活吧，妳得學會看破不說破，就好像變魔術，妳明知道是假的，妳還得幫人家鼓掌不是嗎？」

等老徐關上門，徐梔才靠在椅子上，愣生生地反應過來。

真能瞎掰。

她正想發一下呆，手機突兀地一亮，是蔡瑩瑩的訊息。

小菜一碟：『梔子，妳知道昨天那條大金鏈子為什麼會在樹上嗎？居然是樓上一個大叔藏的私房錢，笑死我，他說老婆管得嚴，錢太難藏，就換成大金鏈子，出門戴著，回家就藏在那棵樹上的鳥窩裡。』

梔子花不想開：『啊，妳怎麼知道？』

小菜一碟：『朱仰起早上告訴我的啊。』

梔子花不想開：『妳有他好友？』

小菜一碟：『對啊，昨天就加了，而且，更好笑的是，朱仰起說那個大叔老婆帶著大叔去認領的時候，陳路周讓他們把買鏈子的收據拿出來，結果大叔掏出來的收據上有兩條，另外一條也直接被沒收了，現在那個大叔經過陳路周的門前都要吐一口痰，朱仰起說陳路周現在一直在門口擦地哈哈哈哈哈哈笑死。』

徐梔回了幾個刪節號，腦海中第一個想法就是——

他果然有潔癖。

徐梔放下手機，心不在焉地把碗扔進洗碗槽，老太太這兩天去寺廟齋戒，家裡就剩下她一個人，徐梔靠在廚房的流理臺上，趁放水的功夫，拿出手機上社交平臺正經八百地開始搜尋——如何能夠成功加到帥哥……

她一頓，嚴謹地仰頭想了想，又快速地把帥哥二字刪掉。

——如何能夠成功加到自戀狂的好友。

很快收到一則網友的私訊。

網友皮皮：『如果是普信男的話就算了，如果是個帥哥，這種人妳想要引起他的注意，那就得先忽視他，然後在他熟悉的領域打敗他，或者打擊他，總之，先摸清楚他有什麼興趣愛好。』

興趣愛好？

籃球無人機這些她肯定不行，那張沒什麼藝術天賦的畫算嗎？

徐梔拿起碗，陷入了沉思。

陳路周臨出門前，在門口貼了一張認輸的白紙條。

——「房主最近不在家，請不要隨地吐痰，如果實在忍不住請吐在旁邊的桶子裡。」

底下畫著一個大大的紅色箭頭，真的老老實實幫人放了一個垃圾桶。

朱仰起笑得直捶牆：「你到底跟你爸怎麼了？寧可受這氣，也不肯搬回去。」

陳路周剛收拾完東西準備出門，黑色背包鬆鬆垮垮地斜背在身上，他拿過一旁的膠帶，清瘦的手骨節將白紙按在門上，說：「你覺得我爸怎麼樣？」

「雖然看起來嚴肅，但一直對你很好啊。就是思想有點迷信、封建。」

陳計伸確實迷信，身邊常年跟著一個風水大師，唯他命是從。陳星齊小時候夜裡總哭還斷斷續續發燒一個多月，專家看了都說沒問題，後來聽長輩說可以找偏方試試，於是就找到那大師，他說陳星齊八字太輕，十四歲之前多災多難，有個辦法就是認親，認個八字重的「娘」可以幫他擋災。連惠女士說什麼都不同意他認娘，最後大師又給了個辦法，那就認個八字重的哥哥也行，也能擋。於是，就認下當時符合一切八字條件、無父無母的陳路周，然而陳計伸夫婦內心大概過意不去，主動提出要領養陳路周。

那時陳路周自己也迷迷糊糊的，根本不知道自己為什麼被這個家庭領養。

不過他們一直待陳路周視如己出，並不是為了維護模範企業家的形象而故意展現出的舐犢情深，是真的打從心裡對他好。陳星齊從小到大挨過不少板子，陳路周是連雞毛撢子都沒挨過一下。家裡兩個男孩子，通常是小的惹事生非，但是家長們還是會睜一隻眼閉一隻眼叫哥哥讓讓弟弟，陳計伸不一樣，走過來不分青紅皂白直接給陳星齊一板子，警告一句沒事少招惹你哥。所以陳星齊一直對他哥又愛又恨。

陳計伸對他幾乎是無條件的溺愛，反倒是連惠女士對他更嚴厲些，對他還算有要求。陳路周呢，雖然嘴欠揍，但是從小就有分寸，知道什麼玩笑話能開，什麼玩笑話不能開。

在最早陳計伸的生意還沒做那麼大的時候，他經常被一些別有用心的叔叔阿姨在飯桌上帶水帶漿的調侃，路周長這麼帥，乾脆就別讀書了，給我們市裡那首富做上門女婿唄，你爸爸就能少奮鬥幾十年呢。

這話聽一次兩次，他也就算了，後來時常有人這樣開他玩笑，陳路周也煩了，陳計伸當時氣得要掀桌，當場就要跟這些人斷絕來往，但那時陳計伸剛入市企業家工會，到處都需要打點關係，陳路周怕他得罪人就圓場了。他也知道首富看不上他們家，於是一邊幫陳星齊剝螃蟹，一邊插科打諢地把球踢回去：「好，那就有勞您給岳父遞個信，我等他下聘。」

這話聽起來吊兒郎當但還挺客氣，又不失禮貌，甚至直接把話頭堵住。因為也沒人敢真的去提，畢竟陳計伸那時候事業剛起步，首富哪能看上他們家。之後，陳計伸對他更是疼愛有加。

從某種程度上來說，陳路周的童年並不缺愛，六歲之前，育幼院院長和看護們對他也格外偏愛，六歲之後在陳家，陳家夫婦對他也算是百般呵護，他就是被泡在蜜罐子、被人用愛灌溉大的小孩。

直到前不久，他為了複習方便在學校附近租房子，升學考前一晚回別墅拿換洗衣服，聽見陳計伸和連惠女士在臥室裡大聲爭吵，他才知道自己當初為什麼會被領養。

儘管如此，陳路周還是沒覺得有什麼，因為這十幾年他們對他足夠好，那麼最開始那個或許不是那麼善意的理由他可以原諒。

他從來都很好哄的，相比別人嘴裡一些似是而非的話，他更願意相信自己的感受，這十幾年的疼愛保護都不是作秀。

陳星齊當時站在他背後，小心翼翼地輕輕叫了聲哥，生怕他會因此而不高興，卻沒想到陳路周靠著走廊的牆，在黑暗中反手扒拉他的腦袋一把，低頭看著他柔聲說：「下個月就十四歲生日了？沒關係，快過去了，哥哥祝你以後順順利利。」

陳星齊眼眶就紅了，然後裡面的聲音又斷斷續續傳來，是陳計伸的聲音：「這不是妳當初領養的時候就答應我的嗎，等他升學考結束就送他出國，我知道路周一直都很懂事，但是妳不覺得他現在鋒芒有點太強了嗎？如果留在國內上完大學，我擔心他以後跟星齊爭家產。」

陳路周確實忘了一點。陳計伸到底還是一個保守封建的父親。早年事業沒這麼興旺的時候，確實沒考慮過這個問題，現在事業越做越大，他那點骨子裡根深蒂固的守舊思想就像爛在牙齦底下的蛀蟲，總要開始發臭。

「他打你了？」朱仰起難以想像陳計伸這麼好的脾氣居然會動手。

「嗯。」陳路周頭也沒抬，「呲啦」用嘴咬了一段膠帶下來，聲音冷淡，眼皮也沒情緒懶懶地垂著，「我說我寫保證書給他，實在不相信我就簽合約協議，他說他不是這個意思。我說您放心，您養了我這麼多年，以後還是會為您養老送終的。他以為我咒他死呢。」

「老陳格局還是小了。」

「但我挺理解他，好不容易出人頭地，當然是想把所有的東西都留給親生兒子，說實話我也沒怪他，我氣的是我自己，十九歲了，他媽的還不會自己賺錢。」

「所以，你現在坑你那個傻弟弟的錢？」

「怎麼說話呢，」陳路周瞥他一眼，「對我老闆客氣點。」

「……」朱仰起正要開口，訊息通知聲又響起。

陳路周都知道是蔡瑩瑩，最後咬了一段膠帶下來黏在手裡準備貼最後一個角，聲音冷淡下來：「過分了吧，不許我跟徐梔說話，你們倒是聊上了。」

朱仰起：「我就是跟她彙報一下我們這條金鏈子的進度，不然人家以為我們吞了怎麼辦。欸，你這口氣我怎麼聽起來有點陰陽怪氣呢？」

兩人說到這，陳路周正準備關門，聽見樓上響起一聲重重的關門聲，然後是一陣急促的腳步聲從樓上下來，陳路周那時候覺得男人有時候也有第六感，不知道為什麼，他直覺可能是談胥，果然，那道清瘦乾巴的身影下一秒出現在樓梯轉角處。

如果沒發生昨晚那些事，哪怕這時談胥主動跟他打招呼，他也不一定能認出來，這人曾經跟自己打過球。但是現在，陳路周覺得自己肯定是有點毛病，在談胥下樓即將跟他目光交接的時候，他下意識側頭避開，轉身進屋，再出來時，身上換了個黑色雙肩包，單肩背著。

連朱仰起都看出來，他有點古怪，等談胥的背影徹底消失在走廊口，他問：「你躲他幹嘛？」

何時見他那麼膽小過，在一中都是橫著走的好嗎，大多都是別人認識他，他不認識人，跩得要死。現在怎麼回事，看到談胥他躲什麼？

陳路周沒理他，一直到兩人坐上上山的巴士，朱仰起根本沒打算放過他：「你到底什麼意思啊，說實話，我說句三觀不正的話，你他媽是我的兄弟，你要是真的對徐梔動了心思，你想撬，我他媽還能看著不管啊，我滿世界幫你找鏟子都行，你剛剛那個膽小樣是怎麼回事？」

「我就是覺得，他女朋友多少對我有點意思，那我盡量不正面跟他碰，以示敬意行嗎？」

嗯，陳路周覺得自己當時那個下意識的反應應該是這個意思。

朱仰起：「你剛剛明明是小三見正宮的反應。」

陳路周無語地戴上耳機：「那你可能有病。」

傅玉山莊坐落在明靈山的半山腰，最早是私人山莊，傅叔捨不得對外開放，這幾年在老徐和老蔡的勸說下，才漸漸開門納客，不過規矩還是很多，偏偏就有些達官顯貴特別吃他這一套，而且一訂就是十天半月。尤其有些都市男女，特別喜歡在這裡消遣，因為年輕人多，豔遇也多，山莊設施又十分齊全，只要能想到的吃喝玩樂這裡基本都有。

徐梔剛下車，把行李送進房間後，就飛奔著下樓去找傅玉青，「傅叔！傅叔！」

此時，傅玉青正端著杯咖啡，一臉硝煙味地靠在前臺上，懷裡抱著一隻狗，身上是大花襯衫，半進半出地紮在皮帶上，他保養得不錯，斯文儒雅，唯獨格格不入的是腦袋上那頂小氈帽，應該是剛上山找石頭回來，看見徐梔頓時喜出望外，「梔總，妳來得正好，我快被這幾個小鬼纏死了，真他媽難伺候。」

徐梔這才看見前臺圍著幾個十三四歲的小孩，氣焰還挺囂張，她剛要問發生了什麼，小鬼聽見傅玉青這麼說，直接不幹了。

「你說誰難伺候？本來就是，你這水就是有味道啊，你還不允許我們提意見啊。」

傅玉青：「這他媽是自來水，誰讓你沒燒開就喝了，我跟你們說多少遍了，我這裡的水都是山上的泉水，要燒開才能喝，誰讓你們自己端起來就喝啊，要喝礦泉水自己去山下買。」

「我不懂，反正我家裡的自來水明明水龍頭打開就能喝啊！你這裡的自來水為什麼打開來就不能喝！」

徐梔還正在猶豫要怎麼跟這幾個「小少爺」解釋，你們家那應該是直飲水，而不是自來水。

傅玉青很沒耐心了，把咖啡放下，一邊擼狗一邊說：「你們這裡有沒有能溝通的正常人？」

小鬼又炸了，「你罵誰不正常？」

「小弟弟，你稍微冷靜一下，」徐梔忙出聲說：「這位叔叔的意思是，你們有大人嗎？」

「我哥和他朋友馬上就到了，剛下車，走過來大概五分鐘。」

陳星齊一看從大叔換成一個小姐姐，於是趾高氣揚地順手撥了通視訊電話出去，不知道出於什麼心理，大概是覺得需要有大人撐腰，抑或是出於信任他哥的魅力，從小到大，只要對方是女孩子，遇上陳路周都特別好說話，他哥這張臉的好用程度，在他的認知裡，僅次於人民幣。

不過那邊沒接，直接很無情地掛掉了。

幾秒後，靜謐無聲的山莊大廳門口，陡然響起一道機器人冷冰冰的機械問候聲：「歡迎光臨傅玉山莊。」

所有人望過去，旋轉門外兩道高高大大的身影大步流星地走進，徐梔還未來得及去細看，耳邊就響起一道熟悉且不耐煩的聲音：「陳星齊，整天除了打視訊電話你還會幹嘛，我都說了別打視訊電話給我，你煩不煩。」

徐梔瞬間眼前一亮，笑起來。

哦吼！有人自動送上門來了欸！

陳星齊洋洋得意、引以為傲的小眼神對著全場跟他一起來的五六個小夥伴狠狠地逡巡了一圈，滿臉寫著驕傲——

怎麼樣，我哥好用吧？

傅玉青：「……」

這他媽第幾次了。

朱仰起當場都想卸甲倒戈了，對陳路周說一句，算了，你從了她得了。這他媽是什麼獨一無二的緣分，真是什麼地方都能遇見啊。

真的，你們天生一對。

然而陳路周並沒有覺得這是多麼獨特的緣分。慶宜實在是小，山海相鄰，市民們的暑期娛樂活動不是遊船就是爬山，趕上趟總能碰見那麼一兩個不想碰見的熟人。陳路周自動自發地把徐梔歸為「他並不是很想偶遇」的那一類裡。為什麼呢？因為她太危險。

怎麼打招呼？

——妳好？

不行，彆扭。

——這麼巧？

不行，聽起來像搭訕。

「這麼巧啊。」徐梔先開口。

看吧，她就是想搭訕我，想說得了吧，妳是不是查我行程了？剛一抬頭，發現徐梔根本沒看他，眼神直接越過他，對上他身後的朱仰起：「在這碰見你啊——朱仰臥。」

朱仰起：「？」

陳路周不太高興，被搭訕的朱仰起也不是很高興。

徐梔這才意識到自己嘴瓢，馬上從善如流的改口說：「對不起，朱起坐——不是，朱仰起。」

朱仰起認真想了想，這事還是怪他自己，因為那天他是這樣自我介紹的——「妳好，我叫朱仰起，就仰臥和起坐那兩個字。」

陳路周瞥他一眼。

朱仰起立刻挑眉——大少爺，你別上當，她這是想引起你的注意。海后的慣用手段而已。然後朱仰起做張做勢地咳嗽一聲，指了指旁邊的小鬼頭，「是啊，挺巧，這是 Lucy 他弟弟，發生什麼事了？」

傅玉青的小氈帽已經摘下來，放在桌上，他悠悠地開口：「我是這個山莊的老闆，是這樣，你們弟弟覺得我們山莊的水有問題，但很不巧，我們這邊是不供應礦泉水的，如果你們不喝我們山莊裡的水，就只能下山去買，這裡每天巴士不多，來來回回很麻煩，我建議你們還是換一家飯店。」

朱仰起：「不能外送？」

傅玉青：「兩小時送一單，誰幫你送上山，山泉水很乾淨，來這裡的客人都這樣喝，你們接受不了就退房吧。」

徐梔一聽，傅叔是真的不打算做他們生意，哦，到嘴的鴨子要飛了。

「我可以開車下山去幫他們買。」她說。

「妳給我閉嘴，妳有駕照嗎！」傅玉青朽木不雕地瞪她一眼，「妳想坐牢啊，從小這膽子就比天大，上次教訓沒吃夠？警察怎麼跟妳說的忘了？」

徐梔認錯很快：「好，對不起，我錯了，我不該在法律邊緣試探。」

朱仰起：「……」

陳路周：「……」

陳星齊等一眾小夥伴：「…………」

陳路周看也沒看徐梔，直接和傅玉青交涉：「買水的位置大概在哪，您大致跟我指一下，或者您這邊有車可以借嗎？我可以給錢，自行車、汽車都行。」

很心平氣和，也很客氣。

徐梔覺得陳路周很厲害，傅玉青的脾氣不是所有人都能頂得住的，他有點小孩脾氣，雖然看起來是個溫潤大叔，但他真的是跟隻狗都能吵出個祖宗十八代，不然也不會至今都單身，因為沒人能受得了他的脾氣。

朱仰起以前也聽過這傅玉山莊的老闆很難伺候，別人開門做生意是為了賺錢，他開門做生意是真的不為賺錢，彷彿只是為了交一些志同道合的朋友，要合他脾氣秉性，別說幾瓶礦泉水，白住他都不二話。要是遇到陳星齊這種挑三揀四的少爺做派，他也是各種陰陽怪氣勸人別住了。而且也不知道這傅老闆是什麼背景，不管得罪多少人，生意照舊做得下去。

傅玉青挑眉：「你有駕照？」

陳路周點點頭，「嗯，去年暑假考的。」

傅玉青沒有自行車，倒是有一輛汽車，是他自己偶爾開下山運貨用的，但剛那小鬼實在太氣人，他才懶得借，「沒有，你自己想辦法吧。」說完，他讓前臺服務生幫他們辦理入住手續，然後慢條斯理地抱起地上的愛犬，回頭對徐梔興會淋漓地撇了下頭，「走，帶妳去看我最近新磨的石頭。」

徐梔很乾脆：「不去。」

傅玉青：「……」
朱仰起：「……」
陳路周：「……」
傅玉青黑著臉：「……妳愛去不去！」
見這傅老闆骨頭這麼硬，陳星齊悶悶不樂地癟著嘴，一副還要打電話給老爸告狀的樣子，剛掏出手機被他哥一把奪過來不留情面地甩在前臺的檯面上，不響但明顯聽出一些教訓的意思：「有意思嗎？」
陳星齊倔強地爭辯說：「我本來就不知道嘛！家裡的自來水本來水龍頭打開來就能喝啊，再說我跟爸媽去住的飯店也都一樣能喝啊。」
「我們家的牛奶你也是直接喝的，」陳路周不遺餘力地睨他一眼，「參觀牧場的時候你倒是挺理智的，也沒見你衝上去抱著奶牛啃。」
陳星齊：「我不管，我一天花八百僱你，你就這點辦事能力。」
陳路周又在他腦袋上狠狠扒拉了一把：「我要是知道你是個惹禍精現在這麼煩人，一天給我八千我也不來。」
陳星齊覺得他哥是真的煩他了，心裡委屈又憋火，氣急敗壞地隨手拿了張放在前臺檯面上的房卡就要上樓，結果被人堵住去路，旁邊又是一堆行李箱，他一看是徐栀，氣更不打一處，不知道為什麼，直接把對他哥的火氣都撒在徐栀身上，對人氣沖斗牛地吼了句：「妳擋我路了，讓開啊。」

徐梔慢慢悠悠地「哦」了聲，但人還是沒讓開。

陳星齊徹底惱羞成怒：「妳聾了嗎？」

「你瞎了嗎？」徐梔淡定地指了指他手裡的房卡，「你拿的是我的房卡。」

她剛剛下來找傅叔，見他們硝煙彌漫，就隨手把房卡放在前臺檯面上，沒想到這小鬼看也不看就拿。

陳星齊沉默一瞬，他認錯也很快，可能也是被她之前那句「我不該在法律邊緣試探」嚇到了，把卡乖乖放回去：「好，對不起！」

入住手續辦了將近一個多小時。因為都是未成年，父母又不在身邊，有兩個小孩的身分證明資訊出了點問題，需要派出所那邊傳真回執證明單，不然不讓入住。傅玉青對他們鐵面無私，陳路周沒辦法，讓朱仰起帶兩個小孩先去他房間休息，他在樓下等入住手續。

這個時間點，是整個傅玉山莊最慵懶的時候。午後，陽光柔軟而綿長貼著地皮，四周寂靜，似乎所有人都在午睡，前臺服務生的鍵盤敲擊聲顯得格外清晰。

徐梔也沒走，所以陳路周有點尷尬，好像全世界就剩下他們兩個活人。說點什麼不太合適，不說點什麼也不太合適。

陳路周：「妳不去看傅老闆磨的石頭嗎？」

「不去。」徐梔說：「他如果邀請你，你也不要去，很無聊。」

陳路周弓著背坐在沙發上，兩個手肘撐在腿上，眼皮懶懶地垂著，手上不知道什麼時候拿了張廣告紙，正在漫不經心地摺紙，「他應該不會邀請我。」

徐梔想了想：「哦，也對。」

陳路周用妳不會聊天就別聊天的眼神瞥她一眼。

大廳中央是個矩形魚缸，養了幾條色彩斑斕的小型熱帶魚，顏色豔麗得像一尾彩帶在疏朗朗的海草中自由穿梭著，徐梔就靠在那，低頭看著陳路周，她發現陳路周好像又帥了，大概是出門收拾過，頭髮並沒有那天晚上那麼凌亂、雜七雜八地撐在腦袋上，因為過分英挺的五官顯得整個人有些冷淡。在白日裡的陽光下，他特別像被雨淋過的雪松樹，挺拔而茂盛，永遠朝氣蓬勃，也永遠鋒芒過盛。

徐梔：「你上次還沒告訴我，你喜歡看什麼電影呢。」

「妳問這個幹嘛？這裡有電影院？」陳路周低著頭，手上摺紙的動作沒停。

徐梔點頭：「有的，停車場後面有個小影院，跟全球影城合作的，最近上映的都有，就是場次不多，如果你有什麼特別想看的我可以提前幫你訂票。」

陳路周沒什麼情緒地垂著眼，專注摺紙，心說，這麼好心幹嘛啊，剛不是還裝不認識我。

「嗯，到時候再說。」他說：「妳跟傅老闆很熟？」

徐梔說：「我爸的好朋友，小時候我都叫他乾爹。」

陳路周：「哦，他沒老婆嗎？」

徐梔：「一直單身。」

陳路周：「那女朋友呢？」

徐梔想了想說：「沒見過他交過，反正從小到大都是看他一個人，你想問他怎麼解決生理需求？」

陳路周：「……」

等前臺全部都辦好，時間是兩點半。豐沛充盈的陽光射在玻璃門外，照得整個大廳都明亮，綠植盆栽油亮翠綠，好像一幅隨意塗抹卻色彩鮮麗的水粉畫。傅玉山莊採用的是全榫卯結構，全部建築沒用一顆釘子，從入口提示牌到每個房間和公共設施娛樂場所，採用的全是精巧的原木榫卯設計，簡單乾淨，現代理性風。

陳路周不打算再陪她耗下去，把摺完的成品丟在矮几上準備上樓，走到魚缸面前，低頭慢悠悠地睨她一眼。

「我只是想問問他脾氣為什麼這麼差？」

說完，就走了。

徐梔「哦」了聲，回頭看著他的背影，指著矮几上的東西忙問：「你紙飛機不帶走嗎？」

陳路周頭都沒回，聲音一如既往的懶散：「妳是女孩子嗎？那是紙玫瑰！」

第二天清晨，徐梔跟傅玉青在大廳旁側的咖啡廳喝咖啡，她把陳路周摺的紙玫瑰給他看，「你說他是喜歡做手工呢，還是不喜歡做手工呢？」

傅玉青正閉著眼愜意地把玩著核桃：「妳研究他幹什麼？」

徐梔托腮，撥弄著桌上的紙玫瑰說：「好奇。」

傅玉青：「這東西是陳路周那小子送妳的？」

朱仰起被幾個小孩折磨一整晚，下來買兩杯咖啡，迷迷糊糊間聽見陳路周的名字，以為是幻聽，打著哈欠四處張望，看見兩道熟悉身影頓時怔住。

徐梔沉浸在思考他到底喜不喜歡手工這件事，根本沒聽見傅玉青問什麼，茫然地反問道：「這能看出來是個紙玫瑰嗎？」

傅玉青終於睜開眼，輕慢地瞥過去，不知道為什麼，他對這小子的東西總是很不屑：「這不是個恐龍嗎？這麼長的尾巴。」

徐梔：「看吧，我就說是個四不像。瑩瑩還說就是紙玫瑰！」

朱仰起買完咖啡回去，陳路周也醒了，赤裸著寬肩，只套了件鬆垮的運動褲，懶洋洋地靠在床頭，一條腿屈著，正全神貫注地看CBA比賽。

房間是標準的雙人間，兩張床中間就隔一個四四方方的原木床頭櫃。朱仰起走過去，把咖啡放到床頭櫃上，陳路周只用餘光瞥一眼，說了聲謝謝，眼睛又立刻回到比賽上。

朱仰起兩手搓在大腿上，直勾勾地盯著他，半晌，才皮笑肉不笑地開口說：「終於出手了哦。」

陳路周人還是靠著，拿起咖啡「嗯」了聲：「是啊，憋死了。」

朱仰起被他輕描淡寫的態度弄得一時無言以對，原來全是他在這瞎操心：「接下來是什麼呢？直接本壘打？玩玩就算了？」

陳路周把咖啡放回去，噗哧笑了下，「怎麼就本壘打？頂多易建聯再上幾個三分好嗎。」

朱仰起臉上表情蕩然無存：「我說徐梔！誰問你易建聯！」

陳路周皺眉蹙眼地看著他，有些莫名，下巴頦指了指電視機：「我說比賽啊，易建聯下半場才出手，拿了十八分。」隨後一愣，緘默地摸過床頭的遙控器把聲音調小，「你說她幹嘛？」

朱仰起：「她跟蔡瑩瑩還有傅老闆他們說，你摺紙玫瑰送給她，你真渾啊，她跟她男朋友分手沒啊！你在這胡搞瞎搞的。」

陳路周嘆口氣，摧心剖肝的樣子又來了，拿著遙控器悠悠瞥他，「巴士上是誰說要幫我撬牆角的。」

「那你他媽給我一點心理準備行不行？」朱仰起說著抄起一個枕頭朝他丟過去。

陳路周沒躲，枕頭不偏不倚地砸在他胸口，他不痛不癢，把枕頭撿起來隨手丟回去，「行了，那不是紙玫瑰，是紙飛機，昨天不是在那等入住手續無聊嗎，她又在旁邊站著，我就隨便找點事幹，不然多尷尬，而且你又不是不知道我手多殘，除了打球還行，其他全廢，摺個紙飛機都不太行。」

還紙玫瑰，想得美啊。

「我昨天逗她的，」他下床撈了件T恤套上，慢慢往下拉，一點點遮住結實、幾塊小山包一樣的小腹，「對了，蔡瑩瑩也在？」

朱仰起：「好像在。」

「那你幫我問問蔡瑩瑩，徐梔有沒有空。」

「你還要主動約她？」

陳路周準備洗澡，翻遍行李箱也沒找到內褲，結果發現他可能沒帶內褲，聽到朱仰起這麼問，心煩意亂地拎起個枕頭朝著朱仰起砸過去，口氣冷淡又無語：「我不約她，誰幫你們下山買水喝！」

陳路周自己是無所謂，喝什麼水都一樣。小時候在育幼院條件也沒這麼好，生水都是直接喝。他的潔癖跟朱仰起的潔癖不一樣，他的潔癖是被後天養出來的，朱仰起和陳星齊的潔癖是病理，他們對水都有潔癖。

他算了下，在山裡大概還要住半個多月。陳星齊非要在這寫生，說風景優美，環境清幽，就是老闆脾氣臭了點也還能忍，死活也不肯走，說讓爸媽送水嘛，陳路周最煩陳星齊在外面遇到事情打電話給爸媽。再說他媽現在還真顧不上他，馬上就是文化自然遺產日，算是她們電視臺裡第二大的日子，畢竟是文化節目。不然她也不會讓陳路周陪著過來，就是讓陳星齊少煩她。

陳路周昨天搜了一圈附近真的沒外送可點，難怪這傅老闆脾氣這麼臭，一家獨大啊。他還是決定自己下山買水，一週下去一趟，也就兩趟。不過得找個人帶路，而且還要跟傅老闆借車，陳路周用腳趾頭想想，傅老闆肯定有車，只是不想借給他，徐梔要是不出面，車應該都借不到。

蔡瑩瑩回覆給朱仰起徐梔答應了，等等樓下大廳見。朱仰起看著手機那則簡簡單單的回覆，有些觸景生情地感嘆，這妹妹真好約啊。一天到晚就這麼閒嗎，說出來就出來？我以前認識的那些海王可忙了，當天約是不可能出來的，他們覺得這是對他們的侮辱。

陳路周覺得徐梔不是海后，所以都沒理他，只在臨走前，一邊穿鞋一邊狀似無意地問朱仰起：「談胥後來為什麼轉學？」

朱仰起打開電腦準備玩一下遊戲，看著遲緩亮起的電腦螢幕，自己點了根菸，說：「他那次不是跟樂高的人打起來嗎，你們那場比賽打得那麼委屈，大家心裡都不舒服啊，雖然我們被取消成績，但是很多女生吧，還是覺得談胥這件事幹得相當漂亮，但談胥那陣子老是被樂高的人堵，馮老狗……就我國中那個兄弟，其實算是你的小迷弟，就幫他把事情擺平了。」

馮覲和陳路周其實沒怎麼見過，但是馮覲應該也跟陳路周一樣，在朱仰起的嘴裡聽過無數次對方的大名。尤其是馮覲，還在一中的時候，就對這個名字有光環，因為陳路周是他們那屆唯一一個升學考都沒參加直接保送到一中的，聽說還是一中副校長從外省挖來的。陳計伸那幾年生意做到外省，連惠女士怕他在外面亂搞，就讓陳路周過去陪他，一是監督，二也是陳計伸自己挺捨不得孩子，而且，當時那個省的教育資源確實比慶宜好，算是教育大省。所以就把陳路周轉走了。

不過後來外省升學考政策有變，戶籍不在當地，不讓參加升學考或者條件有限，陳路周沒辦法，又只能轉回來。一中副校長跟連惠女士有私交，知道她這個大兒子從小就厲害，一聽說他要回來，立刻看了看他國中三年的成績單，確實厲害，哪怕在首屈一指的教育大省、並且還是百裡挑一的升學國中裡他的成績都還是數一數二，於是立刻帶著各種優渥條件上門自薦。

所以，儘管沒見過，馮覲一直覺得陳路周超級厲害。但陳路周覺得馮覲的迷弟身分多少有點朱仰起在裡面加油添醋的嫌疑，他這人吹牛向來不管牛皮破不破。

「然後呢？」

陳路周一邊問，一邊叉腰站在床前沒頭沒腦地想，要不要把包帶上？女生出門好像都喜歡背個連手機都放不下的包，外面太陽那麼大，要不然帶個包讓她放傘吧。

「談胥那人不領情啊，被人打成那樣都不報警，還怪馮覲多管閒事。」朱仰起渾然不覺他的糾結，抽口菸繼續說：「我們還奇怪呢，這人怎麼這樣，後來才知道，他這人有多陰狠，他後面幾次被打都找人偷偷錄了影片，大概是半個月後，他拿出一份憂鬱症的心理檢測報告，連同影片一起檢舉到樂高老師那裡，論壇上也有發影片，輿論一發酵，樂高的校長特別重視，就把那幾個學生開除了。」

「……」

「後來在一次無意中，談胥自己跟馮覲說漏嘴，說他那份心理檢測報告其實是偽造的，馮覲這人就是太耿直，本來裝作不知道就行了，他直接檢舉到老師那裡，談胥他媽就鬧到學校，堅持馮覯是汙衊，說談胥確實有憂鬱症，最後馮覯被逼轉學，沒過多久，談胥不知道怎麼也轉走了。至今還有很多女生都覺得談胥走得冤，反正我們男生也都知道談胥喜歡PUA女生，特別會扮演受害者角色。」

徐梔下樓的時候，陳路周正靠著大廳的魚缸上打電話，肩背寬挺，圓滾滾的小魚好像在他身上游來游去，她不敢過去打擾，老遠站著，等他先掛斷。

陳路周背後長眼睛一樣，回頭看她一眼，電話還在耳邊，沒掛斷，下巴對她朝外面一揚，意思是——走啊，磨蹭什麼呢。

陳路周掛掉電話，才看到徐梔穿著白T恤牛仔褲，身上乾淨得沒帶任何裝飾品，除了她媽那條項鍊，別說包和傘，如果可以的話，她可能連鞋都不想穿。因為腳上還是山莊的拋棄式拖鞋。

徐梔大概是順著陳路周的視線也低頭看了自己的腳一眼，才後知後覺地反應過來：「啊，對不起，忘記換了，剛剛和蔡瑩瑩打牌，聽見你找我就下來了，你介意嗎？要是不介意，我可以就這樣走。」

陳路周心說妳是被PUA習慣了吧，我介意什麼，妳自己腳不疼就行。

「走吧。」他低聲說。

傅玉青剛從茶山上下來，陳路周總算知道這傅老闆靠什麼賺錢，原來是做茶葉生意，傅玉青有個自己的茶室，像個老中醫的藥櫃，一整面牆都是梳理得井井有條的茶漏。

傅玉青為老不尊地側著屁股半坐在茶桌上，陳路周和徐梔則坐在沙發上看他慢條斯理地擺開五個小杯盞，龜毛得很，距離間隔必須一致，圖案也必須一致，字面在前，花面在後，整齊劃一，強迫症強迫得很嚴重。

陳路周很想問這種症狀持續多久了？實在不行去醫院看看吧。

徐梔悄悄告訴他：「這裡面還是有邏輯的。」

什麼東西？

徐梔說：「因為一面是字，一面是菊花，傅叔說，任何事物都得遵循自然界事物的準則，菊花就得在後面。」

自然界事物準則，人體……

「……」陳路周反應了大概三秒才反應過來，兩人坐著他也比徐梔高出大半個頭，腿微微敞開，兩手自然且鬆散地垂在腿間，表情顯然很無語，眼神深沉地睨著半晌，想說妳身邊都是些什麼人啊？

徐梔也看著他，他的眼睛很好看，又黑又亮，是標準的桃花眼，眼尾乾淨而上揚，有種乾乾淨淨的煙火氣。

兩人的眼神毫無顧忌地撞上，說不出是什麼感覺，就好像水面上的浮萍，薄薄一層輕輕貼浮在水面上，自然而又緊貼，空氣中彷彿有股水流在輕輕湧動著。

陳路周那時候腦子裡突然冒出一句不太明悉的話。

——要不然，妳和他分手吧。

他用什麼立場呢？

他們現在應該算朋友吧。

好像也算不上。頂多知道彼此名字而已。

傅玉青已經齊齊整整地擺好，朝這邊問了句：「會喝茶嗎？」顯然是問陳路周。

會吧，會一點。陳計伸除了愛收集點不太正經的錄影帶，也就每年愛囤點茶葉，他家裡也有比這規模更宏大更富麗堂皇的茶室，不過看整個房間的陳設，傅玉青顯然深諳茶道，陳計伸大概就是暴發戶想瞻仰點小情懷。

陳路周想說我不喝茶，我來借車。你要是非得讓我喝點，那也行。

兩人端端正正坐在茶桌前，傅玉青撥弄著手上的核桃，猝不及防地問了一句讓陳路周差點噴茶的話。

「拍過廣告嗎？」

其實也沒少被問，陳路周以前夏令營集訓的時候，在地鐵口老是被人這麼問——

「帥哥，拍過廣告嗎？」

「帥哥，有沒有興趣拍廣告？給個聯絡方式唄？」

「帥哥，做人體模特嗎？報酬豐厚哦。」

諸如此類吧，過往經歷數不勝數……

但傅玉青這個人為老不尊，被他這麼問，陳路周就有一種被冒犯的感覺，很乾脆地拒絕：「我不拍。」

傅玉青：「你為什麼不拍，你明明有條件，我可以給你錢，還可以借你車。」

陳路周先是默默看了徐梔一眼，眼神莫名有一種隱忍不發的委屈感，才冷淡地對傅玉青說：「我暫時沒到那地步，需要靠身體賺錢。」

傅玉青：「……」

徐梔：「……傅叔是想讓你用你的無人機，幫他的茶山拍一個航拍廣告。」

陳路周：「……」

傅玉山莊一路下去全是蜿蜒的山路，一側靠山，車窗外是陡峭崎嶇的山壁和嵌在懸崖峭壁上歪歪斜斜的松林。陳路周一路都沒說話，沉默且安靜地開著車。徐梔幾次想搭訕或者跟他打開話題，都被他冷淡的臉色勸退了。

小菜一碟：『妳怎麼還有空跟我鬥地主呢，加到帥哥的好友了？』

梔子花不想開：『他在開車，不理我。』

小菜一碟：『妳搭訕啊，想什麼呢，旁邊坐著陳路周那種頂級貨，妳居然還有心情拿四個二炸我！！！』

梔子花不想開：『那妳想想，我該怎麼樣才能讓他帶我見見他媽媽。』

小菜一碟：『見家長啊，做他女朋友啊，他不得帶妳見媽媽啊。』

梔子花不想開：『萬一他有女朋友呢？』

小菜一碟：『那就做他爸爸的女朋友，那他媽媽不得主動來找妳啊。』

梔子花不想開：『……倒也不是，不是個主意。』

車子一路顛簸，顛得陳路周有點懷疑傅老闆是得罪太多人所以躲在這山頭上吧，這一路下來，別說店鋪，連個人都看不到，四周雜草叢生，一片荒涼。

「傅老闆以前——」

「你有沒有女朋友啊——」

兩人幾乎是同時開口，又同時閉嘴，眼神下意識朝著對方尋過去，好像磁鐵南北極一碰便緊緊貼上，車廂裡有一刻透著一種詭異的安靜。直到，車子微微一抖，似乎軋過路旁堆疊的石頭，陳路周才收回視線，手指搭在方向盤上輕輕一緊，順著山路心不在焉地轉了個彎，「沒有。」

徐梔「哦」了聲，又沒下文了，眼神慢悠悠地轉向前方，也不知道在想什麼。

陳路周挺煩她這樣，每次都說一半，到底是真的不會聊天還是故意在釣他？

陳路周有一種想要跟她破罐子破摔的架勢，乾脆讓她把話說出來，要麼更惡劣一點，要麼更曖昧一點，現在這樣算什麼。

在徐梔不說話的指引下，車子順利地轉過兩個岔路口，駛過最顛簸崎嶇的兩段山路，進入久違的柏油路後，終於四平八穩。沉默十幾分鐘後，陳路周極其冷淡地瞥她一眼：「又沒話說了是嗎？」

徐梔閉著眼睛靠在副駕駛座上想事情，一下子被他打斷思緒，所以有點不耐煩、不容置喙地道：「在想啊，你先別吵，讓我好好想想。」

她是真的在想，她想，要不要直接跟陳路周說實話，還是像現在這樣，反反覆覆跟他打太極。雖然這件事情解釋起來有點複雜，但陳路周這個人好像並不是那種不講道理的人，不過如果太講道理會不會覺得她有病呢？畢竟這件事情用道理也很難解釋清楚。

然而，陳路周：「……」

妳凶什麼凶啊。

直到，車子順利駛出盤山公路，明靈山的山腳是一片滿盈盈的藍海，雪白的雲層好像一層輕飄飄的奶蓋鋪在不遠處的海平面上，車窗外視野瞬間開闊，連帶著心情也豁然開朗。

「陳路周。」徐梔就在這樣的心情下，叫了他一聲。

「嗯。」他下意識應聲，應完自己都愣住，好像這種反應有點太快了。

徐梔也愣了下，確實自然熟悉得好像他們是認識很久的朋友，明明見面也不過三次。

徐梔：「你相信風水嗎？」

「看哪些了，封建迷信我不信。」陳路周一邊擺出洗耳恭聽的樣子，一邊撿起扶手箱裡剛才通訊軟體響了好幾聲的手機，沒看訊息，彷彿是為了回敬剛才她的凶，也不容置疑地往她身上隨手一丟，「幫我開個導航，我要回市區一趟，拿點東西，或者附近定個商場也行。」

他手機不知道是剛插在車裡充電，還是訊息太多爆炸了，手機後背滾燙，還不「戴套」，燙得徐梔整個人一激靈，堪堪捏在手裡說：「這麼燙，你怎麼也不戴個套。」

陳路周：「……」

妳說話、能不能、過過、腦子。

徐栀渾然不覺：「密碼。」

陳路周：「四個一。」

徐栀心說這麼簡單，一邊輸密碼一邊問：「你沒生日嗎？」

陳路周開著車，面無表情地斜睨她一眼：「……這就是我的生日。」

徐栀：「……」

對不起，沒想到。

手機通訊軟體好幾則訊息，大概之前他就停留在跟這個女生的聊天畫面，所以徐栀剛一解鎖，那些訊息就爭先恐後地彈湧出來。

GuGu：『我上次腦子就有點短路吧，因為確實一直都很喜歡你，所以一看見你就忘記自己要跟你說什麼，語無倫次說了一堆，其實我沒有別的意思，我知道你現在不想找女朋友，但是，我還是想留在你身邊，不管以什麼身分。』

GuGu：『我剛又跟爸媽吵架了，喝了點酒，所以現在說話可能會直接一點，就是我想問你，不用做我男朋友，哪怕只是上床也行。其實我之前在你家也問過你，你當時在看比賽，你說看你心情，我想問問你現在心情有沒有好一點？我可以去找你嗎？』

GuGu：『我高一就喜歡你，你每次打球我都去看了，每次第二節下課她們出去買零食我都沒去，因為我知道你有可能會來找 ZYQ。』

GuGu：『CLZ，我知道我們學校喜歡你的女生很多，但你以後真的不會遇到比我更好更喜歡你的了。我真的快瘋了。』

不過第二則訊息很快就收回了。

徐梔忙退出通訊軟體，翻出導航，大概是有點作賊心虛，雖然不是故意的，但是是不小心看了他的聊天紀錄，也還算冷靜地自己找了個話題：「你這個背景畫面挺帥啊。」

陳路周悠悠掃過去：「嗯，球賽的時候拍的。」

徐梔仔細一看，才知道是他自己的照片。因為是一張無比具有攝影藝術氣息的照片，應該是在他打球的時候抓拍的，模糊到幾乎只能看清楚他瘦瘦高高的身形，但因為身上那套衣服跟他現在穿的幾乎一模一樣，徐梔才後知後覺地反應過來。

「哦。」

徐梔又愣了，怎麼總能不遺餘力地誇到他。

陳路周看她又沒下文了。

這種撩一下，鬆一下的手段，她實在太會了。陳路周一邊打方向燈，一邊想，腦子裡那個破罐子破摔的想法越來越強烈。他其實並沒有想過要把她跟自己的關係明確或者推到哪個程度，其實哪怕徐梔跟談胥分手，他們也不會有什麼結果，他馬上就要出國，他爸怕他以後跟陳星齊搶家產，說不定以後就把他扔在國外了。難道真的跟人家談兩個月就分手？

陳路周你還是玩你的籃球無人機吧，別他媽瞎折騰了。

買完東西已經十二點，徐梔問陳路周餓不餓，要不要一起吃完飯再回去，附近剛開了一家乾鍋牛蛙，要吃嗎？

吃吧，最後一次了。他點點頭。

牛蛙店果然不出意料要排隊，徐梔拿完號碼回去，陳路周靠在商場中央的石柱上，浮皮潦草地應付著他弟的視訊電話，陳星齊大概也是著急了，在電話裡撒潑，我不管，我不管，你要帶乾鍋牛蛙回來給我。陳路周單手插在褲子口袋裡，懶洋洋地說：「八百塊裡沒這活，這是八千塊的活。」

陳星齊開始耍賴：『我不管我不管，你到底跟誰出去啊，半天都不回來。』

「就那天那個姐姐。」

『「在法律邊緣試探」那個？』

「嗯，你說話注意點，她在我旁邊。」

徐梔心說，我是什麼猛獸老虎嗎？

陳路周也不知道自己為什麼心那麼大要開著擴音，明知道陳星齊這小子不老實，果然，下一秒，陳星齊就在視訊裡惡作劇地大聲叫徐梔：『漂亮姐姐！妳想當我嫂子嗎！想的話，就幫我帶一鍋牛蛙回來好——』

直接被陳路周掛斷。

牛蛙店門口排隊的人多，熙熙攘攘，還混雜著商場慷慨激昂的音樂聲，徐梔其實沒太聽清喇叭裡的聲音，只能隱隱約約聽到後面半句，問陳路周：「你弟剛剛是叫我幫他帶牛蛙嗎？」

陳路周手機揣回口袋裡，結果被商場上一個創業小廣告吸引了注意力，目不轉睛地盯著隨口說：「妳別理他，他就是被寵的。」

徐梔覺得是時候挽回一下自己的形象，「沒關係，等等點兩鍋吧，一鍋可以打包，弟弟想吃啊為什麼不買給他呢。」

陳路周當時在考慮，無論怎樣，得先會賺錢，不然大學四年太被動了。哪怕出國也不能被人掐著經濟命脈啊，想泡個妞，要是沒錢開房那多尷尬。於是他饒有興趣地看著那些創業小橫幅，心裡盤算是自己創業呢，還是先扎實打工基礎，從端盤子做起。

然而，聽見徐梔那麼勤快地就答應下來，看吧，就是有心思啊，他低頭看她一眼，破罐子破摔了：「直說吧，妳是不是想追——」

「徐梔。」

一道扁平的男中音從身後傳來，很乾，像在沙漠裡許久沒喝過水一般。

徐梔和陳路周幾乎是同時回過頭，在茫茫人群中，徐梔還在辨認這個聲音到底來自於哪裡的時候，陳路周就已經率先反應過來，那道乾瘦的身影是談胥。

陳路周朝著談胥的位置，揚揚下巴，「妳男朋友。」

徐梔終於看見，朝著那聲源望過去。

「如果需要解釋，我可以過去，沒關係，不用考慮我。徐梔。」

他聲音一如既往的清冷緊勁又欠揍，只是難得正經，徐梔聽了心裡莫名一顫，怎麼好像還委屈他了？

徐梔確實有話要跟談胥說。那天晚上不歡而散，她話沒說完，談胥就發脾氣把她的項鍊扔下去，她光顧著找項鍊，回家才想起來自己還沒跟他說清楚。後來再找他，他電話不接，訊息不回。

其實從三模之後談胥的狀態就有點不對勁，整個人變得沉默寡言，很不合群，曲一華說他是焦慮，壓力太大。徐梔為了讓他放鬆，約了個週末，揣著存兩週沒吃早餐的兩百塊錢帶他去溜冰。結果她沒想到談胥天生運動細胞缺陷，平衡感喜人，在溜冰場堅持不懈地摔了無數個狗吃屎之後，他惱羞成怒，氣急敗壞地原地脫掉溜冰鞋狠狠摔在地上，那張平日裡慘白、毫無精神的臉色，第一次蓄滿了肌肉力量，大聲吼她：「有意思嗎？妳到底會不會考慮別人的感受？我承認我什麼都不行，行了嗎？！」

徐梔挺愣，他平時什麼都逞強，樣樣都要拿第一，就連體育課上的各種課堂小測試他都不放過，徐梔不知道他平衡感這麼差，約他去溜冰，他也一口答應，結果出洋相反過來罵她。徐梔就是那個時候覺得十七八歲的男孩子可真是無趣透了。

但又不得不說，如果沒有談胥，徐梔也考不出現在這個成績，可能連最難的那段時間都熬不過來。談胥是高二轉到睿軍中學，那時候徐梔媽媽剛走第三年，老徐重度憂鬱和焦慮，一直在吃藥，但長期服用抗憂鬱焦慮的藥會影響身體機能，徐光霽那陣子身體每況愈下，頭髮大把大把掉，比化療的病人掉得還厲害。

徐梔那時候也受了老徐的影響，成績一落千丈，原本還有機會考上一中，最後踉踉蹌蹌才上了個普通高中。談胥轉過來跟徐梔成為隔壁桌後，徐梔覺得他也挺慘，聽說他是被別的學校的人霸凌患上了憂鬱症才轉學。徐梔對他心生憐憫，加上談胥沉默寡言，跟同學們也不太合群，徐梔就這樣成了他與外界的樞紐，漸漸的他們溝通越來越多，反而是談胥經常開導她，徐梔覺得自己不能再這麼渾渾噩噩下去，大概就是從談胥告訴她這句話開始——「河流和山川都困不住我們，只要我們不做思想的囚徒」。

「這句話是你告訴我的，我一直覺得很醍醐灌頂，能說出這種話的人，我覺得你思想至少比我開闊，我想不通的事情你應該能想通，所以我想我只要給你時間就行，但是我發現你現在有點鑽牛角尖，你每天逃避也沒有意義，沒考好就是沒考好，難道你一定要讓所有人都陪著你考砸你才高興？」

兩人站在電梯口，商場手扶梯裡陸陸續續有人出來，談胥渾然不覺自己擋了別人的路，仍舊像根電線桿一樣杵在那。徐梔把他往旁邊拽，談胥卻下意識往陳路周那邊看過去。

他剛剛第一眼就認出來了，這是宗山校區的陳路周。談胥以前一中的化學老師就是陳路周他們班的班導師，每次見他們班一到考試階段氣氛壓抑得快要爆炸，整個教室一眼望過去全是烏壓壓的腦袋，除了奮筆疾書還是奮筆疾書，誰也不說話，他就拿陳路周舉例子，你們這心態不行，才高一就拚成這樣，高三還要不要活啊，還沒升學考，我怕你們心態都出問題。我們班有個小子，他心態就好。國中化學競賽就拿過國家獎學金，平時很努力，到了考試這幾天他基本上不看書，不是找人打球就是找人看電影，宗山也就他們班的氣氛還可以。

一中競爭厲害，宗山競爭得更厲害，談胥不信一中還有氣氛還可以的班級，一中的每個班級氣氛都是地獄模式。而且，一中每年幾乎都有學生受不了壓力退學或者轉學。他當時覺得這老師就是見不得別班比他們班努力，說風涼話想打擊他們。談胥也不信，一個人能影響整個班級的氣氛。

後來有一次，他去宗山辦公室幫老師拿競賽考古題卷，陳路周恰好也在老師辦公室，被數學老師按在那訓，談胥當時心裡挺得意，覺得化學老師牛皮吹破了，玩吧玩吧，還不是考砸了。就在他拿試卷時，不小心把數學老師的玻璃杯打翻了，結果還在挨訓的陳路周，眼疾手快幫他扶住了，他看了談胥一眼，還跟數學老師插科打諢：「欸，您看，差點又碎一個，不然明年教師節我們又得湊錢買一個給您。」數學老師瞪他一眼，嘴上嫌棄，眼裡是高興：「稀罕。」

談胥說了聲對不起轉身就走了。數學老師馬上叫住他：「欸，同學，你等下，這份答案一起帶過去，不准偷看啊，做完再對。」結果找了老半天也沒找到，怕談胥等不及，就隨口說：「陳路周，把你的試卷給他。」

陳路周從他手上抽了張試卷看是哪份，然後半天沒動，嘆口氣。

「幹嘛，你動作快點，人家等著呢，馬上上課了。」

「欸，我還沒寫呢。」他說。

「……你就一天到晚看電影吧！」數學老師立刻耳提面命地啐他：「少看點電影吧！怎麼了，以後想當演員？你乾脆去考北京電影學院得了。」

「我回去問問我媽同不同意。」他笑著把試卷放回來說。

談胥那一刻覺得，氣氛確實不一樣，但他始終不服輸，陳路周也就這樣而已，也就是比我們陽光一點而已。

陳路周這時也挺忙的，剛跟人指完廁所在哪，又把隔壁跟他一起等位的小孩弄哭了，他還挺納悶的，怎麼站哪都有小孩來招惹他，他懷疑他被小孩通緝了。人疲塌地靠著柱子繳械投降地低頭對小孩說：「行行行，氣球給你，你別拿槍對著你妹妹，你這子彈挺疼的，我手都被你打瘀青了。」

四周排隊的人都看著他們笑，氣氛跟談胥這邊簡直是兩個極端。

談胥覺得陳路周到哪氣氛都很好的原因，只是因為大家願意把目光聚集在他身上而已。他把視線收回來，冷冰冰地對徐梔說：「升學考失利的是我，不是妳，妳這個人缺乏同理心，無法理解就無法理解，別再跟我說什麼大不了就重考，妳以為重考那麼簡單嗎？我努力了那麼多年，是為了再考一年嗎？我從小就沒失敗過，妳懂嗎？」

再說，那句話又不是他說的，是他以前在一中的滿分作文閱覽本上看見的。當時也沒注意名字，後來再回去找本子都找不到了。

徐梔看了他一下，問：「你去看心理醫生了嗎？」

談胥：「我不需要看心理醫生，妳找我就是想說這個嗎？還是想說妳現在考好了，就可以甩掉我了是嗎？」

徐梔：「我們之間本來就不是……」

「徐梔，我以為我們心照不宣，」談胥嘲諷地打斷她，「那只不過是應付老師的藉口不是嗎？還是妳現在找到更好的，就要甩掉我對嗎？」

「我現在沒有心思談戀愛，談胥，跟你說實話，高三的時候我就確定我自己不喜歡你，但是你在我最迷茫的那段時間不斷給我暗示，我以為我自己是喜歡你的。你如果非要把話說得這麼明白，那我也不介意撕破臉——」

談胥眼神警惕地看著徐梔，她那雙乾淨清澈的眼睛，卻如此鋒利而直白，那裡似乎有與日月對抗的勇氣。

「談胥，你敢承認嗎？你對我就是ＰＵＡ。」

牛蛙店裡高朋滿座，陳路周他們隔壁桌就是剛才那個拿槍打他的小男孩，現在都快混熟了，小妹妹特別喜歡陳路周，時不時嬌羞著端一盤自助水果過來，放在陳路周的桌上，都不敢看他，一放下就很不好意思地轉身撒腿就跑，弄得陳路周也有點無奈，只能靠在椅子上笑，等小妹妹第三次端一盆水果過來，陳路周乾脆拉住她，「要不要跟哥哥一起吃？」

於是，徐梔就這樣看著服務生又幫他們添一雙兒童筷，她很想板著臉訓兩句。小妹妹也挺有眼力見，看她眼神挺凶，顫顫巍巍地開口問道：「姐姐，我不能吃嗎？」

「不能。」徐梔很直接：「妳爸爸媽媽呢，他們允許妳這樣隨便上陌生人的桌嗎？今天這個哥哥不是壞人，但是以後遇到壞人怎麼辦？」

小妹妹「哇」的就哭了，自己乖乖地從椅子上爬下去，嘴裡抽抽噎噎欲拒還迎地說：「哥哥，我走了。」

陳路周沒辦法，總不能讓人哭著回去，又扯過來哄了兩句，把店員剛剛送給他的氣球全給她了，小屁孩瞬間眉開眼笑，高高興興回她爸媽那桌去了。

等她歡歡喜喜地爬上爸媽那桌椅子上之後，跟她爸媽交接過眼神後，陳路周才回過頭，人靠在椅子上，把牛蛙鍋底下的火關小了點，眼神別有深意地看著徐梔：「對小孩凶什麼，跟他吵架了？」

徐梔這才拿起筷子，心無旁騖地夾了塊牛蛙，「算不上吵架。」她吹著牛蛙上的熱氣，慢悠悠地說：「頂多就是被我恐嚇了兩句。」

「咳咳——」陳路周正在喝檸檬水，聽見這話，猛地咳嗽了一下，嗓音莫名啞了，他又咳了聲，說：「妳恐嚇他什麼？」

「沒什麼，我讓他別再纏著我。」徐梔被牛蛙辣到了，她大汗涔涔地拿手搧著風，端水喝了口，似乎想起什麼，說：「對了，我等一下加一下你的好友。」

陳路周：「……」

妳這無縫銜接的技術可以叫焊接了。

陳路周第一次覺得不自在，渾身都極其的不自在，想把渾身的骨頭都拎出來散散勁，他喝了口檸檬水，往別處側了眼，「太快了吧？」

徐梔則把水放下，想了想，「我有事情要跟你說，用訊息說吧，當面不好講。」

「我知道。」他看著她說。

徐梔一愣，「你知道？」

陳路周：「多少……知道一點？」

徐梔相當震驚，舉了舉筷子上夾著的乾鍋牛蛙以示敬意，「你厲害啊，那回去再說。」

陳路周靠在椅子上，兩條腿就大剌剌地敞著，剛那個小孩塞了幾顆糖給他，他剝了一顆，現在在嚼，慢悠悠地嚼著，一邊嚼，一邊意味深長地看著徐梔。

也許是外形的壓迫感，眼神總給人一種隨時隨地要在太歲頭上動土的意思。

腦子想的是——

我他媽現在算不算小王。

兩人吃完回到車裡，徐梔迫不及待就要掏出手機掃陳路周的好友，陳路周一邊心說瞧妳那猴急的樣子，一邊把好友 Qr code 調出來給她，扔在儲物格上，然後看著地下停車場裡大大的電影院招牌，嘴裡差點著三不著兩的蹦出來一句：反正都這樣了，要不然先去看個電影。

「備註一下，」徐梔一邊傳好友申請給他，一邊跟他確認說：「三個字都是姓對吧？」

當時朱仰起也是這樣介紹的，說三個字都是姓，聽他「嗯」了聲，徐梔下意識就輸入「陳陸周」，也沒細想，然後感慨了一句：「加你好友真難啊。」

陳路周從車窗外收回視線，靠在駕駛座上，一隻手扶在方向盤上，另隻手撈過她剛掃完 Qr code 的手機，通過她的好友，單手飛快打完徐梔的名字，然後隨手一丟，便去啟動車子，動作幾乎一氣呵成，都沒停頓，「得了吧，別得了便宜還賣乖啊。」

徐梔點點頭，「確實撿了個大便宜，但是你確實也是最難的一個。」

陳路周換檔的手微微一頓，轉頭瞥她，「什麼叫我是最難的一個？」

「我上次跟我爸去非洲開會，真的，我跟非洲人溝通都比你順利，人家一下子就把所有的社交帳號都寫給我了，連短影音帳號都給了，讓我多多按讚多多關注。」

「……非洲開會？」陳路周這才把車駛出地下車庫，「妳爸做什麼工作啊。」

徐梔想了下，岔開話題：「普通工作，對了，你第一天給你八百，都讓你幹什麼呀？」

陳路周覺得她的思緒真的不是一般人能跟上的，「陪吃陪喝陪睡，怎麼，妳有興趣？」

這時徐梔手機響了，蔡瑩瑩問她回去沒，她一邊回覆一邊說：「你弟要是願意的話，我也不介意，只要他錢給到位就行。」

「妳想得美啊。」陳路周無語地扯了下嘴角，「臉皮怎麼這麼厚。」車子從地下車庫轉出去的時候，他餘光瞥見一家門口大排長龍的網紅飲料店，低頭問她：「要喝嗎？」

徐梔順著他的眼神瞧過去，隊伍很長，猶豫一下，搖搖頭，想喝但是好飽，長吁短嘆道：「我也想賺點錢啊，你有路子介紹嗎？」

「路子沒有，不過挺巧，我最近也有個賺錢的想法。」

陳路周說著把車停在路邊，撈過手機，徐梔以為他要給自己看他的賺錢大計，結果居然是下單了兩杯飲料。

「你沒吃飽嗎？」徐梔問。

陳路周心說，我就是吃飽了撐的，窗戶紙都快被妳捅爛了妳還裝呢。

陳路周老神在在地靠在駕駛座上，一隻手肘抵在車窗沿，面無表情地睨她一眼，「……

買了兩杯，妳喝不喝？」

「喝。」徐梔單純想聽聽他的賺錢大計，不想在這個問題上繼續跟他扯，「說說你的想法？」

陳路周微微吊了下眉梢：「妳有興趣？」

妳居心不良啊，這麼快就把手伸到我的事業了是嗎？

「當然。」徐梔立刻說：「馬上要上大學了，不能總靠著家裡吧，我認識一個學姐就特別厲害，高三畢業就自己創業，暑假短短兩個月就賺到了第一桶金，別人還在求著父母每個月多給點生活費的時候，她已經在發薪水給人了。」

「那是挺厲害。」

陳路周踱歸踱，但他確實向來也不吝嗇於承認別人的優秀。

徐梔「嗯」了聲，又唉聲嘆氣說：「不過後來有點可惜的是，因為錢賺很多，她覺得上學沒什麼意思，大二就退學了，遇上她現在的老公，現在婚姻出了問題，事業也一落千丈。男人真可怕。」

陳路周一臉妳還有臉說的表情，瞥她一眼。

妳一個無縫焊接的人，說這話就不太合適了吧。

「我這個計畫，妳應該參與不了。」他說。

現在就讓妳參與我的事業，以後我還混不混了。

「什麼計畫？」徐梔問。

陳路周查了下手機訂單，飲料等候還有十個人，然後鎖上手機，約莫正午陽光刺眼，他微微放低座椅人往後靠，靠在駕駛座上有點閉目養神的意思，腦袋仰著，喉結明顯突兀，看起來挺乾淨禁欲，但說出來的話挺渾：「陪聊啊。」

徐梔震驚地看著他：「裸……聊嗎？」然後，從上到下，慢悠悠、且審視一般地掃視他一圈，「我能先買個五塊錢看看嗎？」

陳路周側過頭看她：「……」

妳他媽這想像力，連青蛙路過都得強調一句，我可不是癩蛤蟆。

徐梔還是挺好奇：「這真的能賺到錢？」

「賺錢妳幹？」陳路周拎著手機漫無目的轉了一圈，冷淡問她。

「陪聊的話，幹，說話誰不會啊。裸聊的話，得考慮考慮。」

「這事還要考慮啊？」

徐梔拿不準他這口氣到底是必須幹吶，還是必須不幹，畢竟還挺想跟著他賺錢的，他一看就是個能賺錢的，畢竟花樣多。

徐梔：「暫時，不幹。」

徐梔堅定了一下，嗯，不幹。

陳路周：「……」

等飲料送到，陳路周降下車窗接過去，遞了一杯給徐梔，見徐梔頭也不抬地接過去，眼睛專心致志地盯著手機跟蔡瑩瑩鬥地主，陳路周靠在駕駛座上，目光冷冷地瞥著她心說：就非要回去用訊息說？現在不能說？

結果一路無話。

陳路周開得不算快，經過粲然四季的青山，路過滿盈盈令人心神蕩漾的大海，以及爭相簇擁藏著綿柔情宜的棉花糖白雲。他以前從沒覺得這些風光有多葳蕤，然而一路旖旎的風光徐梔都沒看見也沒開口，全神貫注地研究怎麼能把王炸藏到最後。

「妳就真的沒話要說？」

徐梔這才從手機裡抬起頭，「啊？什麼話？」

「妳剛不是說，有話要跟我說嗎？」

徐梔「哦」了聲，甩了一個三出去，狐疑地看他一眼，「朱仰起沒跟你說嗎，蔡瑩瑩跟他約了一起吃宵夜，要不然等等一起說吧。」

妳還真是一點都不怕被別人知道！

陳路周把車停回傅玉青的後院，心想要不要讓傅玉青勸勸她能不能別這麼瘋，結果正巧看見傅玉青從茶室裡出來，手上牽著他寸步不離的愛犬，衝著電話那頭的人大發雷霆：「那你告訴他，我就是個開民宿的，又不是警察局，他老婆跟小王來開房，我他媽還得替他攔著？」

陳路周：「……」

陳路周上樓的時候，朱仰起正在跟蔡瑩瑩約吃宵夜的地點，山莊雖然不大，但是各方面菜系應有盡有，不得不說，傅玉青是個懂得享受生活的人，川菜、淮揚菜、杭幫菜，還有東北大鍋燉，餐廳每天會根據食材來供應。

很不巧今天是川菜，四個人都不太吃辣。

陳路周還行，其餘三個幾乎都是碰到辣椒就吐舌頭，於是蔡瑩瑩建議：「要不然等等去樓下酒吧喝酒得了！」

朱仰起舉雙手雙腳贊成。

徐栀在手機上一邊鬥地主一邊懶洋洋地說我隨便。

三人不知道什麼時候拉了個約飯群組，也拉陳路周了。他手機就擺在床頭，中間震了N下，他也沒看，眼皮都懶得抬，就跟睡著了似的，上衣也沒穿，露著寬挺、線條流暢的後背，趴在床上一動不動。

但朱仰起知道他沒睡著。

三人還在語音群聊，朱仰起問徐栀：『妳牽他耕地去了？怎麼回來累得就跟隻老黃牛一樣。』

「閉嘴，朱仰起。」某人終於發話，人趴著，半張臉仍埋在枕頭裡，聲音發悶。

徐栀那邊鬥地主一直在炸，說：「我不知道，反正他跟小妹妹玩得倒是還挺開心的。」

陳路周趴在床上，無語地翻了個白眼，心說，妳還有心情吃醋。

他懶散地伸出手，摸過床頭櫃上的手機，一聲不響丟給朱仰起。

「幫我充一下電，插頭在你那邊。」聲音是真的睏。

朱仰起隨口問了句：「你沒帶行動電源啊？」

「早就不知道丟去哪了。」他說。

朱仰起「啊」了聲：「那天不是借給徐梔了嗎？」順嘴在群組裡喊徐梔：『妹妹，陳路周的行動電源妳還他了沒？』

徐梔也有點愣，這哪想得起來，「那天晚上，好像……還了吧？」

陳路周趴在床上眼睛仍是閉著，懶散地接了句，嗓音很清，『沒有——』

徐梔仔細想了想，她當時跟著陳路周去結帳，順手就把行動電源拔了，然後結完帳，她也沒回去過了，之後就跟著陳路周去了他家烤地薯，最後收尾是蔡瑩瑩和朱仰起，但他們都說沒拿過。

「那就是落在店裡了，抱歉啊，我再買一個還給你。」徐梔說。

『別買了，他買多少行動電源都一樣，反正沒幾天就不見了。行了，沒事，他有錢，那晚上我們就這麼說定了，晚點見。』

朱仰起匆匆交代兩句就退出語音群聊，掛完電話從床上爬下來準備去上個廁所，一邊掀開馬桶蓋一邊跟外面趴著的陳路周大放厥詞：「你看這手段跟以前追你的那誰是不是一模一樣，跟你借行動電源假裝忘記帶走了，這不就有第二次找你的理由了？」

陳路周：「……」

朱仰起沖完馬桶出來，見他不理，拿起枕頭往他身上丟，「別裝死，我知道你白天從來不睡覺。」

陳路周終於大發慈悲地翻了個身，他把枕頭拎開，懶洋洋地坐起來，靠著床頭，目光四處找了一圈，「有菸嗎？」

朱仰起從抽屜裡抽出一包他珍藏的雙爆珠，丟給他，表情何其詫異，「你不是從來都不抽嗎？」

陳路周慢條斯理地撕開包裝，抽出一根，銜在嘴裡，滿櫃子翻打火機，沒找到，隨手拿起床頭櫃上的火柴，抿了一根出來，慢悠悠地摩擦著，「沒抽過，試試看。」

都快成小王了，還有什麼不能幹的。

朱仰起嘖了聲。

「她跟談胥分手了。」他低頭去就火的時候，補了句。

朱仰起驚呆，急赤白臉地拖了張椅子過去，「你他媽，不會真撬人牆角了吧？」

陳路周也煩，瞥他一眼，把火柴梗甩滅，「沒有，不過我差點就說了，不知道為什麼，我對她就是有點，無法拒絕。」

「什麼叫無法拒絕。」

「說不上來，咳咳──」陳路周完全不會抽菸，吸了兩口，自己被嗆得不行，就像被貓毛嗆了，胸腔裡直發癢，緊跟著又咳了一聲，「我他媽要是知道，我現在會這麼煩她？明明有男朋友。」

朱仰起：「你煩的是她嗎！你煩的是她有男朋友！」

陳路周沒說話，把菸掐了，發誓以後再也不抽菸了，難抽得要死。被朱仰起眼疾手快地奪過去，「你他媽太浪費了，我現在就這一包了，我還有兩張畫沒交呢！」

「你噁不噁心。」陳路周鄙視。

朱仰起自顧自抽下去，冷靜了下，說：「雖說徐梔長得確實很漂亮，尤其看起來乾淨又聰明。」

是當下最流行的什麼，純欲風長相，對，朱仰起想起這個詞。

「但是以前追你的女孩子也不是沒有比她漂亮的，連谷妍你都拒絕得那麼乾脆。」朱仰起井井有條幫他分析，「她跟其他女孩有什麼不同呢，唯一只有一點，就是她有男朋友。」

陳路周抬頭看他，「然後呢？」

朱仰起嘆了口氣，覺得自己分析得很對：「所以，你無法抗拒的其實不是她，而是這種感覺，這種刺激、禁忌、偷偷摸摸的感覺，陳路周，你這是病！得治！」

「……滾。」

傅玉山莊的酒吧人很少，屬於純放鬆的音樂清吧，藏酒倒是琳琅滿目，只是沒有駐唱歌手，因為山莊實在是太偏遠，傅玉青又是這脾氣，沒人願意跑這麼遠來替他打工，所以，這個酒吧，偶爾也就傅玉青興致上來，自己上去唱兩首。

還好，他今天沒興致。

徐梔她們到得比較早，酒吧裡也就疏疏懶懶幾個人，只有幾盞曖昧搖曳的氣氛燈在角落耳鬢廝磨著，音樂輕輕淺淺地落進各色酒杯裡，整個人瞬間便融入了。

蔡瑩瑩來之前把翟霄封鎖了，自那晚之後，兩人很久沒聯絡，翟霄追問兩天也沒有後續了，今天突然在個人頁面公開了柴晶晶的照片，蔡瑩瑩本來還想問問他為什麼，在無數次放大柴晶晶的照片甚至找了專業人士去掉美顏之後，蔡瑩瑩突然沉默了。她連質問的勇氣都沒有了。雖然蔡瑩瑩覺得這很膚淺，可在她那個年紀，確實很扎心。柴晶晶那麼漂亮，還能跟他考同所大學，蔡瑩瑩這打擊受大了！

「我要重考。」蔡瑩瑩點了杯莫希托，看著水面上漂浮著熒綠色的薄荷葉，對徐梔說：「我要考到翟霄和柴晶晶的大學，我要讓翟霄看看，我沒有比她差。」

「瑩瑩，妳想好好念書我很支持妳。」蔡瑩瑩確實是想起一齣就一齣，徐梔太了解她，嘆了口氣，「但是我覺得妳還是找人把他打一頓更快更解氣一點。」

「把誰打一頓啊？」身後傳來朱仰起的聲音。

「一個渣男。」蔡瑩瑩頭也不回，悶頭灌下那杯莫希托，見只有他一個人，問：「陳路周呢？」

「在傅老闆那，談茶山拍攝的事情。」朱仰起拉開對面的椅子坐下，笑著招呼：「好久不見啊，鸚鵡妹妹。」

蔡瑩瑩本來就委屈，一聽到這，眼淚都出來了，「徐梔！」

徐梔還在鬥地主，老太太輸光的歡樂豆[3]，她全贏回來了，頭也不抬，像個毫無感情的打遊戲機器，裝模作樣地恐嚇朱仰起：「別惹她，不然我讓傅叔來唱兩首。」

朱仰起：「……」

「就是。」蔡瑩瑩也跟著反唇相譏，「朱仰起你是不是暗戀我，不然，你為什麼不跟徐梔打招呼。」

朱仰起：「打了啊，妳是鸚鵡，她是妹妹。」

蔡瑩瑩：「朱仰起，你找死啊。」

朱仰起不開玩笑了：「好了，別為了一個男人哭哭啼啼的，等妳考上好大學，妳就會發現一個更殘酷的事實，那就是比妳優秀的人，根本看不上妳，妳又看不上那些比妳差的，所以妳將永遠單身。最好的辦法就是，我們不上大學，我們不見世面，我們就不會被世俗傷害。」

「呸，那你先把你的美術證照燒了吧。」

朱仰起厚臉皮的笑笑，拿著酒水單回頭看了眼，正巧看見一道高高大大的熟悉身影從門外進來，說實話，陳路周這長相，就朱仰起這種天天在他身邊待著、按理說審美應該是相當疲勞的好兄弟來說，偶爾還會被他驚豔一下，比如今天。

也沒哪裡不一樣，但就是覺得眉眼更挺，五官清晰而精緻，輪廓線條流暢，頭髮柔順，

---

3 歡樂豆：遊戲《歡樂鬥地主》中的虛擬貨幣。

哪裡都比平時順眼。

顯然是把自己洗得乾乾淨淨，白白的送上門了。

說實話，陳路周還真沒故意收拾，只是去幫陳星齊收拾畫具的時候弄髒了褲子，就順便回去洗了個澡，僅僅只是洗了個澡，他連頭髮都沒吹，所以他覺得自己還算克制，沒太給她面子。

不過，徐栀是根本不給他面子。

從他坐下，就沒抬眼看過他，一直專心致志在手機上鬥地主。打一天了，打法很粗野，甚至可以說凶猛，只要牌好基本上一局她都能打滿，直接把另外兩個玩家的歡樂豆歸零，牌不好她就消極應戰。懂了，純粹是幫人打歡樂豆。他以前幫陳星齊打歡樂豆也這樣打，一把直接打滿。

誰也沒說話，徐栀專心打豆，蔡瑩瑩沉浸在失戀情緒中無法自拔，陳路周就靠著不說話，朱仰起掏出手機劈里啪啦傳訊息給陳路周。

爹：『我怎麼覺得這個氣氛有點不對勁啊。』

Cr：『你什麼時候改名字的？』

爹：『你管我什麼時候改的，我現在就是好奇，她到底要跟你說什麼，是要跟你說，我跟談胥分手了，我可以追你嗎，還是說你有錢嗎，借我點錢。我現在嚴重懷疑是後者。』

Cr：『把名字改回去，不然封鎖了。』

徐栀打完豆把帳號傳回去給老太太，這才放下手機，終於注意到對面視野受阻，原來坐了一個人，「嗯，你來了。」

她隨意地掃了一眼，黑衣黑褲，乾淨俐落又隨性，腦袋上是一頂黑色鴨舌帽，襯得他輪廓流暢，視線被遮擋，那雙眼睛莫名變得很深沉，不像平日裡那麼冷淡，光是靠在那，胸口平坦而寬闊，安全感十足，確實清瘦，很帥。突然也能理解陳路周有時候的自戀，這樣的男孩子，在學校裡應該挺受歡迎，不說趨之若鶩，追他的女孩絕對也是排長隊的。

陳路周把手機丟在桌上，「……坐這十分鐘了。」

徐梔「哦」了聲：「要喝點什麼嗎？我剛點了杯長島冰茶，這茶一點都不好喝。」

陳路周也懶得跟她解釋長島冰茶不是茶，是酒。

徐梔其實一直在想這件事情要怎麼解釋得有力又更能讓陳路周信服，但人有時候是這樣，某個場景在腦海裡幻想一百遍，但往往最後真實發生的可能又是跟之前完全不一樣的第一百零一遍。但不管怎麼樣，至少得讓陳路周的心情愉悅，這樣才好講故事。

「你喜歡聽什麼歌？」徐梔問。

「隨便。」

「那你還是喝點吧，這事不喝點，我怕你聽不下去。」

「妳說吧。」

「那我說了啊。」徐梔看了一旁的蔡瑩瑩一眼。

「嗯。」

陳路周面不改色地靠在椅子上看著徐梔，反倒朱仰起心裡怦怦怦，好像看見邱比特緩緩拉開一支開弓的箭，箭身顫顫巍巍地發著抖，卻不知道會往哪發射呢，他莫名地比陳路周還緊張。

這他媽要是一箭射中心臟就算了，他就他媽的祝福他們。要是往別的地方射，他決定揍徐梔一頓，把他兄弟搞得連菸都抽上了。

「等一下。」朱仰起猝不及防地出聲。

三人齊齊朝他看過去，連徐梔都茫然地瞧過去，陳路周靠在椅子上，雙手環在胸前，不耐煩地偏了一下頭，心說有你什麼事，你在這等一下什麼。

「我鞋帶鬆了，先等我綁好。」朱仰起擺出一副要看大八卦的架勢。

「……你有病啊。」蔡瑩瑩哪會理他，朱仰起一彎腰，手還沒碰上鞋帶，就聽見蔡瑩瑩直接竹筒倒豆說：「徐梔就是想見見你媽，不管用什麼方法。」

所以，還是想做他女朋友。

陳路周有些不自在地側過頭，微微頂了下帽檐，咳了聲，大約是覺得自己咳得不夠明顯，顯得不夠猶豫，所以又重重地咳了一聲：「什麼叫不管用什麼方法？」

「就是，如果你說要做你女朋友才能見你媽，徐梔也會答應的。」蔡瑩瑩說。

陳路周：「……徐梔，妳覺得，我對妳有意思？」

妳他媽是怎麼看出來的。

徐梔忙說：「不是，有些事情我可以晚點跟你解釋，我想辦法加你好友，也只是單純想跟阿姨見一面，如果你覺得不方便也沒關係，但是我絕對沒有這麼自戀，認為你會對我有意思。」

說著，徐梔把手機推過去，遞給他看，「你看，我加你好友也沒騷擾過你吧，我對你真的沒有別的意思，我連你個人頁面的照片都沒打開過。」

因為打開都很緩慢，還有載入的小圈圈，顯示真的對他一點興趣都沒有。

但陳路周只注意到上面的備註名字——陳陸周。

陳路周把手機扔回去：「峰迴路轉的路，謝謝。」

第四章　未來風光

別崩，穩住。

陳路周這樣勸自己，他就不信，徐梔對他沒有感覺，這可能是一種高級且你不太了解的釣法。

不知道是不是察覺到這邊氣氛不太對勁，酒吧角落裡連最後消遣的幾個人也站起來稀稀拉拉地離開，只剩下他們幾個，氣氛尷尬地僵在那，就像一團黏稠狀、怎麼攪拌也攪拌不動的液體，死氣沉沉。

陳路周人靠著，自己撿了顆花生，低著頭在剝，眼皮冷淡垂著，輕描淡寫地問：「那妳跟妳男朋友為什麼分手？」

別那麼冠冕堂皇地幫自己找理由，妳敢說，妳對我、沒有、一點、想法？

徐梔並不知道陳路周是試圖想找回場面，也不知道這幾天她已經快成海后了，她這時正在改備註名，抬頭詫異看他：「分手？」

朱仰起滿腦子漿糊，此刻都沒捋清，忙跟著緊鑼密鼓地插一句：「對啊，妳為什麼突然跟他分手啊？」

徐梔哪知道他們那邊已經快把戀愛談完了，狐疑地看著他們，「分手？我只是跟他說清楚而已，他都不算我男朋友，那天晚上是怕你不肯出來，瑩瑩才說我們有男朋友讓你更安心一點。」

靠。朱仰起罵了句，轉頭看陳路周，那大少爺沒說話，他抬頭，也沒有秋後算帳的意思，拍掉手上的花生碎，目光冷淡地看對面的人，這件事的罪魁禍首還是蔡瑩瑩，可他獨獨看著徐梔，「騙我？」

那雙深黑的眼睛，像白日裡滿盈盈的海水，看起來平淡無遺，底下都是珊瑚海礁的風光奇景。

徐梔心還是顫了下。

完了，好像真把他惹毛了。

徐梔心說偏了偏了重點偏了，這些都不重要，你要不要聽聽我媽的事？

結果還不等徐梔開口，蔡瑩瑩就突然開始發酒瘋。

她不知道喝了幾杯莫希托，全是一口悶。酒勁上來，整張臉漲成豬肝色，連脖子都斑駁地泛著潮紅，蔡瑩瑩不知道從哪掏出來一個麥克風，徐梔下意識往臺上看了眼，果然，麥克風立架光禿禿的，像個光桿司令一樣立在那。

她手上拎著兩個空酒杯，對著麥克風輕輕撞擊，「叮叮」兩聲清脆尖銳的撞響過後，蔡瑩瑩拿著麥克風開始大放厥詞，「騙你怎麼了？」

麥克風聲音很大，渾厚清晰，陳路周覺得整個山莊都能聽見，也突然明白傅玉青為什麼不肯找歌手來駐唱，確實很擾民。

陳路周心情其實挺複雜，那種糾結的感覺沒了。但更多的居然是失落，本來心裡像有一條小魚，在他心門口竄啊竄啊，竄得他心旌蕩漾，食不甘味。就在他要打開門的那瞬間，小魚游走了，而那窩藏著少年心事的池塘，頃刻間，恢復風平浪靜。

「你們這些臭男人，都一個樣！見一個愛一個！」蔡瑩瑩醉態畢現，翟霄給了她一記「耳光」，她逮著陳路周申冤吐氣，「你們一中的男生都不是好東西！翟霄是這樣，談胥是這樣！不要以為我不知道，陳路周！你就是想追我們家徐梔！不然，你們那天晚上怎麼單獨去打地鼠——」

徐梔立刻一把奪過蔡瑩瑩的麥克風，把她按在那，不顧她張牙舞爪的掙扎，跟陳路周解釋說：「這事你得問朱仰起，他的耳朵好像個裝飾品，我跟瑩瑩解釋過了，她現在可能喝多了，你先聽我說——」

陳路周：「說妳媽。」

徐梔愣了下，「你怎麼罵人呢。」

陳路周嘆口氣，把帽子摘下來，讓她看清楚自己的表情和眼神，那神情說不上披肝瀝膽，倒也是真誠無雙：「妳不是要跟我說妳媽的事？」

大概二十分鐘，徐梔說得事無巨細，說林秋蝶的過往經歷，語言習慣，甚至說到那件鵝黃色的連身裙。朱仰起聽得一頭霧水，陳路周懂了，她想見他媽，但是又怕打草驚蛇，她說的那部印度電影陳路周也看過，女主角最後也沒得到所謂的靈魂救贖，反而落入了資本家的圈套，寓意很不好。

「所以妳只是想確認，她是不是妳媽？」陳路周問。

「其實已經不用確認了，我知道很大機率不是。」徐梔說：「像你剛才說的，我媽前幾年才去世，你們又相處了十幾年，這個可能性微乎其微，如果你不介意，以後有機會讓我見見她也可以，我就還是很想知道為什麼她們會這麼像，見一面就行。」

陳路周是唯一一個沒喝酒的，面前擺著一杯檸檬水，他往前傾了傾，一隻手肘鬆鬆垮垮地撐在腿上，半邊肩下沉，低頭用吸管把水喝完。心說，行吧，今天就到這了。結果，手伸出去拿帽子的時候，看著徐梔又淡淡地問了句：「當我女朋友也不介意是嗎？」

「啊，你不介意就行。」徐梔琢磨他的表情是什麼意思，還是強調地問一句：「就是見面那天我們扮假的是吧？」

陳路周咳了聲，撇開眼，冷颼颼地反將了一句：「我門的要跟妳真的談戀愛。」

徐梔一臉這位同學你覺悟真的很高的表情，把面前的長島冰茶都喝完，說：「正好，我也不想談戀愛，怕了怕了。」

說完，徐梔一回頭，看見蔡瑩瑩已經醉得不省人事，脖子發紅，連手臂大腿都泛著不太正常的潮紅，徐梔覺得不對勁，忙問陳路周：「她是不是酒精過敏？」

陳路周推開椅子過去看了眼，因為酒吧很昏暗，蔡瑩瑩皮膚偏黃，有點難分辨，陳路周打開手機手電筒照了下，蔡瑩瑩意識雖然不太清楚，但還是大致知道他們在說什麼，那瞬間她覺得自己在陳路周眼裡跟坨豬肉沒什麼區別，又受了一次打擊。

「她以前沒喝過酒？」陳路周問。

「沒有，第一次。」

陳路周說：「妳問問她癢不癢，如果癢，呼吸也不太順暢就得去醫院，如果只是紅，沒關係，等等就退了。」

蔡瑩瑩說她不癢，她就是心口有點不舒服。

陳路周問她哪裡不舒服。

蔡瑩瑩：「一鈍一鈍的疼。」

陳路周看了徐梔一眼，才說：「鈍痛？心臟病啊？」

蔡瑩瑩搖搖頭：「不是，是深夜憂鬱時間到了。」

朱仰起：「……」

陳路周：「……」

徐梔二話不說忙把她拖走，「對不起啊，我先帶她回去，時間到了，是該吃藥了。」

朱仰起一進房門就開始笑，笑得整個人都直不起來，最後連滾帶爬地扒拉到床邊，陳路周跟在他後面進門，懶得理他，直接脫了衣服去洗澡。等他洗完澡出來，朱仰起還在笑。陳路周實在忍無可忍把手上剛換下來的衣服團成團砸過去，聲音冷淡：「沒完了是吧？」

朱仰起捧著肚子，整個人在床上抽筋，笑夠了，他坐起來，正經地幫他總結：「所以人不要慣性思考，也不是所有女孩子都會對你動心的。陳路周，你這次遇到不好惹的人了。你還無法拒絕她，笑死了，她把你拒絕得明明白白的。」

陳路周也覺得自己挺蠢的，這陣子大概是被谷妍洗腦。谷妍隔三差五就傳訊息給他說自己有多喜歡多喜歡他，身邊有多少女孩子都喜歡他，從小到大確實不乏有女孩對他表達好感，但要說追，還真不多，可能他從小就在環境比較嚴峻的學校裡，大家更關注的還是課業。然後升學考一結束，這些女孩子好像就跟韭菜一樣，一根根全冒出來了，這幾天，確實在訊息上收到的小作文很多，一些國中的、高中的、聯絡的、不聯絡的，都有。

所以……

就犯蠢了。

朱仰起躺在床上翹著腳優哉游哉地說：「陳大少爺，現在誤會都解釋清楚了，你對她還有那種酥酥麻麻、無法抗拒的感覺嗎？」

陳路周頭髮都還濕著，在往下滴水，衣服也沒穿，就腰間裹了件浴巾，肩上、胸膛上還都掛著水，順著他清薄乾淨的肌理寸寸往下滑，他擦了兩下頭髮，然後把插在桌上充電的手機拔下來，打算傳則訊息給陳星齊，讓他明天早點下來吃早餐。

剛一打開通訊軟體，除了幾個群組在瘋狂傳訊息之外，最上面就是剛加的徐梔好友，頭貼是一整片梔子花園。於是隨手點開她的個人頁面，想起剛才徐梔為了證明對他沒興趣，恨不得把他個人頁面從頭滑到底的樣子，他也抱著一種「看看怎麼了我偏要看」的心態，一邊滑著，一邊漫不經心地靠在電腦桌沿，對朱仰起說：「嗯，我認栽行了吧。」

徐梔個人頁面總共就十來則動態，要麼是新年快樂，要麼就是老爸生日快樂，相當簡單，一點情緒都沒有，看不出來她喜歡什麼討厭什麼，誰要是想追她，這他媽從哪下手。

行吧你們這事就到這了，她是真的對你沒感覺啊，跟你搭訕是為了加你好友，加你好友是為了跟你媽說話，行動電源是真的落在店裡了。陳路周一邊想，一邊從她的個人頁面退回聊天畫面裡，結果看見聊天畫面最上面的名稱位置顯示著——對方正在輸入。

陳路周面無表情地睨著手機，好吧，妳還有什麼要說的？

其實剛剛都是騙你的？

結果等了老半天也沒有訊息傳過來。

最後陳路周傳了個「？」過去。

徐梔回得也挺快。

Cr：『？』

徐梔：『？』

Cr：『？？？』

徐梔：『？？？？』

陳路周把剛剛她正在輸入的截圖傳過去。

Cr：『有話說？』

徐梔：『沒有，剛剛瑩瑩說她包落在酒吧，我想傳訊息問問你們有沒有幫她拿，結果還沒傳出去她就找到了，原來沒帶出去。』

翌日清早，陳路周強制帶陳星齊下樓吃早餐，陳星齊一肚子起床氣，剛要發火，結果見他哥冷著一張臉，一副薄情寡義、隨時要把他就地處決的樣子靠在他的房門口，完全沒了往日吊兒郎當那股勁，陳星齊感覺事情大條，立刻乖乖從床上爬下來。

餐廳人不多，吃早餐的人寥寥無幾，放眼望去，整個餐廳空蕩蕩的，只餘幾聲稀稀拉拉的餐盤碰撞聲。傅玉山莊地理位置得天獨厚，除了是避暑的風景勝地之外，大多還是像朱仰起和陳星齊這種美術生進來放養找靈感。

朱仰起是從小對美學感興趣，但陳星齊不是，他是單純想靠著美術考個好大學，他學科成績爛，要是正經念書肯定考不上，不像他哥，畢竟有這一個鋒芒逼人的哥，換誰誰壓力都大。昨天又跟朱仰起這個小老師使性摜氣說什麼也不肯畫了，還意氣用事地把畫筆和畫板一股腦從山上扔下去。

「我就說了他兩句，他畫畫確實三心二意啊，畫一下就要玩一下手機。」朱仰起趁著陳星齊去拿自助餐的功夫，見縫插針地跟陳路周告狀：「就他這個三天打魚兩天晒網的敷衍勁，等到以後高三，省考都不一定能過，省考過不了就是白搭，升學考都不用參加直接回去重讀吧。」

陳路周戴著鴨舌帽，身上是鬆鬆垮垮的T恤運動褲，還是昨天的，都沒換，很隨性懶散，顯然是沒收拾。因為連惠女士千叮嚀萬囑咐陳星齊胃不好又不自覺沒人看著肯定不吃早餐，一定要陪著他把早餐吃了。

說了吧，他就是個不折不扣的「三陪」。

陳路周夾了塊麵包、熱狗和幾片生菜放餐盤裡，自己做了個三明治，聽到這，皺眉蹙額地看他一眼，「畫筆和畫板都扔下去了？那他後面幾天用什麼畫？」

「鬼知道啊，我是教不了了。」朱仰起眼饞地指指他手上的三明治說：「也做一個給我。」

陳路周沒理他，把盤子放下，要過去教訓陳星齊，被朱仰起拉住，還勸他：「欸欸欸，大早上的訓孩子多晦氣，先讓那位小老闆吃完早餐再說，你這樣過去找他也無的放矢啊，等他犯到你跟前再罵死他。」

「那套畫具是我在西班牙買的，花了多少錢你知道嗎？我他媽省吃儉用，連最想買的音響設備都捨不得買，買了套畫具給他，他說扔就給我扔了？」

陳路周覺得自己能氣吐血。

朱仰起這才反應過來，「靠，那套輝柏嘉是真的？」

「廢話，你以為呢？」

「我以為你在購物軟體上隨便找人買的，我就隨口一說，限量就幾千套，我哪知道你真的能買到。」朱仰起自己都捨不得買那套輝柏嘉，價錢貴不說，還是藝術家級的畫筆，他覺得自己現在的水準還沒到那分上，不配用。陳星齊這臭小子何德何能啊，他二話不說撿起自助餐桌上的西式餐刀遞給陳路周，殺氣騰騰地說：「來，捅死他。」

陳星齊一坐下，看見陳路周面前的盤子裡空空的，狐疑地問了句：「哥，你不吃啊？」

陳路周戴著鴨舌帽，沒刮鬍子，下巴頦流暢俐落，但冒著一些疏於打理的淡淡鬍渣，他靠著，抱著手臂看他，口氣挺陰陽怪氣：「我哪敢，你多吃點。」

這要是聽不出來好話還是壞話，陳星齊這麼多年也白跟他相處了，他轉頭看看一旁朱仰起一臉幸災樂禍的表情低頭扒飯，想也明白是他告狀了。

「是他先找碴啊，明明那個人畫得還不如我，他非說人家畫得比我好。」陳星齊說。

陳路周挺冷淡地看著他，「那你就扔我送你的畫具？自己菜，勝負心還這麼重？」

這話有點狠，尤其是對陳星齊這個玻璃心來說，聽得朱仰起都忍不住偷偷側目，怎麼說呢，陳路周平日裡跟他弟雖然各種互相嫌棄，但是他很少用這麼重的話說他弟，尤其菜這個詞，陳路周對誰可能都會用，唯獨不會對陳星齊說，因為他們都知道，陳星齊確實不聰明，不光是念書菜，各方面都菜，不然也不會想透過藝考上名校，就是不想差他哥太多。

陳星齊都被他說愣了，一下子沒反應過來他哥會這麼說他，吃炸藥了？朱仰起開始打圓場：「他色彩還是可以的。」

「要你在這當爛好人。」陳星齊毫不領情，然後對陳路周盎盂相擊：「對，我菜，就你最厲害，你厲害那個姐姐也不喜歡你。」

陳路周面無表情地轉頭看朱仰起，冷笑道：「你嘴上能不能有個把門的，實在不行我花錢幫你請一個。」

朱仰起感覺活天冤枉，「靠，這事真不怪我嘴大，昨天晚上他傳訊息問我，說是在隔壁魚池裡做魚療的時候聽見有人嚷嚷你的名字，我才告訴他的，我跟你說，那酒吧真的不能去，麥克風一開，整個山莊都能聽見，還好這裡沒什麼人認識你，不然多尷尬。」

陳路周：「……」

陳星齊這時還好事地問：「你喜歡那個姐姐嗎？」

「關你屁事，」陳路周聞言回過頭，「我們現在在說你的問題，你要是不想學就趁早說，我們早點下山各回各家，我沒那麼多時間陪你在這瞎耗。」

「你是怕待在這碰見姐姐尷尬吧，我就不走，反正我把畫板扔了，我也不畫，我氣死你。」陳星齊火氣也跟著竄上來，賤兮兮地：「回去交不出畫稿，我就跟我媽說，因為你罵我，說我菜，反正也考不上大學，學了也是白學，我幹嘛浪費時間。」

朱仰起聽不下去：「你這太過分了吧，後面的話你哥可沒說過。」

「行，隨你。」陳路周是真的被他氣到，一句話也不想跟他多說。

話音剛落，餐廳門口的風鈴聲輕輕一響，兩道熟悉的身影推門進來，朱仰起也注意到，在他耳邊偷偷感慨了句：「緣分不淺啊，陳大少爺，你們這作息，我看適合。」

「滾。」陳路周冷淡地撇開眼，眼不見心不煩地將視線落到窗外。

沒什麼好看的，傅玉山莊的美景都在茶山那邊，這邊殘山剩水，雜草橫生，還有個半零不落的公共廁所，但他還是擺出一副欣賞世界名畫的樣子看得津津有味，因為他沒打算打招呼，也不想主動跟她說話。

朱仰起：「好像朝著我們過來了。」

既然對我沒有意思，見面也不是非要打招呼。我們還沒那麼熟吧？

朱仰起喋喋不休地調侃陳路周：「她手上拿著什麼啊，不會是送你的禮物吧？」

「你煩不煩？」陳路周忍無可忍、不耐煩地回頭瞥他一眼。

下一秒，徐梔把東西放到陳路周面前，「是你的吧？」

是被陳星齊扔下去的畫板和畫筆。朱仰起下意識看了陳星齊一眼，那小子嘴翹得老高，一臉不高興怎麼被人撿回來了。得嘞，讓你欺負你哥，我們徐姐才是真厲害。

「怎麼在妳那？」陳路周這才抬眼瞧她。

「瑩瑩，妳說，我渴死了。」徐梔剛從茶山上下來，嗓子都冒煙，顧不上跟陳路周解釋，直奔自助餐區去了：「妳要喝什麼，我幫妳拿？」

「就西瓜汁吧。」蔡瑩瑩說。

兩個女生臉上都大汗淋漓，朱仰起搭腔說：「妳們是下地幹活去了？」

「傅叔早上帶我們去茶山採茶了啊。」蔡瑩瑩大剌剌地拿手搧著風說：「對了，陳路周你今天要過去拍照吧？」

陳路周「嗯」了聲，下巴點了點那堆畫具，「妳們在茶山撿到的？」

「對啊，之前很多人在山上寫生嘛，下面就是傅叔的茶山，徐梔撿到的，她說在你家見過這幅畫，好像是你的，我們看覺得還挺新的樣子，就幫你撿回來了。想問問你還要不要，如果不要也不要亂丟，因為茶山下好多人在採茶呢。」

「我們還沒來得及回去呢，正巧碰見你們在這吃飯，就把東西拿過來了。」蔡瑩瑩又補了一句。

陳路周看了陳星齊一眼，見他埋著頭，也沒點他，「我等等過去跟傅老闆道歉。」

徐梔拿著西瓜汁回來了，聽見他這麼說，就在他旁邊的位子坐下，一邊喝西瓜汁一邊跟他說：「那倒也不用，傅叔說挺理解的。」

桌子是個圓桌，六人位，但只有五張椅子，其中一張可能被別桌借走了。蔡瑩瑩坐在朱仰起旁邊，只餘一個位子。

陳路周：「他理解什麼？」

還有，妳坐我旁邊幹什麼。

徐梔喝著爽口的西瓜汁，嗓子像一塊乾燥的海綿，一下子吸入水分，連聲音都變得清甜：「他說，畫成這樣，是我我也扔。」

朱仰起：「……」

陳星齊：「……」

陳星齊走了，走一半，又折回來，揣上畫板和畫筆氣沖沖地摔門而去。

「原來是你弟的啊？」蔡瑩瑩看著小孩離開的背影。

徐梔也反應過來，茫然地回頭看了眼：「啊，那早知道就不說了。」

陳路周斜眼睨她，「對，是我妳就隨便說。」

這時餐廳的人漸漸多起來，耳邊都是餐盤嘭嘭嚓嚓碰撞的聲音，徐梔正在想等等吃什麼呢，聽見他這麼說，慢悠悠地瞥過去一眼。

「你畢竟是成年人，這點打擊受不了？」

陳路周沒想到徐梔突然看過來，於是條件反射地往旁邊微微側了一下頭，又把帽檐壓低，人靠在椅子上，渾身有些不自在地微微墊了下腳，咳了聲。

因為在眼神猝不及防對視的那個瞬間，陳路周後知後覺地想起來——

沒、刮、鬍、子。

當下，陳路周眼神示意朱仰起——走啊，我沒刮鬍子。

朱仰起嘆口氣，搖搖頭有點幸災樂禍地想，矯情。

兩人剛要起身，徐梔咬著吸管突然對著陳路周問了句：「我傳訊息給你，你看見了嗎？」

陳路周看了朱仰起一眼，不是我不想走，你看，她跟我說話呢，後背又狗皮膏藥似地貼回去。

朱仰起：「……」

你他媽要是有點骨氣就給我站起來！

陳路周裝腔作勢地咳了聲說：「沒有，我手機扔在房間了。」

徐梔「哦」了聲，慢條斯理地喝著西瓜汁，也沒看他，拿著吸管捅杯底的西瓜碎碎冰。

陳路周：「又有什麼東西落在酒吧了？」

徐梔搖搖頭，扶著吸管一口氣把西瓜汁喝完，神清氣爽地說：「不是，我就想問問你那個賺錢的計畫有沒有什麼進展，我昨天也跟瑩瑩說了一下，她也很有興趣。馬上上大學了，想賺點生活費。」

陳路周：「……」

妳這是打算纏上我了是吧？

看上我媽，看上我的錢，就是看不上我是吧？

「不知道，再說，最近還在賺我弟的第一桶金。」陳路周說著人站起來，這次是真的打算走了，用手指節敲敲徐梔面前的桌板，欠揍地說：「妳還不去拿吃的？蔡瑩瑩都快吃飽了。」

一旁正在埋頭吃飯的蔡瑩瑩嘴裡叼著個饅頭：「……」

徐梔早上頂著炎炎烈日摘了好幾筐茶葉，都快作古而去了，這時腦門上還瀝著汨汨汗珠，沒什麼胃口：「算了，我吃不下。」

陳路周看她一眼，「隨妳。」

撒什麼嬌呢，我管妳啊。還吃不下。

陳路周回房間收拾設備，準備去茶山拍攝，這時正在廁所刮鬍子，朱仰起蹲在門口收拾畫具，嘖嘖兩聲，不怕死地跟他打趣：「還關心人家吃不吃早餐，怎麼了，怕蔡瑩瑩一個人把整個自助餐區吃完啊，你倒是知道心疼人啊。」

陳路周把刮鬍刀沖乾淨，用清水抹了一把臉，「你有病。」

朱仰起笑起來，「我覺得徐梔蠻酷的，而且很有意思，你看陳星齊多怕她，不過你那個賺錢的計畫是怎麼回事？」

「我隨口唬她的計畫，八字沒一撇，」陳路周收拾乾淨出來，把無人機裝進包裡，一邊拉上拉鍊，一邊無語地說：「誰知道她真的想摻和進來，她就沒一點自知之明嗎，你看我想帶她嗎？」

朱仰起仍是笑咪咪，「想啊。」

「你眼睛有問題，有點好感而已，我要是真的想談戀愛跟誰談不是談。」陳路周撈過床頭正在充電的手機，看了訊息一眼，徐梔對話欄上有個顯眼的1，他沒點進去，隨手把手機塞進褲子口袋裡，「懶得跟你扯，陳星齊我帶走，你今天自己玩吧。」

朱仰起求之不得，趕緊拱手作揖，「我以後再也不調侃你了，大恩不言謝，以後哥替你做牛做馬。」

「做牛做馬我都不指望，你好好做個人，以後少在徐梔面前扯些有的沒的。」陳路周關上門。

徐梔和蔡瑩瑩吃完早餐回到房間，老徐和老蔡的電話幾乎是同時撥過來。兩人坐在床上對視一眼，唉，又開始了。

這兩年老徐和老蔡也競爭得很厲害。老徐是一直對徐梔無微不至，蔡院長是這兩年被蔡瑩瑩張口閉口的「別人家爸爸」刺激的，因為她總是在老蔡面前說「你看看徐梔爸爸……你再看看你……」

徐梔接起電話時，嘆了口氣，正因為蔡院長的暗暗較勁，老徐這兩年對她的關心也越來越頻繁：『怎麼樣，傅叔那好玩嗎？』

「還行吧。」徐梔接起電話，開了擴音，心不在焉地滑著社交平臺，「還挺涼快的，我早上去採茶了，傅叔裝了兩包給您，等炒好，我帶回來給您。」

『欸，小蔡也在妳旁邊吧。』徐光霽在電話裡說：『這丫頭真是，回來又要挨打了，拿他爹的鞋油當頭油幫她外婆抹，她外婆腦袋上現在一股皮鞋味，洗都洗不掉，夜裡還有點發光。』

徐梔看了蔡瑩瑩一眼，那邊果然已經吵起來了。

「是外婆自己說要抹的，我哪知道！你凶我幹嘛呀，行行行，我回去跟外婆磕頭賠罪，蔡賓鴻，你再罵我，我就不回去了！」

蔡瑩瑩氣鼓鼓的掛掉電話，徐梔匆匆對老徐說了句：「那我也掛了，您別擔心我，這邊挺好玩的。」

電話那頭，徐光霽正要說什麼呢，電話就毫不猶豫地嘟嘟嘟被人掛斷。

兩人同病相憐地坐在醫院餐廳，對面的蔡賓鴻也是一臉跟發了酵的麵粉似的氣鼓鼓：「這臭丫頭，脾氣越來越難管了，真以為我不敢打她，看她回來我不打得她屁股開花，就估出來那點破分數，我差點當場出殯，還敢跟我發脾氣——」老蔡說半天，見徐光霽沒搭腔：「你想什麼呢。」

「不對勁。」徐光霽若有所思地搖搖頭說：「真是不對勁。」

「什麼不對勁？」蔡賓鴻問。

「徐梔啊，」徐光霽放下手機說：「她剛剛居然說裡面挺好玩的，她從來都覺得裡面無聊透頂。」

「你也太敏感了，小孩子的心態變化很快，我們哪摸得準。」

「是嗎？」

「你別想太多了，徐梔自從她媽媽走後就一直太壓抑了，既然覺得好玩，就讓她在裡面多玩一下。」

這個時間茶山人很多，拍照的，採茶的，寫生的，絡繹不絕。因為太陽還沒那麼毒辣，再過一兩小時，這邊幾乎就沒人了。

不過這時也是火傘高張，陳星齊不敢想，他哥居然讓他下去幫傅老闆採茶。

陳星齊心說我十指不沾陽春水，我媽都捨不得讓我幹活，但看他哥這鐵了心的樣子，乾脆問了個最實際的問題：「給薪水嗎？」

陳路周給了他一頂斗笠，斗笠鬆鬆垮垮地壓了他半張臉，「那哥你呢？」

陳路周挺不要臉：「哥在旁邊幫你記錄下這歷史性的一幕。」

陳星齊轉身要走：「我還是回去畫畫吧。」

「你昨天扔畫板的時候不是扔得挺乾脆的嗎，行了，今天不用畫，正好，傅老闆這時缺人手。」陳路周拿著相機在調試鏡頭角度，把鏡頭不偏不倚對準陳星齊，輕描淡寫、陰陽怪氣的樣子也挺欠揍：「來，笑一個。」

「唼嚓」幾聲，電光石火之間，陳星齊趕緊先比了個耶。

陳路周收起相機，懶洋洋地靠在一旁的陰涼樹下一張張檢查照片，差強人意地點點頭說：「還行，光線不錯，下去幹活吧。」

陳星齊不情不願地戴上斗笠，「那幫我拍好看一點，我要發動態的。」

「我的技術你還不信？別人求我拍，我都不拍好嗎。」

這倒是，他哥的拍照技術簡直一絕，不然陳星齊也不會聽他一句，走，哥今天帶你去拍照，就被人拐到這來。

不過陳路周向來不做人，他哪有功夫理陳星齊，把人糊弄下去就開始去倒騰無人機準備拍茶山了。

半小時後，陳路周駕輕就熟地把無人機緩緩升上去，在一旁監工的傅玉青沒玩過這個，不知道是所有的無人機都這樣，還是他的設備太爛，看他好像挺有錢，應該不至於買不起更好的設備，但噪音還是挺震耳欲聾的。

所以他一開工，附近就有不少人過來圍觀，有些茶農一聽見這個嗡嗡嗡發響的聲音在頭頂就手足無措，提心吊膽地不敢工作。他怕影響人工作，又只能找個偏僻的地方升，但這樣的話，整個茶山的全貌拍不下來，或者不夠正。所以，他一直在想辦法找角度，傅玉青覺得這小子挺有意思，應該說特別有意思，明明他這個老闆就在旁邊站著，可以讓茶農們先停工，但他不，也沒有要敷衍了事的交影片給他，反而一直在替自己增加拍攝難度。

後來聽旁邊採茶的老師傅解釋，傅玉青才知道為什麼。

「傅老闆，他是怕耽誤我們的進度，他剛問我每天幾點能採完，我說一般十一點之前，因為十二點太陽會更毒一點，我說我們沒關係，你先拍就好了，他說沒事，他再找找角度，讓我們別耽誤進度，這孩子還挺好的。比上次那個節目組的人好多了。」

徐梔本來打算下午睡醒去一趟傅玉青的茶室，轉念想到傅玉青這時應該在茶山跟陳路周弄拍攝的事，因為傅玉青去茶山很少帶手機，所以她從被窩裡伸了個懶腰，撈過床頭的手機打算問問陳路周，拍攝結束了沒。

剛摸過手機解鎖，就聽見蔡瑩瑩在一旁滑個人頁面，滑得大呼小叫，期期艾艾的。

「我……這、這、這陳路周也太會拍了吧。」

徐梔：「他拍完了？」

蔡瑩瑩目不轉睛地放大手機上的照片，「不知道，我還沒他好友啊，我是看傅叔發的，他說這些照片都是陳路周拍的。」

「難得啊，傅叔今天居然帶手機了。」徐梔嘟囔著打開傅玉青的個人頁面。

傅玉青是個挺愛發動態的人，還挺符合當代中年人的現狀，最新一則就是陳路周拍的茶山全景，看一眼挺恢弘大氣，仔細看還挺有氣氛的，天空彷彿被雲雨洗過，是一抹鮮亮的霽色，與綠得像翡翠一樣的山林交相輝映，他沒有刻意抹去人物的斜影，就著磅礴而出的光束，霧林山間都是煙火氣。

徐梔覺得他確實很會拍，意境做得很實。

不過蔡瑩瑩解讀的不是這張，而是另外一張：「妳看啊，陳路周真的超級浪漫，他居然連拍個山雞都要拍一對。」

徐梔：「……」

徐梔去茶室的時候，傅玉青正和陳路周在閒聊，他還坐在上次的位子上，腳邊擺著無人機，茶室裡擺著煙霧嫋嫋的檀香，一縷青絲縈繞在兩人面前，傅玉青一邊倒茶給他，一邊隨口問了句：「你跟徐梔同歲吧？」

陳路周背對著靠著椅背，他還挺懂喝茶禮，傅玉青倒茶給他時，還知道五指併攏握成拳，掌心朝下，輕輕叩敲三下桌面致謝，低頭看著杯子說：「她哪年？」

傅玉青放下茶壺，想了想，「一九九七的吧，好像是七月上旬生的，你呢？」

哦，巨蟹。

「她大幾個月，我十一月。」陳路周端起茶杯喝下小半杯說。

「哦，那你還得叫她姐姐。」

陳路周差點被嗆，半口茶卡在喉嚨裡不上不下，心說，得了吧，她算什麼姐姐。

「你今年應該也升學考？」傅玉青難得和氣地把玩著手裡的核桃，又問：「打算去哪上大學？學攝影嗎？」

陳路周下意識看了地上的無人機一眼，笑了下，「沒有，拍著玩的，我打算出國。」

「出國有什麼好的，你們現在這些年輕人就是有點崇洋媚外。」傅玉青這人慣以宮笑角，中年人的通病，抬眼間看見徐梔走進來，立刻張口招呼：「徐梔，妳來得正好，妳告訴他，我們國內有多少好大學。」

陳路周一邊想著我用她說，一邊漫不經心地回過頭，果然，身後站著一個人，他有點無語地把視線收回來，怎麼哪都能碰見，沒完了。他把茶喝完，也沒解釋，跟傅玉青說了句：「要是沒事我先回去了，我得回去剪影片，過幾天傳給你。」

傅玉青也不再強留，把他茶杯收了，「行吧。」

不過等人走後，一針見血地對徐梔說：「我覺得這小子好像不太喜歡妳，剛跟我聊得還挺好的。」

徐梔也懵懵懂懂，回頭看他離開的方向，「哦」了聲：「我們本來就不熟啊，而且，出不出國本來就是個人選擇，您不要老是覺得別人崇洋媚外。」

傅玉青話鋒一轉：「那妳呢，我聽妳爸說，妳這次考得不錯，想好了嗎，去哪上大學？」

徐梔嘆了口氣：「不出意外應該還是慶大吧，我沒想過要去外地，主要是麻煩，對了，傅叔，你要不要做個直播試試？」

「直播？」

徐梔說：「對，現在叫村播，帶動農業發展嘛，就是直播摘茶葉，直播炒茶葉，這樣銷路更廣。」

「我看起來很缺錢的樣子嗎？」傅玉青把涼掉的茶水都倒了，叼了根菸在嘴裡：「妳這小腦袋瓜一天到晚就想賺錢，能不能想點別的？」

「我這不是也想為你出一分力嗎？」徐梔說著，好奇地想從傅玉青那拿根菸抽，被傅玉青毫不留情地一掌拍開。

「出力？妳是看上我的生意了，妳多學學陳路周吧，一個年輕人，精神思想比妳豐富多了，人多浪漫啊，一天到晚拍些花花草草雞雞鴨鴨的，也沒見他張口跟我要錢，你們現在就應該是聊夢想和大海的年紀，而不是急著跟老闆談錢。」

「你就是不想給他錢。」徐梔一語道破：「那不行，人家辛辛苦苦幫你拍了一天，你得給他錢。」

「他都沒張嘴，」傅玉青四兩撥千斤的功力了得，逗徐梔：「妳在這嘰嘰歪歪什麼？」

房間內。

陳路周打開電腦準備剪片，不過另外一臺電腦沒帶，這臺只能粗剪，陳路周又只能花錢重新買軟體，趁著下載的功夫，得空靠在椅子上養了一下神，然而陳星齊臉都氣綠了，像盆綠植牢牢栽在他旁邊坐著，死活不肯走。

陳路周大剌剌地敞著腿靠著看他一下，見他憋得兩隻眼睛通紅，這才象徵性地伸出手毫無歉意地捋捋他的後腦勺哄了兩句：「行了啊，你再生氣也沒用，我相機裡就這幾張。」

「大騙子！」

「嗯，我錯了。」他毫無誠意，說著一邊去開軟體，快速輸入一串密碼，「你回去跟你媽說，讓她好好教訓我一頓。」

有恃無恐，就是仗著爸爸媽媽都不會對他怎麼樣，使勁欺負他。陳星齊眼淚都出來，渾身都卯著勁，「你想教訓我你就打我一頓，我還以為你真這麼好心帶我去拍照，害我在山上被蚊子叮一身包，還差點被蛇咬。」

「你下次稍微控制控制脾氣，我就不整你。還有，少扯。」陳路周懶散地抱著手臂看他一眼，「都說了那不是蛇，那只是蛻掉的蛇皮。」

「那我這一身蚊子包怎麼說，我癢死了啊。」

「你自己沒帶藥？」

「我帶的都是驅蚊水，誰知道要下地幹活！靠，茶山的蚊子好毒啊，跟中了九陰白骨爪一樣，渾身都癢。」陳星齊有點抓狂。

「我看看。」陳路周伸手把他扯過來，掀起手臂看了眼，「你先回去洗個澡，我等等幫你問問別人有沒有帶藥。」

陳星齊嗅著味了：「你是不是要藉機跟那個姐姐搭訕了？」

陳路周把他的手甩開，靠在椅子上敲了下鍵盤，把軟體打開，「你管我跟誰搭訕。」

「你好不要臉哦，哥，滿腦子都是談戀愛。」

「你找打了是吧？」

陳路周捋臂作勢要揍他，陳星齊閃得快，腳底抹油一溜煙跑沒影了，剛關上門，那扇門下一秒又被人推開，是朱仰起回來了，「你這麼快就拍完了？」

陳路周把記憶卡插在電腦上，「嗯」了聲：「就那麼大點地，能拍多久？你幹嘛去了？」

「閒著無聊，剛蔡瑩瑩叫我鬥地主去了。」朱仰起精疲力竭地往床上一躺，恍了一下神，然後拿腳踹了踹陳大少爺的椅背，「對了，蔡瑩瑩她們問我，聽說今天晚上十一點左右好像有白羊座流星雨，問你要不要去拍照？」

拿我當攝影師使喚呢，白羊座流星雨有什麼好看的，而且，她一個巨蟹去看什麼白羊座流星雨。

「不去啊，我要剪片。」陳路周說。

朱仰起想了想：「徐梔很想看欸，她媽好像是白羊座的，而且，不是說每個逝去的人都會化作天上的流星嗎，所以她說想去看看，可以許願。」

「她還信這個？」陳路周不是很信。

朱仰起躺在床上，盯著天花板，拍拍肚皮說：「小女生迷信啊，你要是不去，把設備借我，我帶她們上去拍。」

老半晌，陳路周都沒回話，朱仰起只聽見幾聲清脆的滑鼠點擊聲，他在聚精會神地看影片原片，剛要再說兩句，只聽陳路周頭也沒回地丟出一句：「你幫我問問她，有沒有帶止癢的藥。」

「你不會自己問啊，」朱仰起翹著二郎腿，逮到機會揶揄他：「人家又沒單獨加我好友。」

被人拿這件事翻來倒去反覆地說，他氣性也上來。

「你煩不煩。」陳路周「啪」一聲，把滑鼠甩旁邊，撈過一旁的手機，低著頭面無表情地翻出好友列表，「行，朱仰起，你以後別讓我知道你喜歡誰。」

朱仰起嘖了聲，搖搖頭，這就急了，還是年輕。

徐梔收到陳路周的訊息時，正在找晚上上山去看流星的鞋子，手機在床頭「叮咚」一響，問她有沒有帶止癢的藥，徐梔正巧翻箱倒櫃找鞋的時候，把藥包翻出來，她索性全部倒出來，拍了張照片給他。

徐梔：『你被蚊子叮了？我只有這個，我爸讓人從泰國帶的，味道有點像清涼油。』

Cr：『是我弟。』

Cr：『謝了，我過去拿，還是晚上妳帶過來？』

徐梔：『晚上？』

Cr：『不是要去看流星？』

徐梔：『哦，好，但這樣，你弟不會癢死嗎？我們看完回來已經十二點了。』

Cr：『那現在有空？』

徐梔：『大廳見。』

陳路周準備下樓的時候，朱仰起還在一旁煽風點火：「你看，這不就有見面的機會了？」

「你閉嘴吧。」陳路周現在很煩他，正彎腰穿鞋呢，隨手撿了個沙發上的抱枕砸過去，「你下去拿行了吧。」

「我不，我就要讓你見到她，看她不愛理你的樣子，我爽不行嗎？有本事你就追到她啊。」朱仰起趴在床上，賤兮兮地對他比了個中指。

陳路周低著頭綁鞋帶，頭也不抬，聲音冷淡：「追到幹嘛，談兩個月就分手？有意思嗎？兩個月能幹嘛？拿張戀愛體驗卡啊？你再煩，等等看流星你們自己去拍。」

「行行行，我閉嘴，」朱仰起認輸：「晚上別放我們鴿子啊，我還想拿你的照片在個人頁面裝呢。」

「你還用裝嗎？」

「那也沒你能裝。」

「我第二，你第一。」陳路周關上門。

朱仰起發現他還是跟小時候一樣，每次罵人都帶上他自己，幼稚鬼。

大廳稀稀疏疏幾個人拖著行李箱在登記，徐梔也靠在那窩色彩斑斕的魚缸上等他，陳路周發現徐梔挺喜歡這個魚缸，每次從大廳經過都要過去逗一下魚，果然色彩豔麗的東西總是格外引人注意。

陳路周低頭看了自己一眼，黑衣黑褲。

非要他咳一聲，她才會注意到。

「咳。」

徐梔果然轉頭，把東西遞給他：「這個可能沒有藥膏的效果好，但是我們也沒帶別的了，你先讓陳星齊將就著用吧，實在不行，等等問問傅叔，他應該有。」

「謝了。」陳路周是覺得就這麼走顯得有點無情，所以問她：「吃晚飯沒？」

徐梔隨口：「還沒，要一起嗎？」

陳路周：「……嗯。」

朱仰起，你看，我都說我就是無法拒絕她。

燦紅的夕陽隱沒在青山背後，晚霞在疏鬆山林間散著流光溢彩，哪管人間少年們心事重重，它總是坦然而寧靜地散發著本該有的光芒。

陳路周其實並沒覺得自己有多喜歡她，但確實是這麼多年來，第一個有點感覺的，這種感覺很難準確描述，就好像夏日裡唠擦一刀冒著絲絲寒氣的西瓜冰，抑或是冬日小鍋裡咕咚咕咚用慢火熬燉的高湯，有是很好的，沒有好像也行。又是十八九歲的少年，對異性充滿好奇的年紀，當然也有新鮮感在作祟。

陳路周傳了一則訊息給朱仰起。

Cr：『我陪她去吃飯，晚飯你自己解決。』

朱仰起回得追風逐電，幾秒就回了一則語音訊息過來，陳路周懶得理他，沒點開，把手機揣回口袋裡，低頭問靠在魚缸上逗魚的徐梔：「想吃什麼？」

徐梔手指戳著玻璃缸，心裡想的是，在馬路邊賣點熱帶魚多少也算是個創業計畫，聽見他問話，抬頭說：「你呢，有沒有特別想吃的？」

「沒有。」陳路周往外走，「想吃的傅老闆都不做。」

徐梔跟上去，「你說說看，我可以幫你問問傅叔能不能提供一些。」

「不用。」陳路周一臉謝絕好意的表情，「我想吃的都是垃圾食物，傅老闆那麼有格調的人，我們還是別降低他的格調。」

兩人走到外面，大概是看見桔紅色的夕陽還明晃晃地掛在山頭，直覺這個時間好像還不是吃飯的時間，陳路周下意識抬手腕看了手錶一眼，果然才四點，山莊的餐廳應該還沒開。

徐梔也意識到了，夕陽將她整張臉映得通紅，但看起來還是乾淨，額前的碎髮在迎風亂飄，「是不是早了點。」

我腦子短路，妳腦子怎麼也短路。

但人有時候就是這樣，一開始或許並沒有這個打算，吃飯這件事也不在他的計畫內，但既然已經約了，最後如果沒吃上，心裡也不爽。

「妳餓嗎？不餓就去喝點東西，」陳路周下巴朝隔壁風鈴叮叮噹噹響的酒吧小築一指，「旁邊酒吧開著。」

「好。」

兩人剛坐下，陳路周把酒水單遞給徐梔，趁著她點酒的功夫，陳路周百無聊賴地靠在椅子上，把朱仰起的那則語音訊息點開轉文字了，他怕這傻子說出什麼傻話。

朱仰起：『我還是小瞧了你這個狗東西的魅力。』

他懶得回，把手機螢幕向下，反蓋在桌上，伸手過去直接把徐梔的酒水單反過來，「喝飲料吧，晚上還要看流星，喝酒我怕妳看不清。」

徐梔油鹽不進地又翻回來：「我酒量還行，不會醉的。」

「……隨妳。」

酒鬼，懶得管妳。陳路周靠在椅子上，從隔壁桌也拿了份酒水單過來，看半天還是要了一杯檸檬水。

徐梔覺得他很自律，確實應該長這麼帥，不喝酒不抽菸，來兩次酒吧都是喝檸檬水，看來那位女士真的把他養得不錯，林秋蝶女士也很愛喝檸檬水，每天早上起來必須一杯。

「我也檸檬水好了。」徐梔把酒水單蓋上。

妳學人精啊。陳路周把酒水單撈過去扔一旁，然後視線就不知道該往哪放了，慢悠悠地環顧酒吧一圈後，最後還是回到徐梔身上，發現她正盯著他看，心像被人沒張沒弛地抓了一下，他倒也直接回了句：「看我幹嘛，我臉上有酒水單？」

「你平時是不是都沒有不良嗜好？」徐梔是真誠發問。

陳路周也是真誠回答：「看電影不算的話，那就沒有。問這個幹嘛？」

「打算活幾歲啊，」徐梔說：「這麼自律。」

「諷刺我？」陳路周笑了下，嘴角揚著，眼神無奈，「我不喝酒掃妳興了？」

說完，作勢要拿剛剛被丟在一旁的酒水單。

徐梔忙拿手蓋住，兩人手指尖在電光石火之間輕輕觸了下，她渾然不覺，說：「沒有，我就是好奇，不喝酒很好啊，就是覺得你活著應該挺開心的，或者說，你應該沒什麼煩惱？」

陳路周覺得手指尖有什麼軟軟暖暖的，下意識看過去，才發現是她的手，幾乎是條件反射就收回來，收回來還不算，還他媽揣回口袋裡，拿腔作勢地咳了聲。

說話就說話，動什麼手啊。老占我便宜。

「小孩都有煩惱，我怎麼可能會沒有，你看陳星齊，他每天的煩惱就是怎麼能不學畫，怎麼跟我吵架，我看妳才沒什麼煩惱啊，每天鬥地主不是挺開心的？」他說。

「那是沒辦法，我外婆想玩嘛，我不幫她打她就要花錢儲值，我爸屬於那種特別愛裝有錢人的人，反正我們只要想花錢，他都會掏，從來沒有規劃的。」她說。

陳路周看著她，「所以想早點賺錢？」

徐梔若有所思地說：「嗯，我剛剛還在想，要不要去馬路邊擺攤賣魚，就大廳裡那種小熱帶魚，我覺得應該比金魚好賣。」

陳路周：「……」

服務生端著盤子幫他們一人上了一杯檸檬水，陳路周把插在杯壁上的檸檬片拿下來，放一邊，「還有什麼創業計畫嗎？說來我聽聽。」

徐梔很警惕，眼睛直白而鋒利地盯著他，「你想剽竊？」

陳路周：「……」

算了，陳路周決定不給自己找麻煩，於是換了個話題，老神在在地靠著椅子，那隻手還裝模作樣地揣在口袋裡，喝了口水，喉結微微滾了滾，抿抿唇說：「聽蔡瑩瑩說，妳考得應該還不錯？大學準備去哪？」

「我想留在本市，慶大的建築系。」

「學建築？」

陳路周本來想說，慶大雖然是不錯的學校，但是建築系好像挺普通的。

徐梔就先發制人，「怎麼了，女生不能學建築？」

「沒這個意思。」他說：「我是說，慶大的建築系普通，蔡瑩瑩說妳分數很高啊，妳不考慮一下北京上海嗎？」

「哦，對不起，誤解你了。」徐梔嘆了口氣，覺得自己最近太敏感，「主要是最近身邊有幾個親戚一直勸我考慮一下別的科系，說女生學建築少。我以為你也這麼覺得。」

「我反倒覺得女生比男生更適合學建築。」

徐梔突然兩眼放光地看著他，她把杯子放遠一點，似乎覺得這樣能更清楚聽見他的話，也不想錯過他的表情，想知道他是真的這麼覺得，還只是隨便安慰她，「真的？」

陳路周也把杯子推到旁邊，看著她說：「嗯，建築作品在拋開結構空間邏輯這些，某種程度上來說，就跟其他文藝作品一樣，設計是需要情感和文藝傾注的，當然不是說妳們女生更敏感文藝，而是女生在設計上確實更細膩，當然，只是我個人覺得，因為我很喜歡我們市裡那個地標設計，好像就是一名女性設計師做的。」

慶宜市的地標是一個母親張開懷抱的手勢，他每次下飛機經過那個地標，覺得很有安全感，有時候帶外地朋友過來玩，他們看見地標都說你們城市還挺溫暖的。

「當然，」陳路周又補了一句：「妳好像跟一般女生不太一樣，我說的這塊好像跟妳沒什麼關係，但是，我覺得，妳應該做什麼都還可以。」

「我當你誇我吧。」徐梔嘆了口氣。

陳路周笑了下，沒否認：「當然是誇妳。」

說這話時，酒吧燈光暗了下，原本清晰的臉，突然在黑暗中隱了一下，那句帶著笑意的「當然是誇妳」聽起來便格外曖昧，像情人間躲在寧靜夜裡的喁喁私語。

陳路周覺得過了過了。

徐梔沉浸在自己的思緒裡，咬著吸管把最後的檸檬水喝完，反問他：「你呢？你不是學美術的嗎？以後準備做什麼？我感覺你路子好像蠻寬的。」

「我？」陳路周清了清嗓子，眼神清明，「誰告訴妳我學美術的？」

「咦，」徐梔倒是沒想到，「你跟朱仰起關係這麼好，我以為你們一樣是藝術生。」

「我不是藝術生，就普通考生。」

「那你是升學考沒考好？」徐梔解釋說：「我那天在門外聽見的，你媽是這麼說？」

陳路周不想解釋太多，不然扯出一大串亂七八糟的事情，都不知道怎麼跟她說：「嗯，出了點小意外，喝完了嗎？喝完回去收拾一下，我拿下設備。」

徐梔拖拖拉拉，半天沒動，最後說了句：「要不然你先上去，我再坐一下，藥別忘了。」眼神指了下桌上的青草膏。

陳路周莫名一眼看穿她，「妳想偷喝酒吧？」

徐梔：「……」

這人好像會讀心術。徐梔這麼想。

「我知道你要念什麼科系了。」她突發奇想地說，手舉很高。

陳路周大剌剌靠著，手終於從褲子口袋裡拿出來了，這時挺散漫地垂在敞開的兩腿間，一副洗耳恭聽的樣子，「嗯，念什麼？」

徐梔：「警察？刑偵方向？」

他笑了下，「從小我爸就說我不適合當警察。」

「為什麼？」

「長太帥，在人群中太顯眼，要是便衣警察執行任務的話，我第一個挨子彈。」

徐梔發現他跟自己很像，總是能用無比誠懇的表情，說出一些最敷衍又欠扁的話，明知道是玩笑話，徐梔還是點了一句：「你真的，很自戀。」

陳路周沒順她的話往下接，而是靠在椅子上眼神平靜地看著她，慢悠悠地問了句：「高興了沒？高興了撤，喝酒我真的陪不了。」

「你酒精過敏啊？」徐梔問。

「也不是，就一杯倒，」陳路周嘆口氣，收回視線，拿過酒水單又掃了兩頁，挺老實地說：「喝多了，還喜歡拉著人說話，我小學的時候吧，被朱仰起他爸騙著喝了一杯白酒，然後拉著我奶奶說了一宿的話，老太太肩周炎讓我說發作了，在床上躺了一星期。」

蔡瑩瑩直接笑倒在床上，「陳路周是什麼神仙啊。」

徐梔也覺得很好笑，一邊蹲在地上找登山的鞋，一邊說：「下次把他灌醉試試，看看他都說什麼能說一宿。」

「好主意。」蔡瑩瑩反趴過來，晃著腳尖，「不過我挺好奇，妳說像陳路周這種男生，會喜歡什麼樣的女生啊，我第一次見他的時候吧，覺得這人就是個跩王，應該非常不好相處。說實話，我一開始對他還有點偏見，就覺得自己長得帥，對女生都有一種距離感，但現在越來越覺得，他應該是那種從小被父母寵在手心裡長大的吧，大概還沒接受過社會的毒打，乾淨樂觀，就是有時候嘴欠揍了點。」

「評價很高啊蔡瑩瑩。」徐梔頭也不回地說：「妳看，出來走走，心情是不是好多了？陳路周不比翟霄有意思多了？」

蔡瑩瑩說：「那不行，我現在還是覺得翟霄有意思，我現在活著的目標就是要讓翟霄後悔，讓他知道自己到底有多愚蠢！不過，我們四個好奇怪，居然是兩對兩對的有對方好友。」

這種感覺好像怪怪的，明明四個人都認識。

徐梔把鞋子收起來，於是建議說：「要不然，我把他好友給妳，妳把朱仰起好友給我，我覺得，我們四個人也算是朋友了？」

陳路周剛把電腦闔上，從箱子裡撈了一塊新的無人機電池出來準備換下電池，看見朱仰起嗦著泡麵拿起手機，囫圇吞棗地嚥了下去，說：「徐梔加我好友幹嘛，我親媽都去世好幾年了，她想認識我媽我可不行。」

陳路周：「……」

下一秒，他口袋裡的手機也是「叮咚」一震。

徐梔：『可以讓瑩瑩加你好友嗎？』

朱仰起聽見聲音湊過來，一看，頓時恍然大悟：「好了，陳路周，你三角戀了，這次絕對是蔡瑩瑩想追你。徐梔是真大方，居然把你的好友給閨密。」

陳路周：「……」

「看來她對你真的沒意思啊。」朱仰起還在煽風點火。

「嗯，她對我確實沒意思。」陳路周把手機丟回床上，繼續把無人機的電池換下來充電，沒什麼情緒地說：「所以，你有點眼力見，以後別在她面前扯有的沒的。」

朱仰起點點頭，還以為你狗東西魅力無邊。能單獨吃飯多少也有點曖昧了呢，行行行，以後不拿你打趣了。真可憐。

陳路周收拾完東西，弓著背，兩手肘撐在膝蓋上，東風吹馬耳的姿態，低頭盯著剛從行李箱裡拎出來的鞋，似乎在猶豫要不要穿。

朱仰起瞧見：「喲，這顏色可以啊，夠騷啊。是上次買的那雙嗎？我看你也沒穿過幾次，你不是向來不喜歡這種色彩斑斕的撞色嗎？」

「你煩不煩。」他低頭，一字一句地說：「要、你、管、我？」

OK。陳大少爺顯然是不高興了唄。朱仰起識時務為俊傑，晚上還指望他拍照發個人頁面裝呢，於是做了個閉嘴的動作。

十點，兩人扛上設備下樓，陳路周還是一身黑，背上鬆垮地斜背著一個包，鞋子沒換，還是剛才那雙黑的，乾淨俐落。反倒是朱仰起，不知道是不是受陳路周的啟發，一身花花綠綠，像棵喜氣洋洋的聖誕樹。所以，徐梔她們一下來，就先看見朱仰起：「這麼亮啊，朱哥。」

朱仰起重讀過一年，比他們幾個都大，蔡瑩瑩這麼叫，好像也沒什麼毛病。

徐梔跟傅玉青借了車，到看流星雨的地方還有一段山路要開，陳路周把設備放到後車廂，準備去拉駕駛座的車門時，看見徐梔遲遲沒上車。

「幹嘛？想開？」他站在她身後懶懶地睨著她問了句。

妳這人很危險啊，怎麼老是在法律邊緣試探。

徐梔回頭看他一眼：「沒有，我在想這車還有沒有油，上次回來你有幫傅叔加過油嗎？」

陳路周拉開車門，彎腰進去按了一下啟動鍵，人出來，「夠的，明天我要下去一趟，順便幫他加回去。」

「你明天又下去啊？去幹嘛？」徐梔一邊拉車門一邊問了句。

對我沒興趣就不要問這麼多。

陳路周沒回答，綁好安全帶，副駕駛座的朱仰起也跟著好奇地問了句：「你明天又要下去啊？」

車子慢慢啟動，陳路周打著方向盤，淡淡地「嗯」了聲：「我媽找我。」

說完，看見後視鏡裡徐梔兩眼冒光，立刻先發制人地咳了一聲，開口說：「這次不行，以後有機會再介紹妳們認識。」

陳路周就他媽無語，介紹自己的媽給別人認識。

徐梔「哦」了聲，就沒說話了。

陳路周從後視鏡裡慢慢悠悠地看了她一眼，也不想說話了。

要什麼脾氣。

夜間開車還是挺刺激的，尤其還是山路，漆黑一片，就著微弱的月光，遠光燈照不到盡頭，山間小路越來越窄，偶爾竄出一隻野貓都能嚇得人心臟怦怦跳，簡直比探險還刺激。陳路周大概也是第一次開夜車，車裡幾個人都挺緊張的，朱仰起和蔡瑩瑩一人一隻手戰戰兢兢地牢牢拽著車頂把手，徐梔看起來倒是淡定點。

本來也沒這麼嚇人，朱仰起和蔡瑩瑩兩個氣氛組，路邊隨便一點風吹草動，他們就大呼小叫，徐梔實在受不了，使出殺手鐧：「要不然，陳路周你下來，我來開。」

朱仰起和蔡瑩瑩簡直驚恐，異口同聲：「不行！妳都沒駕照！」

徐梔老神在在地斜睨他們，「那你們安靜點，真的很吵。」

陳路周漫不經心地轉過一個彎說：「朱仰起你坐去後面，你真的非常影響我開車。」

朱仰起拉著把手，一臉我影響你泡妞了是嗎的表情，心說，你心思不單純啊陳狗狗，不過他還是很有自知之明地說：「徐梔，我們換一下。有人嫌我吵。」

徐梔看了陳路周一眼，不過他沒看她，正在專心開車，「哦，好。」

後半程果然安靜很多。不過車內氣氛有些割裂，前排兩個一句話不說，安靜如雞。後排兩個則激情四射的拌了一路嘴，從明星八卦到學校八卦，立場分明。

「我就喜歡她啊，怎麼了，出道這麼多年也沒有緋聞，演技是差點，就不能給人家一點成長空間。說起來，我們學校有個女生長得跟她真像。」

「谷妍是不是你們學校的啊？」

「我說的就是她啊，我同班同學。」

「哇，她真的好漂亮，不過聽說私生活有點亂？」

「亂妳媽。」

蔡瑩瑩氣到，「朱仰起，你怎麼罵人呢，你是不是暗戀她啊。」

「我們學校一大半男生都暗戀她，怎麼了，再說，妳不要聽風就是雨的，她人沒那麼差，而且真的是一個挺努力的女孩子。」

在外人面前，朱仰起還是很維護自己學校的女生。而且，確實有很多人也不了解就給谷妍貼上標籤，倒不是單單針對蔡瑩瑩。為了增加說服力，還拉上陳路周，這好像是一中男生獨有的默契，大概是出於某種團體榮譽感，他們確實還挺保護自己學校的女生，「你說是不是，谷妍確實挺努力的。」

陳路周快開到了，觀測點有個斜坡，慢慢踩下剎車減速，只「嗯」了聲，問了句徐梔：「幫我看下，那邊能不能上，這邊有個石頭。我看不清。」

蔡瑩瑩也懶得跟他吵，本來就不關她的事，剛剛就是好奇八卦一嘴，碰了一鼻子灰，自此便不打算再理朱仰起。

徐梔降下車窗，往外看了眼，「可以，你方向盤先往右打死，退出去一點。」

「嗯。」

「陳路周我說往右打死。」

「知道，看不到我這邊有個石頭？」他冷淡地睨了她一眼。

徐梔「哦」了聲，蔡瑩瑩氣急敗壞：「你幹嘛凶她？」

不等陳路周說什麼，徐梔莫名其妙地回頭看了蔡瑩瑩一眼：「他沒凶我啊，他說話不是一直都這個調調？」

什麼調調？我凶了啊。

陳路周熄火，有些挫敗地拉上手剎車，懶懶散散地靠在駕駛座上說了句：「到了。」

妳是真的一點都看不出來我有點不太爽，是嗎？

明靈山有好幾個流星雨觀測點，這地方只是其中之一，雖然現在山上沒什麼人，但大部分高三生都放假，避暑的人還是很多，另外幾個觀測點人一定是爆滿，陳路周查了好幾個點，根據綜合實力，選擇了這個觀測點。這個點什麼都好，人少，占位也不錯，就是地方小了點，而且四周灌木叢雜亂橫生，人跡罕至，大概是平日裡來的人也不多。

蔡瑩瑩一下車就忘記剛才的不愉快，抱著手臂瑟瑟發抖，山裡溫度是真的低，嘴裡說話就差開始冒白氣，「好冷啊，這裡這麼荒涼，會不會有蛇啊。」

徐梔問在一旁架設備的陳路周：「你們會抓蛇嗎？」

陳路周把三腳架固定住，從包裡掏出相機，隨手按了幾下快門，看光線，「妳怕啊？」

徐梔四下環顧了一圈：「怕啊。」

陳路周低著頭，專心致志地調廣角：「巧了，我也怕。」

徐梔「啊」了聲，聽著四周窸窸窣窣的樹葉沙沙作響聲，「那怎麼辦？」

陳路周瞥她一眼說：「跑，不會？蛇爬起來很慢的，牠追不上妳，大不了等等我幫妳殿後。」

誰知，徐梔嘆了口氣，「早知道讓傅叔也來了。」

觀測點附近有一汪清泉水，清澈見底，那顏色比翡翠還綠，泉眼叮咚叮咚在緩緩流淌，陳路周對著那汪泉水拍了一張照片，莫名泛著一股綠光，他刪掉，冷淡地低著頭邊刪邊問：「跟我來後悔了是嗎？」

「那倒沒有。」徐梔說：「傅叔會抓蛇，你知道這山裡一條蛇能賣多少錢嗎？你說，五千塊錢，扔在地上，你撿不撿？」

陳路周：「……」

妳眼裡、還有、別的嗎？

「妳被五千塊錢咬一口，妳覺得值得嗎？」陳路周說。

「所以我問你會不會抓啊。」徐梔一邊說著，一邊渾不在意地搗鼓著被人廢棄已久的燒烤架，「你餓嗎，我感覺這個架子洗洗好像還能用，泉水那邊有魚，可以抓來烤。」

說完，就要去拆架子，陳路周眼疾手快，一把拽住她的手腕，嫌棄地把她扯開，「妳髒不髒啊。」

徐梔被他拽了個趔趄，腦袋磕在他胸口，不過他胸口掛著相機，下巴直接砸在他的相機鏡頭上，鏡頭蓋直接被她撞飛，徐梔撞到悶不吭聲。

陳路周拽著她的手沒鬆，她手腕很細，一手握過來綽綽有餘，他低下頭去，想看看她磕哪了，徐梔大概覺得這樣的舉動太過親密，往身後撤了下，陳路周完全沒意識到自己還拽著她的手腕，只知道這一下應該撞得很重，大概得磕出血，上次陳星齊跟他爭相機，牙都撞掉了，磕了一個鏡頭蓋的血，他哪裡還顧得上什麼手不手。

「看一下，」他第一次有點哄的語氣：「磕哪了，我鏡頭蓋都讓妳撞飛了。」

徐梔瞥他一眼，一手還被他拽著，一手捂著下巴挺不好意思地問：「貴嗎？」

陳路周：「……」

還是朱仰起出來打圓場：「你拽著人家的手幹嘛？便宜占夠了就趕緊鬆手。」

陳路周這才反應過來，低頭看一眼，燙手山芋似地把她的手甩開，再次裝模作樣地把手揣回口袋裡，然後彎腰去撿剛才被撞飛的鏡頭蓋。

靜謐的山林裡，山風好像在呼嘯，樹葉的沙沙聲，泉水的叮咚聲，都掩蓋不住他瘋狂的心跳聲。

朱仰起還不怕死地湊過來，在他耳邊說：「你耳朵紅了。」

蔡瑩瑩剛把野餐的桌布鋪好，陳路周把上面的包拿開，盤腿坐下去，拿起掛在脖子上的相機，翻出剛剛拍的幾張照片，重新調廣角，「凍的。」

朱仰起：「沒種。」

陳路周：「嗯，我沒種。」

流星雨如約而至，原本安靜的山頭氣氛突然高漲起來，明靈山本就不大，有好幾個觀測點，陳路周選了一個人最少的觀測點，但幾個觀測點距離都不遠，山間的風裹挾著各種此起彼伏的尖叫聲、歡呼聲從四面八方紛湧而至，響徹在他們耳邊。

蔡瑩瑩和徐梔站在他們前面，蔡瑩瑩興奮不已，雙手合十：「快快快！許願啊！暴富！我要暴富！我要漂亮！」

陳路周第一下沒拍到，後面幾顆拍得都有點模糊，他放下相機，朱仰起看他用手機在聚精會神地查著什麼，焦急不已，哥！趕緊拍行嗎！先別想那些有的沒的了！多壯觀啊。

今晚預估有三十幾顆流星，剛剛劃過四五顆，平均五秒一顆。

劃過第十顆的時候，陳路周看了手錶一眼，他往後撤了一步，微微後仰，然後拿鏡頭一點點對準浩瀚的星空，將人和預計出現流星的夜空一起框住，朱仰起在沸騰的歡呼聲裡，聽見他低低喊了一句——

「徐梔，回頭看我。」

如果人生有很多瞬間，流星應該是一個讓所有人都想伸手抓住的瞬間。

徐梔回過頭的那刻，身後那張無邊無際、黑漆漆的夜幕中，大小如同燃著光火箭矢一般的流星，又一次承載著人們的願望破空而出，從她身後猝然劃過。

陳路周拍了好幾張，幾乎每個鏡頭都捕捉到，他低頭慢悠悠地檢查，幾張照片連在一起翻頁好像一組動畫，流星和她回頭的瞬間，一遍遍，在他手下得心應手地重播。徐梔綁著高高的馬尾，額前碎髮在星空下倍顯凌亂，最正面的照片是有點模糊的，但莫名有種慵懶模糊的氣氛，都不用虛化了。

身後是漫天閃爍的繁星，星空下的少女一臉茫然，眼神倒有難得的溫柔。

還挺上鏡。徐梔五官和輪廓線條都柔和乾淨，除開那雙鋒利而清澈的眼睛，長相真是毫無攻擊性，一眼看去就是溫和聽話的鄰家妹妹，難怪朱仰起總是叫她妹妹。

但她又比一般妹妹都酷，很少笑，也很少生氣，連凶沒凶她都聽不出來，整個人大多時候好像都沒什麼情緒。

陳路周就沒見過那麼冷淡的人。

相比天馬座流星雨，這場流星雨很小，後面幾顆零零散散也沒人等了，好在今天天氣不錯，大家能盡興而歸，星空恢復往日寧靜璀璨，明靈山徹底恢復平靜，鳥兒孤寂地站在樹梢上，樹葉沙沙聲在耳邊清晰地響著。

大約是今夜的星空也難得，他們都沒急著離去，蔡瑩瑩跟徐梔一樣，搗鼓著想在這烤條魚吃。

「你剛剛在拍我啊？」徐梔後知後覺。

陳路周這時用上三腳架，打算拍一張夜空的全景，低低「嗯」了聲：「妳那邊角度比較好。」

「那你把照片傳給我吧，我想發動態。」徐梔說。

陳路周修長的手指托著相機，正在把對焦環擰到無限遠，低頭有點找碴地問了句：「妳還會發動態？」

徐梔看著他鏡頭裡的星空，他真的特別會找角度，莫名地看他一眼，很奇怪他為什麼這麼說：「為什麼我不會？」

因為我看了啊。

沒等陳路周接話，徐梔有點反應過來，「哦，你看我個人頁面了。」

「隨便看看，沒別的意思。」

「我知道啊，」徐梔幫他把地上剛剛被她撞斷的鏡頭蓋撿起來，「我發動態都是分組的，你可能看不到。」

陳路周：「……」

就說呢，一個十八九歲的女孩子看起來這麼清心寡欲。

徐梔把手機摸出來，真誠地說道：「要不然，我現在把你拉進去？然後你把照片傳給我？我會署名是你拍的。」

陳路周這種發動態從來不分組的人，他無法理解為什麼這年頭要不是海王，還有人發動態會分組。他懷疑她建了個魚塘組，但是沒有證據，就很不屑。

「妳要拉就拉，問我幹嘛，」陳路周調半天焦距不行，打算換一個長鏡頭，嫻熟地將鏡頭取下來，對她伸手，口氣很不善：「鏡頭蓋給我。」

徐梔「哦」了聲，蹲在地上，乖乖伸手遞過去。

蔡瑩瑩剛把架子洗乾淨興沖沖回來準備烤魚，聽見他們說話，沒好氣地瞪了陳路周一眼：「你幹嘛又凶她啊。」

陳路周從包裡拿出一個長鏡頭，掀開鏡頭蓋，沒理蔡瑩瑩，一邊駕輕就熟地擰上，一邊假仁假意地垂著眼淡淡睨徐梔，「我凶妳了？」

徐梔包容地點點頭，「嗯，你剛剛是有點凶，是因為鏡頭蓋嗎？你把型號給我，我賠你一個吧。」

陳路周：「……」

連從他們身旁幽幽經過的朱仰起，都忍不住唉聲嘆氣，重重地拍了一下陳路周的肩，兄弟，你這不是道阻且長，你這是牆。

蔡瑩瑩把燒烤架都洗乾淨之後，才發現泉水裡沒有魚了，以前傅玉青老是帶他們來這裡燒烤，那泉水不深，人一腳踩進去大概也就到膝蓋，現在不知道哪個殺千刀的扔了一枚硬幣進去之後，就變成了滿池子的硬幣。蔡瑩瑩不甘心，洗了半天的燒烤架，總得烤點什麼。

「我去摘蘑菇。」蔡瑩瑩說。

朱仰起：「妳他媽認識蘑菇嗎？還有這山裡的蘑菇有沒有毒啊。」

「我跟徐梔從小就跟著傅叔在山裡摘蘑菇，我們會認不出有沒有毒？你不敢吃就別吃，不然這燒烤架我白洗了。」說完就往灌木叢那邊走去。

朱仰起看了陳路周一眼，挺識趣地說：「我看看有沒有山雞什麼的。」

空地上只剩下他們，徐梔心說要不然我也去摘蘑菇吧，剛站起來，陳路周淡淡地叫住她：「過來，給妳看個東西。」

「什麼？」

「剛抓的小流星。」

徐梔好奇地湊過去：「剛剛又有一顆？」

「嗯，剛抓的。」

徐梔低頭看時間：「流星雨結束了啊？居然還有漏網之魚。」

陳路周沒來得及開錄影，剛拍夜空的時候，流星猝不及防就在她腦袋上出現了，所以只能用相機抓拍了幾張，他把相機從三腳架上拿下來，讓她翻照片。

他手指快速按了幾下，同個角度同個背景，唯一不同的是流星的角度，連翻幾次，那小流星跟錄影沒什麼區別，呼之欲出，眼睜睜看著它活靈活現地在她眼前從漆黑的夜幕中緩緩劃過。

「這好像比我親眼看到的還有感覺啊。」徐梔如實說出心裡的感受。妳還懂感覺？

「嗯，妳也不看誰拍的。」其實相比錄影，陳路周更喜歡這種照片上的動感，因為氣氛這種東西是錄影機很難拍出來的。

蔡瑩瑩那邊不知道在幹嘛，隔老遠就聽見他們在灌木叢那邊大呼小叫，玩得還挺開心，徐梔回頭看一眼，沒太上心，繼續跟陳路周閒聊：「你好像很喜歡拍星空？」

陳路周正在收鏡頭，吊兒郎當地拉上背包拉鍊，回了句：「一般吧，更喜歡拍人。」

陳路周看她歪著腦袋似乎在一本正經地想他喜歡拍什麼人，怕她想歪，她這人直接，不得不防，立刻解釋說：「男人女人老人小孩非洲人都拍，妳不要亂想。」

徐梔「啊」了聲，說：「我沒亂想，我是在想你出國有沒有可能會念攝影。」

「妳怎麼那麼想知道我念什麼？」

「就好奇。」徐梔說：「感覺你會的東西很多，但是又不知道你喜歡什麼。」

陳路周把東西收好，從包裡拿出瓶氣泡水遞給她，然後在她旁邊坐下，兩人並排坐在野餐墊上。

徐梔屈腿抱著，他則大剌剌地伸著腿，兩手撐在身後，人微後仰，就著黯淡的月光看她一下，徐梔把氣泡水放旁邊，腦袋擱在膝蓋上也認真地看著他，看來是真好奇，有些望洋興嘆地說：「以後再告訴妳，人有時候不一定是喜歡什麼，就能去做什麼。妳想學建築是因為喜歡？」

徐梔點點頭。

陳路周看著她：「那就去學，管親戚們說什麼。」

徐梔把腦袋轉回去，看著前面的泉水，那層淺淺的漣漪好像很符合她現在的心境，「但我爸好像也不太支持，他覺得女孩子學建築太累，我媽就是學建築的，有時候還要下工地，我還挺喜歡下工地的，看著自己設計的作品從圖紙變成一個實景，很有成就感不是嗎？」

「打算留在本市，是因為妳爸嗎？」陳路周多少能感覺出來，徐梔很依賴她爸。

徐梔不知道為什麼，這些話她跟談胥都沒聊過，今晚卻能跟陳路周坦誠地講出來：「多少有點，我是獨生女，我們家親戚也挺煩人的，我爸又是個不懂拒絕的人，之前幫幾個親戚擔保，後來親戚死了，欠的一屁股債都要他還，他還喜歡在我們面前裝有錢人，自己又是個社恐，吵架吵不過別人，連上網發文都不敢。加上如果去外地上學的話，各種費用可能都要比在本地高上許多，所以我媽去世之後，我就打消這個念頭了。但你那天的話對我影響還是蠻深的，我想我是不是能選擇更好一點的學校。」

「我只是建議，」陳路周懶洋洋地伸長了下腿，說：「具體選擇在妳，就好像今天，妳在等星空，我呢，其實在等秋風，也就會有人守著沙漠執著等花開，各有各的選擇，各有各的風光。」

徐梔：「一定是風光嗎？」

陳路周兩手撐在身後，整個人半仰著，低頭笑了下，「妳在懷疑什麼啊，我們的前程，就是風光，誰說了都不算，我們自己說了算。」

徐栀看著眼前那泉水，那層淺淺的漣漪好像蕩得越來越厲害，看得她眼花繚亂，只能岔開視線，拔了根狗尾巴草，「你知道狗尾巴草能釣螃蟹嗎？」

「不知道，也不想知道。」陳路周顯然對這個話題沒興趣，「不過，剛剛話是那麼說，但是我從妳父親的角度，他應該不希望妳選擇慶大的原因是因為他。」

「所以我想自己打工賺點錢再說。」徐栀晃悠著狗尾巴草說：「說實話，你那個陪聊計畫，我覺得不太正經，你要不要考慮考慮其他計畫，比如跟我去街邊賣魚。」

「妳在我這拉創業基金是嗎？」

「沒辦法，我沒有個有錢弟弟，賺不到這麼輕鬆的第一桶金啊。」徐栀難得開玩笑。

「不一樣，有個有錢弟弟還不行，」陳路周還補了句：「妳得有個有錢的傻弟弟，行了，把帳結一下吧。」

徐栀一愣，狗尾巴草不知道什麼時候叼在嘴裡，摸不著頭腦地問：「什麼帳？」

陳路周漫不經心地從後面抽回一隻手，煞有介事地低頭看了手錶一眼，半開玩笑地逗她說：「陪聊啊，就妳覺得不太正經的那個，一分鐘五十，怎麼也聊了十分鐘了吧，友情價打個對折，二百五？」

徐栀反應過來：「你才二百五！」

山間的風緩緩吹著，兩人斜影落在幽幽的泉水上，漣漪憧憧好像撞不開的南牆，在隨風輕蕩，明月坦蕩，清風坦蕩，少年也坦蕩。

陳路周笑得不行，肩膀都發顫，一隻手撐在身後，傾身過去，抽掉她嘴上的狗尾巴草，「髒不髒，妳別什麼東西都往嘴裡塞。」

徐梔：「我小時候還吃呢。」

「怎麼，吃草光榮？」他斜她一眼，「要不要拔兩根回去給妳當早餐，就那片地，那片地好，剛朱仰起還撒尿。」

徐梔：「……」

一直到上車，徐梔都覺得有股反胃的感覺，整個人青著一張臉。

朱仰起在後面看著後視鏡，那臉色看得他心裡莫名一寒，「徐梔妹妹怎麼了？怎麼這麼不高興呢？」

蔡瑩瑩一反常態地對陳路周說：「你厲害啊，居然把她說氣了！」

徐梔都多少年沒生氣了，自從她媽走之後，她整個人就淡淡的。

徐梔沒理他們，目光難得幽怨地看了陳路周一眼，「你開慢點，我可能真的要吐了。」

陳路周一直沉默開著車，沒搭腔，弄得蔡瑩瑩以為他們剛剛是不是吵架了，怎麼跟小情侶一樣，氣氛一度陷入詭異。

陳路周是覺得自己開玩笑第一次有點沒分寸了，一貫懶散、沒腔沒調的聲音多少摻雜了點一言難盡的溫柔：「抱歉。」

朱仰起豎著耳朵聽，看看你說什麼人話。

「要不然我讓朱仰起下車？」他補了句。

朱仰起：「？？？」

朱仰起：「……」

第五章　男性專科

朱仰起：你可她媽閉嘴吧，沒一句話是人聽的。

不過他心裡多少有點數。這狗東西嘴裡能吐出什麼像樣的毛來。說實話陳路周這人，口碑挺兩極。

朱仰起記得以前國中時，通訊軟體上有個風靡一時的功能，叫好友印象。匿名評價，熟的、不熟的都往上寫標籤。陳路周好友多，他的標籤簡直五花八門，除了毋庸置疑的帥、校草之外，其他雜七雜八的什麼都有，而且那個時候用詞都很中二——

什麼流川周、魯路修，什麼動漫人物厲害就幫他改寫上去。

朱仰起不太喜歡看動漫，流川楓他知道，但是魯路修沒聽過，於是當時好奇去搜尋了一下，不得不說，那動漫還挺好看的，魯路修確實很帥，也很厲害，但是放在陳路周身上真的好中二。

但有些罵得也挺狠的，他這人就這樣，揣著明白裝糊塗，從來就不會好好道歉，把陳星齊惹急了，永遠都是一句毫無誠意的「好，我錯了，哥跟你道歉」，腦子裡想的大概還是「啊，這人真菜啊，這就生氣了啊」。

永遠正經不過三句。

他是挺開得起玩笑的，從來沒想過別人開不開得起玩笑，所以說話也都是毫無顧忌，朱仰起心說，哼，你這次踢到鐵板了，活該。

一路上徐梔都沒理他，朱仰起回到房間幸災樂禍地對他進行打擊報復：「就你這樣的，還想追人家？」

陳路周折騰一天都沒怎麼吃東西，有點餓，打算下去看看有沒有吃的，實在不行，去酒吧啃兩盆花生也行，想問朱仰起去不去，聽他這麼挑釁，也懶得帶他，換了雙拖鞋打算自己下樓，無動於衷地回了句：「誰說我要追她？」

咦，好像是，朱仰起一愣，「那你在那哄半天？」

「你生氣我也哄。」陳路周趿拉著拖鞋，自己倒了杯水，「這事怪你。」

「人有三急好不好，換你你能憋住？」

「你看我敢喝水嗎？」陳路周這時才喝了口水，靠著桌沿說：「她們都女孩子，這點自覺沒有？」

「行，下次跟她們出門，我不喝水行了吧。」朱仰起還真的被他繞進去了，「你真的不追啊，我感覺你們氣場還挺合的呢。」

「嗯。」陳路周放下水杯，拿上手機，準備下樓，「等我出國回來再說吧，她要是還沒結婚，可以試試。」

「那要是離婚了呢。」

「你盼人點好行不行？」他補了句：「真離婚了，也追。」

「靠，你想的也太遠了，要是我就先談個戀愛，爽一下。」朱仰起沒心沒肺地說完就去洗臉了。

酒吧門口的風鈴聲叮叮噹響，在寂靜的黑夜裡格外清晰，陳路周一走進去，徐梔就注意到了，抬頭朝門口看過去，果然就看見一道此刻並不想看見的身影。

其實跟剛才的事情沒什麼關係，徐梔莫名有些作賊心虛，不知道為什麼，大概是因為他不喝酒，很掃興。

酒吧進門處是個隔斷的直角吧檯，吧檯上放著幾盆蔫了的盆栽，徐梔下意識用盆栽遮擋自己，來擋住他的視線。

陳路周一進門就看見她了。巴掌大的地，也不知道她躲什麼，不過陳路周這人就挺識趣的，既然別人不想跟他說話，他也不過去討人嫌。

於是他就近找了個位子坐。

酒吧服務生問他喝什麼，陳路周不好說我是來吃花生的，於是又要了一杯檸檬水。

不說陳路周這張臉就挺惹人注意的，這連續三次都點檸檬水的舉動，也讓酒吧服務生對他印象頗深，忍不住和陳路周半開玩笑地搭腔：「帥哥，你看上的是我們這的花生嗎？」

陳路周覺得這人厲害啊，這都能看出來，怕不是警察在這幹臥底吧，於是問了句：「你們這還有別的吃的嗎？」

「沒有，我們這裡只有酒水，你真的餓了？」服務生詫異。

陳路周點點頭，也不藏著掖著了，大大方方把花生端到自己面前，「嗯，你們餐廳關門好早，又沒人送外送。」

「確實沒人送外送，」服務生一邊幫他切檸檬一邊說：「我們老闆之前也跟幾個外送平臺合作過，但實在是因為他這個山莊太偏了，上次有個外送員半夜接了單，結果那陣子天天下大雨，中間有段路塌方，還好人沒事，之後老闆就不讓送了，不過，你真的餓的話，溫泉湯那邊有個二十四小時福利社。」

「這還有溫泉湯？」

「有啊，旁邊還有個洗腳城、電影院，都是傅老闆跟外面合作的，你是不是沒看入住手冊，上面有地圖指示的。」

陳路周回頭順著他手指的方向看了眼，果然看見亮著的壓克力燈牌「傅玉娛樂城」幾個字，傅老闆這居然還是一條龍服務，難怪朱仰起說就他那臭脾氣山莊生意還是絡繹不絕，這哪是民宿，不就是銷金窟嗎。

「謝了，要不然，您再幫我做杯雞尾酒。」陳路周視線在他身後的酒櫃上慢悠悠地逡巡一圈後說。

「好嘞。」

有人陪喝酒，徐梔當然沒放過這個機會，拿著手上還沒喝完的半瓶黑啤酒，挪過去。

酒吧裝修偏英式，牆上掛著的壁畫、架子上擺的書本，都泛著濃濃的復古氣息，酒吧環境昏暗，沒人，就剩他們，其餘地方為了省電都關燈了，只餘吧檯一圈還亮著暖黃色的燈帶，散著幽幽而旖旎的光。

「怎麼想到要喝酒了？」徐梔說。

陳路周坐在高腳椅上，一隻腳踩在地上，低著頭正在專心致志地剝花生，似乎料定她會主動過來說話，頭也沒抬地說：「深夜買個醉不行？」

徐梔看他姿態隨意，又看看自己，兩隻腳都只能踩在高腳椅的槓上，心下感嘆了句，腿好長。

「一杯雞尾酒？」徐梔說：「那你好菜。」

陳路周沒接這話，而是漫不經心地低頭剝著花生問了一句：「剛是真氣到了？」

徐梔搖搖頭，「確切說是噁心到了。」

「不是生氣？」

「不是。」

「那妳剛才看見我躲什麼。」

他還以為自己真把她惹急了，雖然沒打算追，但也不想徐梔真生他的氣，所以剛都不敢主動上前說話，畢竟拿不準她是不是真的不想理他，心裡只能盤算著怎麼能讓她主動跟他說話。

「不是，」徐梔很老實地說：「你太自律了，看見你就好像看見教室裡神出鬼沒的班導師，你懂吧，感覺自己挺不正經。」

陳路周笑了下，拍掉手上的花生碎，終於轉頭瞥了她一眼，「妳還不正經？」

燈光昏沉，女孩子的眼睛裡映著昏昧的光線，似乎有點朦朧的水氣，應該喝了不少，比平日裡柔和許多。

「行吧，我們都不正經，」徐梔說：「哪個正經人大半夜在這喝酒。」

陳路周心說，誰跟妳不正經。酒吧服務生把雞尾酒放到他面前，他低頭掃了眼，沒碰，繼續專注剝一顆顆花生，問她：「餓嗎？」

「有點。」徐梔問：「要去福利社嗎？」

「想吃什麼，我去買。」

「你酒不喝了？」

「我得先墊墊肚子，不然喝完得吐，」陳路周兩隻腳都放下來，隨時準備走的樣子，看著她酗了酒的眼睛，說：「說吧，隨便點，我請。」

「那就請康師傅喝開水吧。」徐梔大義凜然地表示。

陳路周反應了一下才反應過來，是泡麵，人站起來往酒吧門外走的時候，自己都毫無意識地順手就用食指在她腦袋頂上彈了下，「就妳皮。」

等兩人大快朵頤地吃飽喝足，陳路周一隻腳抵著高腳椅，按亮桌上的手機，看了眼時間，已經快兩點。

但他一點也不睏，徐梔看起來好像也不睏，還興致勃勃地看酒水單上有什麼沒嘗過的酒，但真的不能這麼耗下去了，要是讓傅老闆看見，徐梔大概得挨罵。

徐栀現在明顯有點喝上癮了，大腦思緒活躍得很，滿腦子都是今晚一定要把這酒喝明白了。可她腦子裡也不明白自己到底要喝明白什麼。

陳路周也不想掃她的興，於是坐在高腳椅上，轉頭問酒吧服務生，下巴對徐栀有點拿她無可奈何地輕輕一點：「她每天都這麼晚？」

「沒有，偶爾，今天都過了打烊時間了。」

言下之意就是，你們耽誤我下班了。

陳路周是聰明人，心領神會，於是對徐栀說：「走了，想喝下次再陪妳喝。」

「好吧。」徐栀意興闌珊地放下酒水單，眼神裡的期待蔓延開來，「不過陳路周，你不是一杯倒嗎？你剛喝了兩杯雞尾酒啊？」

陳路周讓服務生幫他們結帳，一邊把手機解鎖，一邊瞥她一眼，兩人眼神都有酒氣，比往日更直白大膽，直勾勾地盯著她，眼睛裡是明顯的笑意，「我說什麼妳都信啊？一杯是我七歲的量。」

酒量是會漲的，他只是不愛喝而已，因為喝多確實愛拉著人說話。

徐栀顯然是一怔，隨後嘆了口氣，大意了。明明第一次見面就知道他滿嘴跑火車，但怎麼對他說的每句話都深信不疑。

「你生日真的是光棍節嗎？」徐栀開始往回倒。

陳路周付完錢，拿上外套手一猶豫，想想還是算了，不太合適，不過也沒自己穿，對摺勾在手裡，出去的時候，站在風口那側，替她擋著，兩人往回走。

「看哪個，身分證是三月，通常家裡人都過三月的生日。」他說。

徐梔「哦」了聲。

「幹嘛？」陳路周笑了下，「這麼快信任都崩盤了啊？」

「沒有啊。」兩人走到大廳口，徐梔突然問了句：「剛喝酒多少錢？」

「要跟我ＡＡ？」

「畢竟你也不容易。」

「行了吧，真要給錢，」陳路周說：「把陪聊的錢結了。」

徐梔這人腦子裡的帳算得清，「那我們再聊十分鐘，這次我陪聊。」

「妳強買強賣啊。」

徐梔充耳不聞地：「好，你已經下單了——」

陳路周看她一本正經的，笑得不行，「我發現妳真的很喜歡算帳，上次吃飯也是，騙我說妳有男朋友也得把我騙出來吃飯，把人情還了是吧？以後跟妳男朋友也這麼算嗎？」

徐梔：「得算，但你又不是我男朋友，這兩者有關係嗎？」

陳路周頓時反應過來，自己真的喝多了，非要跟她扯這個幹嘛啊，「行吧，二百五，轉給我吧。」

徐梔懷疑陳路周在罵她，但是她沒有證據。

陳路周第二天從傅玉山莊上下去，他有個視訊面試，他媽讓他回家一趟，學校的面試資料都在家裡，於是早上起了個大早，刷牙時看見手機上有則未讀訊息，看都不用看，他知道是徐梔的轉帳訊息。

等他收拾完，坐上巴士，才打開手機隨意看了眼。

徐梔轉了二百五十一塊給他。

還真以為他在罵她呢？陳路周把酒吧帳單的截圖傳給她，確實正好是五百，不多不少，剛一傳出去，就覺得自己也挺幼稚，跟她有什麼好計較的，於是又把截圖收回了，之後就把手機揣回口袋裡，沒再看。

陳路周抵達市區之後沒急著回別墅，回了租屋一趟，匆匆洗澡換了身衣服，才拿上手機準備回別墅，早前門口貼著那張禁止吐痰的白紙居然還在，垃圾桶裡乾乾淨淨，看來那大叔也沒再找事，陳路周出門的時候順手把紙撕了，隨手捏成一團扔進垃圾桶裡，連惠女士派的司機就到了。

恢宏大氣的賓士保姆車就這樣明目張膽的停在巷子口，引得門口賣烏龜那老大爺以為他中彩券了，叫了一輛豪華計程車，嚷嚷著，小夥子，由奢入儉難，由儉入奢易。

至此，陳路周都沒覺得氣氛有什麼不對，一踏入家門，看到那股熱鬧的氣氛才終於明白過來，哦，原來不是視訊面試，他明明記得面試是下週四。

徐梔第二天睡到下午才醒，手機裡有幾通未接來電，是老徐的。她剛要準備回電給他，老徐又鍥而不捨地打進來了。

「喂，老爸。」

『終於睡醒了？瑩瑩說妳昨晚看流星看到很晚啊？』徐光霽在電話那頭說。

徐梔剛睡醒，睡眼惺忪地對著鏡子抓了把頭髮，說：「嗯，有點晚，怎麼了？」

徐光霽：『我看見妳個人頁面的照片了。』

「哦。」徐梔把電話夾在耳邊，擰開水，拿起牙刷說：「怎麼了？」

『沒什麼，挺好看的。』徐光霽在電話那邊不知道在喝什麼，小口小口地嗦著，『陳路周是誰啊？』

徐梔發動態分組就是為了遮蔽徐光霽，因為她爸太喜歡研究她的個人頁面。昨晚大概是玩太晚，忘了。

「這邊認識的一個朋友。」徐梔咬著牙刷說。

『男的？』

「嗯，挺會拍照的。」

『哦，沒什麼，爸爸就是隨便問問，拍得確實挺好的。』徐光霽說：『對了，妳要是沒事就早點下來，過幾天颱風要來了，小心土石流塌方。』

徐梔「嗯」了聲，便把電話掛了。

等她洗完臉出來，蔡瑩瑩正在跟朱仰起唾沫四濺地打電話，「什麼，陳路周今天不回來？陳星齊鬧著不肯畫畫你找徐梔幹嘛，你搞不定他，徐梔能搞定啊？」

朱仰起不知道在那邊說了什麼。

蔡瑩瑩看了徐梔一眼，「陳路周幹嘛不回來？相親？朱仰起你有毛病，他才幾歲啊，你要編能不能編個好點的理由。知道了，等她出來我問問她願不願意幫陳路周帶弟弟。」

徐梔幾乎是毫不猶豫地點頭：「願意願意，八百算我的。」

蔡瑩瑩舉著電話：「……」

電話那頭的朱仰起：『……』

說相親，是挺誇張，其實就是他媽電視臺裡一個上司的孩子也準備出國，兩人恰好選了同一個城市，畢竟陳路周是男孩子，加上兩家又知根知底，就託他照顧照顧女孩子。這事陳路周沒辦法拒絕，於是恬不為怪地坐在餐桌上，不過自始至終都沒抬過眼皮，連人長什麼樣都沒瞄過一眼，手機訊息聲響個不停，連惠瞪他好幾眼，也沒見他有任何收斂。

這邊朱仰起看著徐梔跟陳星齊鬥智鬥勇，在手機上隨時跟陳路周彙報戰況。

Cr：『你說徐梔帶他去哪？』

朱仰起：『洗腳城，徐梔說他腳太臭，她實在進不去那個房間。陳星齊臉都氣綠了，你說在你們家誰敢這麼嫌棄他？』

Cr：『……小屁孩長身體，臭點正常，去什麼洗腳城。』

朱仰起：『你不是還去相親了？』

Cr：『你有病，我說了不是相親，是人家託我照顧。』

過了一下，朱仰起又收到一則訊息。

Cr：『聽到我去相親，她真的沒說什麼？』

朱仰起：『說了啊，她問你這攤生意還要不要？她等著接盤呢，你們昨晚不是去喝酒了？沒發生點什麼？』

接妳媽盤。

Cr：『純聊天，酒錢AA，純得不能再純，好了嗎，再問封鎖。』

餐桌上兩家家長還在寒暄，一唱一和地自顧自約定以後等放假就一起去利物浦看孩子們順便旅遊。旁邊的小女生被說得面紅耳赤，聽起來真像相親。不知道是不是想多了，她媽話裡話外聽起來好像有這個意思。可她有男朋友，只是不敢告訴爸媽，她男朋友也決定要跟她去利物浦。這時也只能悄悄打量旁邊這個帥哥，沒想到連阿姨的兒子這麼帥。

陳路周幾乎沒動筷，他沒再理朱仰起，隨手點開徐梔的聊天畫面，最新一則還是停留在他收回的訊息上，她沒回，也沒問他收回什麼。

他表情冷淡地盯著桌子底下的手機，手指劈里啪啦在對話欄裡輸入，他習慣二十六鍵，所以兩手打字飛快。

——妳對我就一點感覺都沒有？

打完，面無表情地睨了半天，遲遲沒按下傳送鍵。

直到連惠女士叫他，陳路周有些心累地嘆了口氣，又刪掉，聽話地應了聲：「嗯？」

連惠女士擱下筷子，「你爸回來了，劉叔臨時送楊主任回電視臺開會了，你開車去機場接一下你爸，順便送一下慧慧去地鐵站，她下午約了朋友逛商場。」

彎彎繞繞一堆，連惠女士的目的在這呢，原來是他爹回來了，心想他媽也不至於現在就急著讓他相親。陳路周不疾不徐地站起來，「行，妳跟我走。」

「那媽，連阿姨我走了。」女生羞羞怯怯地跟著站起來。

「去吧，早點回來。」

陳路周把車從地下車庫裡緩緩開出來，上車後，慧慧也沒主動跟他搭腔，一直跟人傳訊息，快到地鐵站時，對方火急火燎地打電話過來，是個男聲，慧慧匆匆說自己馬上到就掛了。

「男朋友？」

慧慧沒想到他會主動跟自己說話，「嗯，你別告訴我爸媽，我們打算一起去利物浦，所以，你不用擔心，到了那邊，不會麻煩你的。」

陳路周覺得還是解釋一下，在紅綠燈口慢悠悠地踩下剎車，手肘慢條斯理地放上車窗沿，看她一眼說：「餐桌上不是針對妳，是我跟我媽的問題。」

「連阿姨挺好的。」慧慧說：「她其實挺為你驕傲的，在公司經常跟我媽她們說你很優秀，我媽說她就是嘴硬，心很軟的。剛剛看你們火藥味這麼濃，我還以為你們關係很緊張，其實能看出來，她很關心你。」

「知道。」

「你們一中是不是很多帥哥美女？之前球賽我們去過，你們的體育館超大。」

陳路周放掉剎車過紅綠燈，他覺得再聊下去，就有點不對勁了，於是淡淡地回了個「嗯」，把話題收住。

慧慧想說我們好像還沒有好友：「要不要先加一下好——」

過了紅綠燈轉個彎就是地鐵站，陳路周及時把車停在路口，下巴頦對著馬路邊一個背著雙肩包、拿著電話、脖子伸得老長，明顯在等人的男孩隨意地一揚，也不管人家是不是，直截了當地打斷她：「妳男朋友嗎？」

當然不是，慧慧男朋友在商場的星巴克等她，但多少聽出陳路周並不想加她好友，明顯是一個委婉拒絕的舉動而已，也沒解釋，直接默默推開車門下車。

陳路周開去機場的路上，道路兩旁規整的綠化帶風馳電掣地從窗外飛過，他一路順著機場指示牌開，心裡莫名鬆了一口氣，朱仰起說的是錯的。

他不是喜歡禁忌，也不是喜歡刺激，更不是喜歡別人的女朋友，他確實只是對徐梔有感覺。

還好，還好。

那天朱仰起說完之後，他還以為自己真的這麼變態，在手機上搜尋了很久。

——無法抗拒別人的女朋友是病嗎？

也沒得出任何結論，倒是有個哥們在網路上分享他的暗戀經歷，反正就是他和那女生誰也不說破，後來發展成炮友，連床都上了，女生就是沒給他名分。

陳路周心道，徐梔要是敢這麼對他，他大概能跟她老死不相往來。但他萬萬沒想到，他後來來得還挺勤快，當然，這是後話。

陳計伸的班機晚半小時抵達，陳路周就挺沒形象地在車門上靠了半小時，老遠聽見行李箱滾動的聲音，才鬆鬆垮垮地從車門直起身，叫了聲：「爸。」

陳路周從小嘴就很甜。

尤其剛接回來的時候，畢竟那時候也有六歲多，陳計伸擔心他剛到陌生環境，不願意叫爸爸媽媽，就一直讓他叫叔叔阿姨就行，但沒想到陳路周一張口就是爸媽，直接把陳計伸嚇了一大跳，但心裡也著實喜悅，一整晚都樂不可言，跟連惠張口閉口陳路周是我大兒子。

陳計伸一直把他視如己出，陳星齊有的，陳路周絕對有，甚至很多陳星齊至今用的東西，都是陳路周淘汰不用的。陳計伸知道他喜歡看電影，那時候家裡沒現在富埒陶白，有年去西班牙旅遊的時候，陳計伸知道陳路周為了買畫板給陳星齊連自己最喜歡的音響設備都沒買，陳計伸便捨了一套西裝的錢讓他把音響買回來，連惠說他有病，一套西裝能穿十年，這個破音響能聽十年嗎？

陳計伸笑呵呵說，不能，但是兒子高興我就買。

所以那次，陳路周知道自己要出國，對他說，您放心，您養我這麼多年，我還是會為您養老送終的時候，陳計伸以為他要跟自己斷絕關係，才氣得給了他一巴掌。

車上沒人說話，祕書小王察覺到莫名的低氣壓，一路假裝打電話。陳路周的骨頭確實硬，陳計伸覺得是自己養出來的，他覺得沒什麼，男孩子骨頭硬點好，以後遇到挫折才不會隨便被打垮。

但陳路周的骨頭硬得都可以熬十全大補湯了，這麼多天，也不見他打一通電話過來。

「最近在忙什麼？」陳計伸焦躁不安地看看手機，又看看窗外，最後還是把視線落在自己兒子的臉上。

陳路周開著車，車子匯入高架，表情比他淡定很多，鬆快地說：「陪陳星齊在山莊畫畫。」

「……」

「路周，」陳計伸頓了一下，還是沒忍住率先打破這個僵局：「爸那天不是故意——」

「嗯，我知道，您不用道歉，」陳路周挺誠懇地說，車內安靜逼仄，方向燈滴滴答答地響，「我那天說話確實過分，您跟媽的顧慮，我也都懂，我沒覺得有什麼，你們這十幾年對我這麼好，我要是連這點事都不能答應你們，說不過去。」

「等你回來，」陳計伸認真地說：「爸爸把江岸的別墅給你。」

車子慢悠悠地轉進地下車庫，陳路周駕輕就熟地停入地下車庫，看著後視鏡一邊倒車，一邊無所謂、浮皮潦草地笑了下，「再說吧，說不定在利物浦找個女朋友，我就在那邊定居了。」

別墅大門被人推開，連惠看他們進來，氣氛融洽，心裡也寬鬆兩分，別墅空調開得低，她從沙發上站起來，接過陳計伸手裡的公事包，身上披了一條毯子，一年四季，那條毛毯總是不離身，她輕聲細語地對陳路周說：「我早上聽你有點咳嗽，在山上是不是凍著了？剛剛讓張姨在廚房熬了一鍋雪梨湯，你去喝兩口。」

「好。」

他剛坐下，又懶洋洋地站起來。

陳路周一進廚房，後腳連惠女士就跟進來了，看他倚著廚房的西式爐臺，一手插口袋，一手拿著碗，吊兒郎當地直接就著碗沿喝湯，原本到嘴邊「你慢點喝，小心燙」的話，又變成了：「你就不能正經一點？拿個湯匙你手會斷是不是？」

陳路周嘆口氣，從抽屜裡抽了個湯匙出來，沒皮沒臉地說：「媽，以後川劇變臉沒您我都不看。」

「少貧嘴。」連惠女士其實是想進來解釋，我可沒安排你和楊慧慧相親，我騙你回來是想讓你跟你爸好好聊聊，他已經好幾晚沒能好好睡覺了。誰知道這麼湊巧，楊主任帶著他家女兒來串門子。

陳路周慢條斯理地喝著湯，看她說：「您火氣這麼大，要不要我幫您盛一碗？」

「你爸回來跟你說什麼了？」

「沒說什麼，就說等我回國，把江岸的別墅給我，我說再說，不一定會回來。」

連惠正在整理披肩手微微頓住，陳路周說這話時，眼裡太過平靜，平靜得像一潭死水，她沒來由的心慌，她也從來都知道，她這個兒子，有一顆平靜乃容的玲瓏心，看起來吊兒郎當，總能春風化雨，所有情緒都是他自我消化。

「我們沒說不讓你回來，你在這自我閹割什麼？我們並沒有把你逐出家門的意思，你爸的意思是讓你在國外待幾年，回來我們可以幫你安排工作，你爸公司裡現在大把空位，你回來隨便你挑。你知道你現在隨隨便便能得到的一切都是別人努力一輩子都可能沒有的——」

「然後呢？你們再幫我安排一個差不多的女朋友，我的人生就被你們這樣差不多安排了是嗎？媽，我不是不想回來，是我在你們身邊看不到希望和自由妳懂嗎？我知道從小到大你們對我很好，但是我現在終於明白什麼叫所有命運饋贈的禮物，都早已在暗中標好了價格[4]，你們等的不就是這一天嗎？」

連惠覺得自己大腦像陳年老舊的復讀機，運轉頗慢，等她反應過來，陳路周已經走了，空蕩蕩的爐臺上只留下一個他剛剛喝過的碗，大約是那碗梨湯沒喝完，她只覺得嘴唇乾燥得發緊，心臟也疼，耳邊響的還是他臨走時的話——

「所以，媽，就算你們決定不讓我出國，我自己也決定要走，因為我不可能像一隻狗一樣，幫你們看門。」

陳路周回山莊之前，打了通電話給朱仰起，問他要帶什麼上去，朱仰起當時正在跟徐梔她們鬥地主，滿臉貼著白紙條，接到他的電話，精神異常抖擻，嘴裡還叼著撲克牌，腦袋裡正在慢悠悠地算牌，含糊不清地說：『泡麵帶幾包，還有你弟的水別忘了，其他的你隨便

4「所有命運饋贈的禮物，都早已在暗中標好了價格」出自於奧地利作家茨威格。

買。』

陳路周在上次跟徐梔去過的那間超市，冷冷清清，幾乎沒什麼人。他拿著電話在酒品區閒逛，黑色的鴨舌帽蓋在腦袋上，仰著腦袋，目光閒散地在貨架上挑挑揀揀。

他記得以前在西班牙喝過一種果酒。

「她們呢？」他拎起一瓶酒，掃了產地一眼，隨口問了句。

朱仰起好不容易叫把地主打算搞把大的，想把剛剛輸的全贏回來，哪還有心思跟他講電話，索性二話不說直接把手機丟給徐梔：「來，妳自己跟他說。」

徐梔看了手機螢幕上顯示的名字一眼，Lucy周，才茫然地把電話夾到耳邊，『陳路周？』

「嗯。」

陳路周拿了兩瓶酒在結帳，鴨舌帽遮得嚴實，半開玩笑地接了句：「哪個ㄌㄨˋ啊？」

徐梔瞬間想到那個備註名，他顯然是在找事：『腦子短路的路。』

「那算了，本來想帶瓶酒給妳嘗嘗。」他笑著說。

徐梔：『峰迴路轉，條條大路通羅馬的路！』

推門出去，他心情頓時好很多，嘴上卻說：「晚了。」

超市的電視機裡，播放著防颱預報，慶宜是典型的江南地帶，每年六七八月人們都忙著防颱防洪，陳路周買完東西出來，沿路看著他們陸陸續續地撤看板，撤陽臺上的盆栽……時值深夜，黑夜的暮色肆無忌憚地蔓延開來，月光像渲染開的一抹暈色，在淒涼的街道上散著最後餘光。大雨將歇，霓虹模糊著樓宇輪廓，人行道上都是被雨水打落的枯枝敗葉，滿目蕭條。

陳路周一手拎著一瓶酒，一手插在褲子口袋裡，慢悠悠地走著，落葉被他踩得唠唠作響。

因為最熱的夏天還沒來臨，這時夜裡挺冷，走了一段路後，他手臂上起了一層薄薄的雞皮疙瘩。

其實他這個人挺無聊的，看起來挺不正經，但是從沒做過什麼出格的事情，因為怕養父母擔心，也怕他們期待落空，更怕他們在自己身上看不到價值。連親生父母都會隨便拋棄他，更何況是沒有血緣關係的養父母，這種安全感是誰也沒辦法給他的。

所以他不敢出格，什麼事情都要做到能力範圍內的最好，這就是他的價值。學攝影是因為連惠女士喜歡拍照，總跟他吐槽電視臺裡的攝影師不行，看電影玩無人機是因為陳計伸喜歡，家裡除了他，沒人陪他聊弗蘭克其實更適合當編劇以及那些吊詭的航拍鏡頭是怎麼完成的。

他不是浪漫，只是因為寄人籬下，所以他總是格外會看人眼色，雖然養父母對他確實很好，但終究抵不過那層最特殊的血緣關係。他們盼他好，又怕他太好，好過陳星齊，拿走屬於陳星齊的一切，所以想送他出國，選了個花錢就能上的垃圾大學，讀個差不多的科系，將他身上所有的稜角和志氣磨平，再把他接回去，妥善接受他們從此以後的所有安排？

他早就應該知道，這世界沒有免費的午餐，有的都是糖衣炮彈。

這個時間沒巴士，陳路周拎著瓶酒，在公車站坐了一下，旁邊跪著個身心障礙人士，短短的下肢赤裸裸地攤在地上，地上貼著一張紙和 Qr code，父親白血病急需救治。他嘆了口氣，掏出手機掃了五十塊錢，也行吧，好歹自己手腳健全，長得也還行吧，腦子也不笨，懂人生幾何，也還有時間欣賞春花秋月。

「謝謝。」聽見手機提示音，地上跪著的青年對他道謝。

陳路周淡淡「嗯」了聲，他想自己不用說不客氣，他們之間就是贈與關係，他應該道謝。

他走時攔了一輛計程車，坐上車，看青年跪得筆直，眼神至始至終都沒從地上抬起來過。他拉上車門，心想，這個世界究竟是什麼樣的呢？

是勇敢者與勇敢者的遊戲場，還是真心與真心的置換地？

路上跟司機聊了一下，陳路周便沒再說話，司機大概覺得他挺有意思，一路滔滔不絕跟他講自己身邊的致富經：「我也就是晚上出來跑一下計程車，我白天在房地產公司上班，老婆懷孕了，想多賺點。你可能還小，結婚之後就知道了，尤其是生孩子，哪哪都需要用錢。現在誰不是斜槓青年，我還有同事做微商，部門還有個小女生白天上班，晚上回家寫文章賺稿費，還有人在公司裡拍短影片、直播的，反正現在要是真的想賺錢，不愁沒有路子，就我們隔壁那社區，有個孩子，大學才剛畢業，已經買了兩間房子，還都是全額付清。」

有財商也是一件挺厲害的事情。陳路周一邊想著一邊滑個人頁面，看見徐梔把那張照片發到個人頁面，底下附上了他的名字，於是他順手點進她的個人頁面。

不知道是不是上次他說的緣故，徐梔把個人頁面開放了。

徐梔：『看了我表弟的國文試卷，林黛玉的死因，表弟寫了個屍檢報告顯示，是摔死的。我問他怎麼知道，他說天上掉下個林妹妹……我輔導不下去了。』

徐梔：『被老徐罵了。因為上次那個表弟，後來又找我輔導作業，我拒絕了，我說不行，幫你輔導作業我禿頭了，去找你爸，表弟說，不行，我爸說每次幫我輔導完作業上班都精神恍惚工作都快丟了。我說工作好找，禿頭不好治。這傻子居然用這句話嗆他爸……』

徐梔：『十八歲的第一天，想送老徐一個禮物，感謝他和我媽帶我來這個世界，老徐說不用，十八歲的第一天，我也送妳一個禮物，反手掏出一張畫，是一張我小時候隨手畫的素描，沒想到老徐藏這麼久，還挺感動。結果老徐說，首先恭喜妳成年，歡迎來到我們成年人的世界，十八歲意味著妳不再受未成年人保護法的保護，妳已經具有完全行為能力。我問他然後呢，他說，這張紙眼熟嗎，是某位大師的真跡，妳知道現在市面上他的字值多少錢嗎？妳小時候不懂事在上面亂塗亂畫，我現在可以跟妳追償了，開始打工吧孩子……』

徐梔：『一個問題：如果說，我把水蛭放進我的身體裡，我是不是會變成吸血鬼——』

下面還有蔡瑩瑩的回覆：『可以嘗試。』

陳路周放下手機，看著車窗外忍俊不禁，萬萬沒想到，徐梔的個人頁面是這種畫風。

颱風確實快來了，陳路周下車時明顯感覺到風大了，不知道是不是山裡樹多的原因，風聲在樹木叢林裡蕭蕭作響，有種要被連根拔起的氣勢，一走進山莊大門，呼嘯聲便被隔絕在身後。

陳路周回到房間坐了一下，打開電腦準備把傅玉青的影片先剪出來，正巧朱仰起打電話過來，他應該輸得挺慘，嘴上大概也被人貼滿了白紙條，一說話那邊好像帆船起航一樣，呼呼啦啦的，『你不過來啊？』

陳路周心說，我去幹嘛，人家又沒邀請我。

「嗯。」陳路周下意識看了桌上的酒一眼，「剪影片。」

朱仰起還想叫他過來大殺四方呢，好好治治對面這兩個女魔頭，於是又把電話隨便地塞到徐梔手裡，「妳跟他說，他公主病又犯了。」

徐梔臉上相對乾淨一點，就腦門上貼著兩條，還是被蔡瑩瑩坑的，她舉過電話，認真地看著手裡的牌，說：『朱仰起說你公主病犯了，問要不要八抬大轎過去請你。』

陳路周點開桌面上的資料夾，匯出之前剪一半的茶山影片，哼了聲，懶散地靠在椅子上沒臉沒皮地點著滑鼠說：「行，妳抬過來。」

徐梔挺為難，『那我想想，去哪找轎子。』

陳路周笑了下，「房間號。」

徐梔說了個房間號。

陳路周「嗯」了聲，「半小時，我把影片剪完去趟傅老闆那就過來。」

等他見到傅老闆，蔡瑩瑩已經睏了，說什麼也不肯陪朱仰起打了，朱仰起是殺紅眼了，死活要讓陳路周過來找回場面，徐梔是無所謂，反正也沒事，一看時間也還早，蔡瑩瑩跟朱仰起還在為繼續玩這個問題爭執不休，她有點無語地撈過手機，準備傳則訊息給陳路周，問問他剪完沒。

徐梔：『瑩瑩睏了，你還來嗎？』

陳路周正在傅玉青的茶室，傅玉青今天正巧炒了新茶，還在研究包裝，打算請他嘗嘗，他覺得這小子多少懂點茶道，還知道桑茶，「味道有點像米香，南方人喝得比較多。今年雨水多，這茶味道不如往年，所以我都沒往外賣，送了幾包給親戚，徐梔爸爸就特別愛喝這種茶，每年送他們醫院主管的都是這種茶。」

陳路周一邊低頭回徐梔訊息，一邊嘆口氣，傅玉青是不是傻，這種話能跟他說嗎，送禮這事誰都能說嗎？

Cr：『在傅老闆這，妳還想玩嗎？』

徐梔：『說實話嗎，不想，朱仰起手真的太臭了，我贏得都有點乏了。』

Cr：『得了便宜還賣乖？』

徐梔：『你買酒了嗎？』

Cr：『嗯。』

徐梔：『那要不然我們樓下酒吧見？不帶他們。』

Cr：『行。』

酒吧不讓自帶酒水，儘管是傅玉青的山莊，他們也不能為所欲為。所以，陳路周跟酒保拿了兩個杯子，問徐梔要不要去看電影，娛樂城裡有私人包廂，確切地說，是情侶包廂，但包廂看不了最新的院線電影，只能看他們有片源的片子，像那種私人影院，但也是購買了版權的。

包廂尤其簡單，只有一張雙人沙發，和一個大大的投影布幕，除此之外，再無多餘。說實話，徐梔心裡是有點怪怪的，但看陳路周坦然地坐在那，拿著手機跟人傳訊息，她又放下心來，應該只是單純地看個電影。

陳路周則在回朱仰起的訊息。

Cr：『都說了，純得不能再純。看電影而已。』

朱仰起：『看什麼電影？』

Cr：『不知道，等她選，這裡好像只有愛情電影。』

確實，這裡除了文藝愛情電影之外，就是一些激情四射的愛情電影。大概是情侶包廂的緣故。

朱仰起：『禽獸，你還說不想追她，你就是在追她。』

Cr：『我追人手段這麼菜嗎？就請人看免費電影？』

朱仰起：『也是，你上街追條狗都記得多買幾個漢堡呢，怎麼可能只請女孩子看免費電影呢是吧？』

Cr：『對，上次追你扔了三個漢堡你就回頭了。』

朱仰起：『滾，其實有時候吧，陳狗狗，你不懂，哥教你，你喜歡一個女孩子呢，可以多少讓她知道一點，不是非要等著人家主動靠近你的，也不是非要讓她答應你什麼，或者非要讓你們在一起，有時候一個人的喜歡，會讓她們很高興的。』

陳路周沒回，鎖上手機放一旁，仰頭靠在沙發上，後頸托著，心說，這種事情得看氣氛吧，哪有人一上來就表白的。不過今晚確實是個好氣氛，又是酒，又是獨立包廂，又是纏纏綿綿、風光旖旎的愛情電影。

他的心，彷彿又被小貓撓了下，莫名有點發緊，連喉結都是。

所以他忍不住滾了下喉嚨。

徐梔不知道陳路周想看什麼，但因為氣氛實在太詭異，而且，剛剛畫面跳過一個看起來比較色情的電影封面時，他都嚥了下口水，不行不行，這人不行。

於是她跳過了所有的愛情片，就只剩下幾部搞笑片，那幾部徐梔都看過，說搞笑也不是很搞笑，裡面還有幾個激情戲，也不行。

「你想看什麼？」徐梔還是象徵性地、禮貌地徵求他的意見。

他們一人占著沙發的一端，中間彷彿隔著一條寬寬的河，好像楚河漢界，都非常自覺地貼著自己那末端，像循規蹈矩的士兵堅定地守著自己的陣營，陳路周一隻手放在沙發扶手上，又把手機拿過來，沒看她，隨口說道：「隨便。」

「那我隨便開了啊。」

「嗯。」

於是，徐梔一本正經地看著投影布幕，緩緩點開最後一部漏網之魚——《今日說法——十大逆天奇案匯總》。

陳路周：「……」

包廂內格外安靜，電影畫面昏靡的弧光映在兩人臉上，氣氛多少是有點曖昧的，只是這個旁白有點煞風景。

『在警方夜以繼日的追查下，梁某終於露出了蛛絲馬跡，他承認自己曾在為民超市裡購買過一把瑞士刀，將妻子殺害後，扔進化糞池中……』

十大逆天奇案第一案就是殺妻騙保案，徐梔看得還挺入神，這把刀是突破口，不然梁某很難伏法，她想，警方要是沒有查到那把瑞士刀，或者說，梁某從別人家裡偷一把刀，而那個朋友又是個大迷糊，至今都不知道家裡有把刀不見了，這樣找不到作案關鍵證據，加上梁某的完美不在場證明，這保險錢是不是就騙到手了？

「你說……」

陳路周盯著布幕，面無表情地打斷她：「犯法。」

「不是……」

陳路周：「死刑。」

徐梔鍥而不捨地發表自己的觀點：「不是，你說會不會真的有這種巧合呢，保險是早上買的，人是晚上沒的……」

陳路周靠在沙發上，瞥她一眼，「怎麼沒的？自殺還是意外？這麼說吧，就算有男的願意為了妳去死，幫妳發這筆橫財，自殺保險公司不賠，要是真有哪個倒楣蛋早上買了保險，晚上就出了意外，妳就是警方第一嫌疑人，想要拿到這筆錢，妳要配合多少調查妳知道嗎，等妳真的拿到這筆錢，妳也心力交瘁，我怕妳有命拿沒命花。」他抬起一隻手臂，搭在沙發背上，身體朝徐梔那邊側過去，光影在他們臉上模糊地交疊，聲音清晰莫名有點迷離低沉：「有沒有看過一部電影？」

徐梔洗耳恭聽，畢恭畢敬，「您說。」

陳路周見她這德行，不自禁地笑了下，「忘了韓國還是日本，講的就是一個家庭主婦，丈夫買了份巨額保險，大概一個月後丈夫就死了，死因是跟朋友出去玩，抓魚的時候不小心掉進水庫，淹死的。後來警方一查，正好一個月前，丈夫自己買了份巨額保險，覺得這事不簡單，便對他的妻子展開了調查，他們高中就認識，大學相戀，大學畢業沒幾年就結婚，感情很好。妻子沒什麼作案動機，保險公司應當理賠，但買保險的時間前後實在過於巧合，保險公司遲遲不肯理賠。甚至因為鄰居一句不那麼確鑿的證詞——『一週前我聽見他們夫妻倆吵架，她丈夫好像打了她』。」

「……」

「再加上一些亂七八糟的證詞和疑點，警方遲遲沒結案，保險公司甚至還找了私家偵探跟蹤她，對她的生活和精神造成了非常大的困擾。她變得疑神疑鬼，最後等到她拿到保險賠償，整個人已經被折磨得不成人形。而這期間，無數網友在網路上分析她是否有殺害丈夫的可能性，一些自稱是高中、國中的同學，還有一些生活中的朋友紛紛出來爆料，說她不是不可能做這樣的事，說她國中曾偷過同學的東西，上學時就愛找老師打小報告，跟閨密搶男朋友等等，企圖將她那些光彩、不光彩的過去都一一攤出來，接受大眾的審閱。」

徐梔好奇心被吊起來，也不由自主地往前湊了湊，手臂學著他的樣子也放在沙發背上，一雙鋒利而乾淨的眼睛直勾勾地看著他：「結局呢？她到底有沒有殺她丈夫啊？拿到賠償金了嗎？」

在電影晃動斑駁的光影下，那雙盈盈發亮的眼底，好像有蝴蝶翩遷，在輕輕躍動，也有乾淨的蠢蠢欲動，一閃一閃地看著他。

是真的好奇了。

陳路周心說，服了，隨便說個故事，興趣都比對我高啊。

大少爺氣性上來，轉過頭去，冷淡地盯著發白的布幕：「不告訴妳，自己去看。」

徐梔掏出手機打開備忘錄，要記電影名字，「好，那你把名字告訴我。」

陳路周想了想，瞥她一眼，「誇誇我。」

「……」徐梔看著他，一臉茫然地對著他，從上到下，慢吞吞地打量了一下，然後說了一個顯而易見的事實，「你長得真帥。」

「謝謝。」陳路周嘴角憋著笑了下，「不過，電影名字，誇誇我。」

徐梔：「……」

陳路周中途出去接了通電話，回來見徐梔專心致志看電影，瓶子裡的酒喝得差不多，重新坐下問了句，「好喝嗎？」

比剛才的位置近了點，剛好在中間的位子，跟徐梔就隔著兩個拳頭的距離。

第三案是母子誤殺案，徐梔看得津津有味，胡亂點了下頭，「好喝，你在哪買的，我看產地好像是西班牙？」

我能在哪買的？我連夜飛去西班牙買給妳的？想什麼呢，妳有那麼重要嗎？

「就上次跟妳去過的那個進口超市。」他說。

徐梔回頭看他，似乎是不經意，突然問了句：「你今天心情不好？」

「怎麼看出來的？」他深深地看著她，心莫名跳了一下，好像有麻雀在他心尖上輕輕啄了一口小米粒。

所以，還是有感覺的，是不是？

「還真是啊？」徐梔兩手撐在沙發邊沿，恍然大悟地轉過頭說：「說不上來，就感覺，你今天好像特別欠打。」

陳路周：「……」

我就不該對妳有期待。

「問妳個問題，」陳路周用手背抹了下鼻尖，說：「純聊天，沒別的意思。」

「嗯，什麼問題？」

「有沒有想過要找什麼樣的男朋友？」他說。

「沒想過。」徐梔很直接地說：「看感覺吧，但我這個人比較膚淺，最好是聰明的，還能賺錢的。太笨的，長得再帥我也不行，因為溝通起來太累，我沒什麼耐心。」

「怎麼看出來笨，人類智商大差不差，除了極個別，大部分還是無法看出來高低的。談戀愛之前拉到醫院做個智商測試？」

話題來了，徐梔說：「所以我比較膚淺嘛，暫時只能看感覺，不過，升學考就是一個很明顯的分界點，考得好和考得不好的人，自然而然就分道揚鑣了……」徐梔說到這，才後知後覺地猛然想起來，陳路周升學考好像就失利了，他應該是考得很不好吧，不然他媽也不會讓他出國了啊，怕戳人傷心事，於是及時住了嘴。

「所以，妳打算在大學裡找？」陳路周一針見血、直白地說：「說實話，慶大也就一般啊。」

他確實覺得慶大普通，大概是因為他們班沒人上慶大。畢竟一中的宗山實驗班都是什麼程度呢，三十五個人，三十四個不出意外都應該上AB大，除了他，出國。當然，別的學校也是很好的，只是對於徐梔這種理論來說，慶大確實普通。

徐梔覺得他有點酸，自己考不上，還在這酸。但是她覺得自己能理解，畢竟升學考失利的人情緒都敏感一些，「哦，那你覺得哪所大學好啊？」

「AB大都還行。」

跩不死你，還AB大。

徐梔在心裡嘆了口氣，真是人菜夢遠啊。

「嗯，你想法挺好。」下次不要再想了。

天大概就是這樣被陳路周聊死的，他忘了徐梔不是他的同學，也忘了自己從小到大的光環她根本不知道、不了解，或者說，她對一中可能都不太熟悉，不知道宗山區是什麼神仙打架的地方。他甚至也忘記徐梔只是個普通高中的學生，每年他們學校能考上AB大的，也就鳳毛麟角。他大概有點習以為常地把徐梔當作他身邊那些學霸同學了，所以說話也很直接。

自那晚之後，他們有兩天沒見，也沒聯絡，訊息都沒傳過。徐梔沒主動傳給陳路周過，陳路周也沒主動過，他這幾天在忙著幫傅玉青補拍幾個航拍鏡頭，還要跟陳星齊講學科，一天到晚安排得也挺滿當，只是一閒下來，就會不由自主地看手機一眼，看有沒有訊息。

徐梔沒傳任何訊息給他，倒是更新了一則動態。

徐梔：『想買個相機，有人推薦嗎？』

底下有一則留言，是朱仰起，十分鐘前：『問陳路周啊，他是這方面專家，而且他有朋友的家裡做這個生意的，慶宜市最大的代理商，價格他能幫妳談下來。』

她可能還沒看到，所以沒找他，然而，過了一天，手機還是悄無聲息，徐梔還是沒找他。

陳路周把那則動態打開看了眼，她沒刪，朱仰起的留言也還在，底下多了兩則留言，一則是蔡瑩瑩的留言，還有一則是徐梔回覆蔡瑩瑩，她沒有回覆朱仰起。

蔡瑩瑩：『要不然，我幫妳問問表哥，他做過 Canon 代理，他那裡便宜相機不少。』

徐梔回覆蔡瑩瑩：『好。』

朱仰起看到徐梔的回覆，從廁所出來，拿著手機走到陳路周面前，嘖嘖兩聲，「我真搞不懂，明明有個更大更好用的在面前，她們跑去問什麼表哥啊，你惹她生氣了？」

陳路周倒是覺得有點新鮮，「她會生氣？」

「那為什麼我最近看你們都不怎麼聯絡呢，晚上也不出去喝酒了啊？」朱仰起說。

陳路周靠在床頭看書，一條腿搭在床頭，一條腿懶懶地踩在地上，自嘲地笑了下，看也沒看就翻過一頁書，說：「得了吧，人家自己有路子，非要我幹嘛。」

被人騙了也是活該。

不知道是不是一語成讖，徐梔還真的被人騙了，買了個翻新機，蔡瑩瑩表哥說他現在不做代理生意了，推薦了一個人給她，徐梔就加好友了，各方面都查了下，覺得應該沒什麼問題，而且，相機也不是她要買，是表弟，老徐讓她幫忙問問有沒有可靠的路子，出於對蔡瑩瑩表哥的信任，她也沒多問，就把好友傳過去了。誰知道表弟買到手之後，用網路上的辦法驗機，說是翻新機。

「Nikon D810？」

相機在表弟那，他傳了幾張照片過來給陳路周，陳路周拿著手機都沒把照片翻完，一眼認出來，還是一邊把照片翻完，一邊漫不經心地說：「這還用驗嘛？一看就是翻新機啊，

D810現在沒有新機，都是二手的啊。多少錢買的？」

他們坐在酒吧，還是上次的吧檯位子，陳路周坐在高腳椅上，一隻腳點著地，徐梔坐在旁邊，要了杯雞尾酒，嘆口氣，「七千不到？」

他點著頭，笑了下，「這不就是二手，這新機套機要兩萬，不算被騙。」

徐梔不太了解，喝了口酒說：「要不然我打電話給他，你跟他解釋一下？」

「行。」

電話一接通，因為開著擴音，表弟就迫不及待地率先開口：『怎麼樣，專家哥哥怎麼說？』

陳路周還拿著手機饒有興趣地在看照片的細節，聽見這聲專家，下意識看了徐梔一眼，嘖嘖，在外面都怎麼誇我的。

徐梔咳了聲：「我讓他跟你說。」

陳路周接過手機先解釋自己算不上專家，「你大概當時就沒聽明白，你買的就是二手機，翻新機有封條的，你這個封條都沒有，對方跟你說的應該就是二手機，這樣看照片我也沒辦法十分確定，你先把東西都收著，等我跟你姐下山，你把實物拿出來給我看看。」

『哥哥，你是不是攝影師啊，你就是陳路周是嗎？我在姐姐的個人頁面看到你拍的照片了。』

陳路周沒想到自己在徐梔家已經快成名人了，但他不知道跟他腦子裡想的那種程度可能有點偏差，聽見表弟這麼問，就看了徐梔一眼，笑了下，對電話那邊說：「嗯，我是陳路周。」

這對話聽起來雖然很平常，但是他答得習以為常的自如程度，就好像身邊經常有人久仰他的大名，對他崇拜不已。

——「哇，你就是傳說中的陳路周嗎？」

——「嗯，我是陳路周。」

就是這種洋洋得意的感覺。

但陳路周應該不知道，表弟會這麼問的原因，單純只是老徐在家裡放過話，把他列為頭號通緝人物。

——「就是那小子是吧！就是陳路周那小子！徐梔這麼久不肯下山，就是因為陳路周那小子！看我不弄死他！」

當然，徐梔也不知道。

不是陳路周自我感覺太良好，是他這十幾年的經歷確實光彩且厲害，有些反應是習慣成自然。但他萬萬沒想到，他在最不厲害的時候，遇到了徐梔。

今天酒吧人挺多，三三兩兩坐著，桌上擺著五光十色的酒杯以及昏昧搖曳的燭火，光怪陸離的光線射散在各個角落，像翠綠嫣紅的花，東一簇紅，西一團黃，誘使著都市男女們沉迷在詭譎的談笑曖昧中。

大概是氣氛使然，陳路周在掛電話後把手機丟還給徐梔，喝了面前的雞尾酒一口，把腳抬上來，肩鬆鬆垮垮地往下沉，眼神倒是沒看她，低著頭裝模作樣地看著自己手的虎口位置，也不知道在檢查什麼，本來想問，最近怎麼不找我，又覺得有點太上趕著，於是話鋒一轉：「最近在忙什麼？」

徐梔嘆了口氣，這事說來話長，言簡意賅地表示：「看劇。」

「什麼劇？」

「《誇誇我》，你推薦的。」

陳路周笑了下，這才側頭瞥她一眼，嘴角揚著，滿眼笑意，「真的去看了？」

因為太想知道結局，徐梔當天晚上就回去搜尋來看了，不過講的根本不是什麼巨額保險賠償案，是一個一百多集的情境喜劇，她去網路上搜了又搜，全網就這一部劇，是韓國的。她以為陳路周說的可能是裡面某一集，於是就點開第一集慢慢往下看，誰知道一發不可收拾，連熬兩個通宵，全部看完了。

「怎麼樣，解壓嗎？」

陳路周笑著又問了一句。陳路周還挺喜歡這部劇，每年都會翻出來看一遍，尤其是心情不好的時候，導演的冷幽默處理得很自然也很小眾，別人問，他還不一定會推薦，因為他始終認為，分享喜歡的劇和喜歡的音樂這種跟分享食物不一樣，是一種精神世界的試探。

徐梔深有同感地點點頭，她發現她的審美有點被陳路周帶跑了，論以前，這種情境喜劇她是不會看的，沒劇情很無聊不說，但是這個導演拍得很有深度，每集都有個小故事，人物看起來毫不相干，但是又環環相扣，細節全靠觀眾自己找。

「還有類似推薦嗎？」

徐梔很好奇，這個人到底是多閒啊，究竟看過多少劇和電影，這麼冷門的劇都能讓他找到。

「有，以後再告訴妳。」

陳路周心說，哪能一次都告訴妳。

徐梔：「好吧，那那部電影的結局到底是什麼？」

陳路周嘆了口氣，才看著她娓娓道來：「網路上都是關於她『劣跡斑斑』的過去，甚至有快遞員出來爆料，說她脾氣其實並不算好，有時候對他們很不客氣，類似這樣雞毛蒜皮的言論洪水一樣湧出來，甚至連她自己都懷疑，自己是否就是他們口中說的那種人，因為從小被家人和丈夫保護得太好，從沒有直面過人性。最後在失去丈夫的痛苦和自我的掙扎中，吞安眠藥自殺了。導演給了個開放式結尾，因為她自殺的同時，警方也結案了，她丈夫確實是意外死亡，她被父母及時送到醫院，電影鏡頭最後一幕就停留在她的心跳監測器上，沒說有沒有死。」

電影名字叫什麼，陳路周是真的忘了。整部電影其實很壓抑，也說不上多好看，是韓國一貫的風格，他閒著無聊的時候隨便打開的。要不是徐梔提起來，他也不會想到這類似的劇情。

「抗壓能力這麼低啊？」徐梔感慨了一句。

「怎麼說，」陳路周剝了顆花生吊兒郎當地丟進嘴裡，低聲說：「套入導演的設定，能理解，她從小在父母的保護中長大，長大後遇到的丈夫就是她的初戀，也一直將她保護得很好，可以說一路走來都是順風順水，身邊一溜的好人。現在一出事，丈夫死了，父母年事已高，無法再保護她的時候，身邊的好人變壞人，崩盤了也正常。」

「那你說，人是受點挫折好，還是不受挫折好？」徐梔問了這麼一句，「或者說，我們每個人心裡好像都有一堵牆，我也說不清楚這堵牆是什麼，有些人是父母，有些人是孩子，也有些人是金錢和權力，假設，你心裡這堵牆塌了，你會怎麼辦？」

陳路周心說，我何止心裡一堵牆，我面前就是一堵撞也撞不開的南牆。

「這個問題待我研究一下，再回答妳。」

「好。」

徐梔還是很茫然。

陳路周下巴頦微微抬起，狀似無意地問了句：「剛妳弟說妳明天就下山？」

「嗯，我爸催了。」徐梔問他：「你應該還要待幾天吧？下來之後聯絡我？」

聯絡妳幹嘛。

轉念想到，哦，表弟。

「嗯。」他低頭，繼續沒什麼情緒地剝著花生，淡淡地點了下頭，「看情況，可能要去趟外地，走之前先幫妳把表弟的事情解決吧。」

徐梔好奇：「去哪啊？去旅遊嗎？」

妳好奇什麼啊。

「怎麼，要跟我去嗎？」陳路周抬頭半開玩笑地看她一眼，眼底是少年略帶挑釁的風流神氣，似乎在說，妳敢說去我就敢答應。

徐梔直視他的眼睛，絲毫不畏懼，就那刻，人都說少年無知且無畏，但她覺得，陳路周就是那種有知也無畏的少年，於是說：「你帶嗎？帶的話我就去。」

聽見這話，陳路周看了她片刻，沒答應行不行，半晌沒說話，最後才答非所問地丟出一句：「前幾天為什麼躲著我？」

徐梔默默把雞尾酒喝完，才看他一眼說：「沒躲啊。」

陳路周：「那買相機的事為什麼不直接找我？」

徐梔嘆了口氣，咳了聲，「那我直說了啊，你聽了別生氣。」

陳路周「嗯」一聲，輕抬了下下巴，眼神很冷淡，意思是妳先說，我聽聽看。

酒吧音樂聲混亂，徐梔緩緩開口。

「瑩瑩說，朱仰起可能喜歡我，讓我離你們遠一點，她說當朋友還行，要是再進一步就不行了，她認為你們一中的男生都一樣，主要是有翟霄這個前車之鑒，現在看你們一中的男生都有點……你懂的。」

「朱仰起喜歡妳？」陳路周一愣，「他對妳做什麼了？撩妳了？」

「沒有沒有，」徐梔忙解釋說：「其實我覺得應該是她想多了，她說，朱仰起老是按讚我的動態，幾乎每則動態都留言，她還說你經常叫我去喝酒，多半都是為了朱仰起，她大概都不知道，我們喝酒，朱仰起都不在，我主要是怕她亂想，而且，她最近又失戀，所以也不太敢找你。」

朱仰起是老舔狗了，只要長得稍微漂亮點的女生一發動態他都會兢兢業業地送上一個讚。

他的至理名言——女神發動態都是發給他這種舔狗看的，他不按讚多不禮貌啊。

陳路周悶悶地把剩下的雞尾酒都灌進嘴裡：「蔡瑩瑩怎麼不說我喜歡妳。」

這徐梔就很坦然，也很乾脆：「哦，這你放心，瑩瑩說她戀愛經驗很足，仔細分析過了，她沒懷疑你。」

妳們在這抓通緝犯呢？

徐梔說：「瑩瑩說，你跟我一樣，眼裡只有賺錢，主要是你連你弟的錢都坑，讓她對你有點誤解。」

主要蔡瑩瑩還說，像陳路周這種級別的帥哥，身邊的女孩子絕對是舉袂成幕的，對美女應該都免疫了，也就朱仰起這種看見個漂亮女孩子就上趕著往上湊。

「所以妳還是想跟著我賺錢是嗎？」

「不然？難得我們目標一致啊，」徐梔終於切入正題，「我有個好想法，你要不要聽聽看？」

陳路周坐在高腳椅上，還是比她高一小截，徐梔今天綁了個大光明馬尾，鬢角留著碎髮，襯得她額頭飽滿，毛孔細膩，整個人乾淨純粹又俐落，陳路周其實很震驚自己在這麼昏暗的光線下，居然還能注意到她的眼角有顆淚痣，一顆小小淡淡的淺褐色，在忽明忽暗的燭光下，若隱若現，像朱砂痣，像心尖血，像一切讓人觸不可及的錯覺。

大約是心跳過於快，他眼神越冷淡，若有似無地睨她，「說。」

「你聽說過探店嗎？」徐梔慢慢解釋：「我以前高一的時候，閒著無聊註冊了一個黃金屋的社交帳號，黃金屋你知道吧，就是現在最大的生活方式分享平臺，偶爾會在上面分享一些生活小日常，前陣子瑩瑩染髮，我錄了個教學影片，但出了點意外，她本來想染個藍黑色，結果褪色成綠色，那個短片就突然紅了，在平臺點閱率還挺高，粉絲也突然多了很多，然後就有人來找我們打廣告，不過我們畢竟是學生，我不敢亂接廣告，我想著要不然就乾脆去探店，網紅店，平價店，都行，就是我們需要一個攝影師——」

徐梔試探性地看他一眼。

「說吧，準備花多少錢僱我？」

徐梔把這個問題拋還給他，「你想要多少？」

看你良心了，陳大少爺。

徐梔一回去，蔡瑩瑩一邊剪著腳指甲，一邊迫不及待地追問：「怎麼樣，陳大帥哥答應了嗎？」

徐梔換上拖鞋說：「沒答應，也沒拒絕，說看他有沒有時間，所以我打算配合他的時間，他過幾天要去趟臨市，妳說我們把第一次探店的地址就放在臨市的網紅街怎麼樣？正好他們有家店的老闆傳私訊給我了。」

「行啊。」蔡瑩瑩先是心折首肯地點點頭，但又頗有微詞地表示：「不過我們不帶朱仰起那個猥瑣男。」

徐梔：「……」

之後，徐梔下山好幾天，陳路周都沒有再聯絡她，好像那座山就是訊號遮蔽儀，徐梔曾經一度覺得是不是自己出了那座山就跟他的世界隔絕了，怎麼一點消息都沒有，訊息沒有，個人頁面也沒有更新，雖然他個人頁面本來更新得也不太勤快，偶爾拍出一張好照片，會分享一下，比如之前的山雞。

個人頁面更新就停留在山雞那張照片上，後面的流星他也沒發動態，不知道是不是那晚沒有拍出讓他滿意的照片還是怎麼樣，反正之後個人頁面都沒有更新過了。

也不知道他最近在忙什麼，怎麼一點消息都沒有，徐梔心不在焉地看著電視機，電視機上播放的畫面是《雪花女神龍》，老徐最愛的電視劇，每年暑假都要看一遍，徐梔每次都趁他不注意換臺，不過今天不知道怎麼回事，不知道是不是遙控器壞掉了，怎麼按都沒用。

目睹一切作案過程的徐光霽：「……」

「徐梔，妳是不是有病，」徐光霽一掌按在她腦門上，「滴滴答答聽不見啊，這是空調遙控器，出風口都被妳搞壞了！」

徐梔：「……啊，是嗎？」

徐光霽一臉知女莫若父的表情，「有心事啊？」
徐梔也說不上來，「算不上心事，就是有點事，在等一個人的電話。」
「陳路周？」
徐梔「嗯」了聲，撈過桌上的電視機遙控器，想起來先說一下：「爸，我過幾天可能要去趟臨市。」
「跟那個陳路周？」聲音又稍稍高了點，徐光霽的注意力已經徹底從電視裡轉移出來了，牢牢盯著自己女兒看起來有點泛紅的臉。
徐梔打算看看新聞，不知道是不是颱風來了，山上塌方，他被埋了，漫不經心地應了聲說：「算是吧，我們打算一起去探店，不過跟你也說不明白，等我幹成了再跟你解釋。」
徐光霽聽成了——我們打算去飯店。
「報警！報警！」徐光霽頭腦發熱地二話不說去摸手機。
陳路周不知道自己差點被徐梔送進警局了，不過他也已經不在山莊，早就下山了。在徐梔走後沒兩天，一看山莊人越來越少，陳星齊就吵吵嚷嚷地鬧著要走，傅玉青一看今年颱風影響挺大，也讓他們早點下山，不然後續怕被困，一旦塌方，這邊大概有十天半個月都會斷水斷電。
不聯絡徐梔，是因為他最近發生了一件挺尷尬的事。
剛下山那天，朱仰起叫了幾個朋友一起打球，他難得手癢，就去了。結果正巧碰上談胥也在一中球場，這事就挺神奇的，畢竟一中球場外校的學生是進不去的，體育館暑期不開放，後場有個收費球場，要刷學生證。而且，談胥轉學之後就沒回過一中，對這裡避之不及，萬萬沒想到會在這裡碰見他。

「他怎麼在這？」朱仰起比他還困惑。

「不知道，聽說他準備回一中重讀了。」朋友拍著球解釋說：「雖然現在成績還沒出來，不知道他爸媽走了什麼路子，就算要重讀，大概也要把他塞回這邊重讀了。」

本來也不關他們的事，陳路周單純出來打個球回去還得準備出國的面試資料，因為徐梔的關係，陳路周對談胥的感覺一直都有點心虛，他多少也知道，談胥雖然不是她男朋友，但兩人關係多少是曖昧過的，只是沒戳破那層窗戶紙而已。

這事其實他有次套過蔡瑩瑩的話。

徐梔如果沒有談胥這兩年的幫助，她是考不到現在這個成績的，談胥甚至為了幫助徐梔複習，每週都在肯德基陪她寫作業，一遍遍幫她訂正錯題，他們也一起看過流星，徐梔為了帶他放鬆，兩週沒吃早餐，用省下來的錢陪他去溜冰。

所以那天打球的時候，談胥那撥人裡有幾個重考生恰好跟他們認識，說要一起打的時候，陳路周懶洋洋地靠在籃球架上，直接拒絕了：「你們打吧，我走了。」

反倒是朱仰起發狠一般地把籃球往籃框上狠狠地一甩，大概是見他總躲著談胥，就急赤白臉地對他大聲吼了一句：「陳路周，你他媽敢走，我今天跟你絕交。」

籃球重重地砸在籃板上，發出一聲「梆」的巨響，整個籃球架像個破爛不堪的鐵板在寂靜的籃球場發出劈里啪啦聲響。

球場本來也沒什麼人，都是他們的同學，然後所有人都是一愣，不知道這對連體嬰今天在鬧哪齣，籃球慢慢彈到地上，但已經沒人管，也沒人去撿，都呆愣愣地看著這對連體嬰在球場氣氛劍拔弩張的對峙著。

其實也就朱仰起一個人在發脾氣，陳路周根本都沒理他，雙手插口袋靠在籃球架下，表情自始至終都冷淡地看著他，心裡覺得這人很他媽中二。

後來連體嬰在說什麼他們就聽不見了，只看見，朱仰起走過去，哥倆自己說悄悄話。

曖昧對象算個屁，你怕什麼啊，你以前從來不這樣，你這樣我看了特別難受。

陳路周挺誠懇地勾著朱仰起的脖子撈過來，在他耳邊說，我小朱哥，你饒了我行嗎，我不是怕他，跟他打球，我斷過腳，我有心理陰影行嗎？

放屁，你就是不想跟他正面碰。

行吧，這也是一方面。陳路周大大方方的承認，但最後還是拗不過朱仰起以及旁邊一眾人的慫恿，還是嘆著氣無可奈何地上場了。

所以，他現在在男性專科門診。

負責診治的是一位姓徐的男性專科醫生，陳路周看了他的名牌一眼，名字叫——徐光霽。

還挺好聽的。

徐光霽倒是沒看他的病歷，見進來一個高高大大的年輕帥哥，聽他主訴症狀之後，才讓他把病歷拿過來。

「打球傷到的？手肘捅的？」

陳路周說不上尷尬，畢竟對方也不知道他是誰，他這人臉皮本來就挺厚，畢竟是第一次來男姓專科門診，就有點好奇地還四下打量了一下，「嗯，搶籃板的時候被人捅了一下。」

「除了無法晨勃還有別的症狀嗎？」徐光霽例行公事的問話，問完掀開病歷看了名字一眼。

——陳路周。

徐光霽瞬間抬頭對上他：「你就是陳路周？」

陳路周剛想說，好像看片也沒感覺了。一聽見徐光霽這種熟悉的打招呼方式，心想，這他媽都有人認識我，一下子又背上偶像包袱了，咳了聲：「晨勃也還行，就沒以前那麼……」

徐光霽心領神會地挑了下眉，表示了解，長長地「哦」了聲：「家裡是做什麼的？」

陳路周愣了一下，這跟他這件事有什麼關係？不過還是老老實實回答了：「做生意。」

徐光霽又「哦」了一聲，不知道在電腦上輸入什麼資訊：「有兄弟姊妹嗎？」

陳路周：「有個弟弟。」

徐光霽：「測過精子活躍度嗎？」

陳路周：「沒有。」

徐光霽看他一眼，「現在能行嗎？」

陳路周咳了下，「我……試試。」

徐光霽開了一張單子給他，讓他先去繳錢，陳路周拿著單子和病歷一走出去，朱仰起就迫不及待地從椅子上彈起來：「醫生怎麼說啊，你他媽別是真的廢了？」

陳路周把病歷拍在他胸口，一言不發地拿著單子去繳錢。

朱仰起緊追不捨，心急如焚地問：「醫生到底怎麼說啊？」

「不知道。」陳路周走到窗口，掏出手機準備付錢，「讓我測精子活躍度。」

朱仰起不敢置信：「不會吧不會吧，醫生就什麼都沒說？」

「問我家裡是做什麼的，還有沒有兄弟姊妹什麼的。」陳路周有點愣，別說男性專科，他平時發燒感冒都少，從小到大幾乎沒來過醫院幾趟，所以挺困惑：「你說他問這個幹嘛？」

朱仰起小腦袋瓜多聰明啊，他靈光一閃，恍然大悟，「讓你送紅包啊！我聽我爸說有些私德不好的醫生就會這樣，會跟病人暗示要紅包！」

「真的啊？」陳路周嘖了聲，搖頭說：「看起來還挺正直的醫生呢。」

「要不然我現在出去幫你買兩個紅包？別的不重要，我們還是治病重要，畢竟這事關乎你後半生的幸福。」朱仰起現在對他是鞠躬盡瘁死而後已的態度，昨天要不是他在那無理取鬧，陳路周也不用遭這個罪。

陳路周心說至於嗎，他感覺也沒那麼嚴重啊，就是早上醒來好像跟以前有那麼點不一樣，於是找了個片看，也沒什麼感覺，大概是昨天打球多少被談胥手肘捅的那下傷到了，他倒沒覺得有什麼，養幾天自己就恢復了吧，結果朱仰起說這事可大可小，說不定以後就這樣了，所以他才掛了號過來看。

「不……用了吧。」

陳路周雖然臉皮厚，但為這事送紅包給醫生是真的尷尬。出不來更尷尬，最後還是兩手空空地回到診療室。

徐光霽瞥他一眼，有點心知肚明，「不行啊？」

陳路周主要是昨天傷的地方還有點疼，一動就疼，所以根本不想，於是咳了聲，說：「一定要測這個？」

「要不然你褲子脫了我看看。」徐光霽作勢把放在旁邊的眼鏡戴上。

陳路周覺得今天來這就是個傻子的決定，真是腦子有病要聽朱仰起的，「那什麼……要不然我回家再養養，我下週再過來看——」

「也可以，」徐光霽當然不勉強，「我這邊給你幾個建議，這種情況如果是外傷導致，那麼通常兩天就能恢復，如果持續一週還是這樣，很有可能是陽痿的前兆。」

陳路周：「？」

徐光霽語重心長地說：「情況就是這樣，你得重視，交女朋友了嗎？」

陳路周：「……沒。」

徐光霽一臉你要是自己都不重視我也愛莫能助的表情，「那建議你先不要急著找女朋友，先把病治好，先觀察一陣子吧，記得定期過來複查。」

陳路周：「……」

男性專科門診是整個醫院最空蕩的門診，陳路周一走，走廊連個鬼影都沒了。蔡院長聞訊而來，風風火火一推開門就像沒頭蒼蠅似的四處找人，「那小子呢？」

徐光霽不苟言笑地坐在電腦前整理今天的病歷，「哐哐」兩聲，嚴嚴翼翼地將所有資料放在桌上重重地敲了敲、對齊，「走了！」

蔡院長壓低聲，「真是那個陳路周啊？」

「我讓老傅偷偷幫我拍過照片，錯不了，就是他。」徐光霽正在翻釘書機，隨手從抽屜裡掏出一個陳路周的朋友在臨走前悄悄塞給他的紅包，義正辭嚴地拍在桌上給蔡院長，「看看！現在的小孩，多懂啊，還沒出社會，就知道塞紅包，而且塞完就跑，我追都追不上，你想想，他爹媽能是什麼正經人？這樣的人教出來的小孩能多正經？」

蔡院長：「充公充公！」

「充個屁，這點錢想收買我，他想得美！」

陳路周一上車，才知道朱仰起居然背著他偷偷回去塞了紅包，直接在車上踹了他一腳，「你有病啊，送什麼紅包？」

朱仰起胸有成竹，「你相信我，下次去他絕對對你笑臉相迎。」

陳路周在心裡默念了一下徐光霽的名字，下次絕對不掛他的號了。想什麼呢！沒下次了！

「晚上打球你還去嗎？」朱仰起膽大包天地問了句，「姜成那幫人剛又叫了。」

「你說呢？」陳路周靠在計程車的後座，冷淡斜睨他。

「算了，你最近對打球大概都沒興趣了。」朱仰起心說，不會對女孩子也沒感覺了吧，於是，小心翼翼地湊過去問了句：「那對徐梔呢？對徐梔應該還有興趣吧？」

陳路周被他這麼一問，下意識低頭看了下面一眼，領悟過來，煩不勝煩地推了他一下，「你滾啊。」

朱仰起真是好聲好氣地建議說：「你要不要約她出來看個電影，放鬆一下嘛。」

「不約。」他看著車窗外一掠而過的街景，想也沒想，果斷拒絕。

朱仰起心思敏銳，洞若觀火地看著他刻薄冷淡的英俊側臉，有些幸災樂禍地說：「你他媽不會是吃醋了吧？」

「得了吧，我有什麼資格吃醋。」陳路周仍漫不經心地看著車窗外，牆上貼著各種不入流的小廣告，嘆口氣說：「從她下山那天，我就一直在想，我為什麼會對她有感覺。」

朱仰起說：「一見鍾情？現在一見鍾情真的不奇怪啊，就好像我們高一剛開學，我在我們班，見到谷妍的第一眼，我就喜歡她，但是我知道我肯定追不到她。」

陳路周還在看車窗外，這條路他不常來，算是慶宜這兩年都更的漏網之魚，街道狹窄逼仄，兩旁的矮樓上泛著斑駁陸離的霉斑，垃圾成堆，汽車到處違停，見縫插針地各種塞，不願整改，因為都是分租戶，人流混雜。裡面有條巷子聽說是坑蒙拐騙一條街，什麼亂七八糟的生意都有，有人抽檢祿馬，批陰陽斷五行，有人偷香竊玉，行魚水之歡，說白了，就是慶宜市最早的紅燈街。

他回頭瞥朱仰起一眼，難得有些自嘲地勾了下嘴角，「可能有吧，但我仔細想了想，更多是征服欲。」

「因為她對你不感興趣？又是這種有個性的大美女？還是你不信她只是對你媽有興趣？」

陳路周把臉別回去，「都有點，我覺得她有點像高級釣，或者說是真的沒開竅。不管是哪種，我都不想陪她玩下去了，前者太被動，後者很無趣啊。而且，我是不可能留下來的，她那麼依賴她爸，升學考分數應該還不低，又不可能跟我出國。」

朱仰起：「行吧，只能說情深緣淺吶，偏偏在這個節骨眼上。對了，過幾天馮覲回來了，你不是馬上要出國了嗎，我想正式介紹你們認識一下，馮老狗也玩攝影，你們到時候有得聊了，到時候我順便把姜成他們也叫上，一起聚聚。」

姜成也算是陳路周的青梅竹馬，關係不如朱仰起，但經常一起打球，自然也熟。而且，姜成國中也在外省，跟陳路周在同一個學校，陳路周轉回來之後他也跟著轉回來了。

要說熟，姜成跟陳路周其實更熟。

「嗯。」

朱仰起因為昨天打球的事情，心裡多少不太舒服，「姜成最近跟談胥走得有點近，我不是說姜成的壞話啊，我跟他一點都不熟，要不是你的關係，我跟他平常也不聯絡，就是我們是不是要提醒一下他談胥這個人？」

「姜成打算重讀，談胥如果真的打算轉回來，我猜他跟談胥得進同一個重讀班，走近點也正常。」陳路周沒太在意，「對了，你幫我個忙。」

徐梔接到朱仰起的電話時，正在幫陳路周看鏡頭，就前陣子被她撞壞的鏡頭蓋，她想買個新的還給他，但陳路周一直都沒聯絡她，徐梔根據他的相機型號只能自己在網路上亂看攻略。

『陳路周今天去臨市了，他託我帶妳表弟去看相機，他有個朋友是專門做這個的。』朱仰起在電話那頭說。

徐梔「哦」了聲，問他：「陳路周為什麼不自己聯絡我？」

『他最近有點忙，在臨市接了個活，大概要拍個三四天。』朱仰起解釋，『要是沒什麼事我掛了啊，明天讓妳表弟聯絡我，我帶他去找路周的朋友。』

「好，謝謝。」

徐梔說完就掛了電話，繼續在手機上找跟他相機型號類似的鏡頭，蔡瑩瑩看她這兩天夜以繼日地幫某位帥哥挑鏡頭，便狐疑地問：「妳怎麼還在找，都找兩天了，怎麼還沒看見適合的啊？」

她們在蔡瑩瑩家，蔡瑩瑩大概是覺得腦袋上的綠毛不太吉利，此時又開始倒騰染髮膏，想把髮色染回去。徐梔則抱腿坐在地毯上，前所未有的認真滑著手機，翻遍了網路上所有的攻略，「沒有，我看攻略上推薦的，陳路周好像都有，本來想買個 50mm 的對焦鏡頭還給他，但是他說他更喜歡拍人，攻略說 85mm 的更適合人像，結果我發現他用的那種都好貴，一個鏡頭就要好幾萬，最便宜也要八九千。」

「難怪去臨市也沒通知我們，換我我也不願帶，就他那套設備當我們的攝影師也太浪費了吧。」蔡瑩瑩滿心滿眼都是替徐梔心疼錢，大力地搗鼓著手裡的染髮膏，「要不然別買鏡頭了，妳單獨請他吃頓飯，看個電影算了？不然我覺得，妳就是把自己賣了，也買不起他的東西啊。」

徐梔心裡挺煩的。

她也不知道自己最近怎麼了，總是想起陳路周，總是忍不住看手機，而且會下意識點進陳路周的個人頁面。她覺得自己想賺錢想瘋了。

她本來以為自己跟陳路周多少也算是朋友了，後來隨便翻了下他的個人頁面，突然發現其實他最不缺的就是朋友了，就那樣隨便點開，都能看見一兩個眼熟的ＩＤ按讚，好像是她們睿軍中學隔壁班的女生。

「這不就是那個誰，」蔡瑩瑩對此人如雷貫耳，「五班小百靈啊，唱歌很好聽，參加市十佳歌手吧，怎麼了？她跟陳路周有一腿啊？」

徐梔搖搖頭，「不是，妳說，陳路周有沒有把我們當朋友？還是把我們當朋友圈裡的十佳好友，按個讚的那種？像小百靈這種？」

「有什麼關係嗎？」蔡瑩瑩看得很透，戴上染髮的帽子之後，自己開了一瓶可樂說：「他這種級別的帥哥在我們這就是曇花一現，以後無論怎麼樣都不會有交集，我們應該多看看其他帥哥，比如這位。」

蔡瑩瑩摩拳擦掌地點開手機，給她看這人的照片，「我們之前那個影片不是紅了嗎，就有人在網路上問我們要不要約拍，我就拋出橄欖枝了，他說願意跟我們一起去探店欸，當我們的攝影師，本名叫馮覲，也是慶宜人，我決定誠心邀請他加入我們鶯鶯燕燕探店小分隊！怎麼樣？」

徐梔看了照片一眼，心說，唉，沒陳路周帥。

「行吧，賺錢要緊。」徐梔嘆了口氣。

第六章　熟不熟

出發去臨市之前，徐梔坐在電腦前想了很久，老徐端著一杯牛奶進來，見她難得愁眉苦臉，便搓著腿在她床邊坐下，「有心事？」

莫不是因為陳路周那小子？

自徐梔從老傅那裡回來之後，整個人都變了。

下次等他回來複診，看我不弄死那小子。

「跟爸爸說說。」老徐把牛奶放下，一副促膝長談的架勢。

此時是夜裡，床頭燈惶惶亮著，月亮像玉盤一樣，乾乾淨淨地鋪灑在窗外，徐梔抬頭看了眼，有些茫然地嘆口氣，「老爸，你說人活著是為了什麼？」

徐光霽發現徐梔這幾年總愛研究一些哲學上的問題，比如我們為什麼活著，如果活著是為了賺錢，那賺了足夠的錢人是不是就該去死了呢。

針對這個問題，他們父女幾年前已經進行過無數輪拋頭顱灑熱血、唾沫四濺的精彩辯論，但都沒有結果，這丫頭今晚不知道是受了什麼刺激，又把這個老生常談的話題拿出來。

徐光霽順著她的話往下接：「人有時候活著，不光是為了賺錢，也是為了花錢，比如妳蔡叔，他一年四季都喜歡出國旅遊，買點世界各地的特產，上次他不是從尼泊爾帶回來一個木雕給妳，這東西有用嗎？沒用啊，但不花錢他心裡難受。」

徐梔若有所思，隨手拿起桌上的香蕉剝了吃，一邊吃一邊振振有詞道：「那既然要花掉，幹嘛還要賺錢，省去中間這個麻煩的過程人不就快樂很多嗎？」

徐光霽：「……那妳說人吃飯是為了什麼，妳吃香蕉是為什麼？為了拉屎？那省去中間這個麻煩的過程直接吃屎妳快樂嗎？」

徐梔一口香蕉含在嘴裡，不上不下，眼神幽怨地看著他：「爸……」

徐光霽得逞的笑笑，從口袋裡掏出一塊隨身攜帶的眼鏡布，把眼鏡摘下來慢條斯理地擦著，語重心長地和她娓娓道來：「人活著其實就是一個享受自己欲望達成的過程，但是人的欲望是逐級遞增的，就好像妳五歲的時候，妳的欲望就是吃糖，那時候哄妳特別好哄，妳不高興只要給妳一顆糖妳就能齜牙咧嘴地笑一整天，後來等妳再長大一點，我們就發現妳越來越難哄，不再滿足於糖啊吃的啊，妳要去遊樂園，要穿漂亮衣服，每天都要綁高高緊緊的馬尾，我要是綁不好，妳一天都不高興，還要當班長，要發號施令。」

徐梔歪著腦袋認真地回想，好像沒印象了，嚴重懷疑她爸在加油添醋：「我小時候是這樣嗎？」

「有影片為證，我可沒冤枉妳，妳的小學班長競選影片我都還幫妳保留著呢。」那段話徐光霽現在都還會背，拿腔拿調地學著她小時候的口氣說：「大家好，我叫徐梔，拿破崙曾經說過『不想當將軍的士兵不是好士兵』，雖然我沒有林子軒那麼有錢，但我長得漂亮，林子軒的錢不可能給你們花，但是我的漂亮毫無保留，你們是有目共睹的。希望大家選我——」

「行了，您別說了，」徐梔小時候也挺自戀的，但沒想到這種黑歷史老徐還留著，「錄影帶在哪，快交出來。」

徐光霽沒理她，繼續低著頭擦拭著手上的眼鏡，笑得魚尾紋都深刻，「我們人都是被追著這麼長大的，就像爸爸，有時候也會覺得生活很難熬，可是不知不覺就發現已經來到了五十大關，等妳去上大學，我們剩下能見面的日子也沒多少囉。爸爸知道，妳是升學考考完一下子有點空虛，不知道該做什麼了對吧，人是這樣，很長一段時間都在為一個目標努力，突然這個目標完成，卻又不知道該怎麼去制定下一個目標的時候，就會陷入妳這種狀態，每天想我活著到底幹嘛呀。」

徐梔瞥他一眼：「老爸，如果我選擇去北京的話……」

徐光霽擦拭鏡片的手先是微微一頓，下一秒很快恢復自如，笑咪咪地把眼鏡戴上，「去唄，北京很好啊，妳去哪爸爸都沒意見，不用擔心錢，我會給妳足夠的生活費，也不用擔心我，我現在跟別人溝通沒問題，再說，還有蔡叔呢。」

他把手搭上徐梔的肩膀，難得叫她小名：「囡囡，人越長大越難哄的，或者說越長大越難滿足，從最開始的一顆糖，到後來可能給妳一座糖果山妳也無法快樂，爸爸哄不了妳的，以後自然會有人能哄妳，不過，爸爸還是希望這個人能晚點出現。」見徐梔陷入沉思中沒接話，於是隨口問了句：「不過北京建築系分數是不是要很高，還是妳不打算學建築了，嗯，不學挺好的，爸爸覺得妳可以考慮考慮金融系……」

徐梔：「不是，陳路周說慶大的建築系普通，我打算看看北京上海的建築系。」

徐光霽：「……」

週三，徐梔坐上去臨市的車，在車上見到了那個新加入的攝影師——馮覲。

馮覲長得沒有照片上那麼好看，本人更圓潤一點，但絕對算不上胖，身高目測勉強一百八十，好在五官端正，下顎線呈圓弧狀，很有親和力，毫無攻擊性，放在人堆裡看絕對不醜，也屬於帥哥長相。

但他給蔡瑩瑩的那張照片，簡直把自己P成了陳路周那種頂級帥哥的長相，蔡瑩瑩難免有點落差，她悶悶不樂的，但同在一輛車也不好表現得太明顯，蔡瑩瑩只好傳訊息給徐梔。

小菜一碟：『居然是個照騙！嗚嗚嗚，我還真以為我們最近走桃花運了，大帥哥隨隨便便遇啊。』

梔子花不想開：『這不是挺帥的嗎。』

小菜一碟：『可能前陣子看陳路周看久了，現在看誰都不是滋味。要不然，妳再去問問陳路周，我們攝影師的位置可以永遠為他騰開。』

梔子花不想開：『那馮覲怎麼辦？』

小菜一碟：『哇，徐梔，妳也希望陳路周來是不是？』

梔子花不想開：『還行吧，跟他比較熟。』

他們是包商務車，車上一共就他們三人，馮覬看她們一個勁在那熱火朝天的傳訊息，這邊「嗖」一聲，那邊「叮咚」就響起，傻子都看出來是在聊他，而且大概也是沒什麼好話，不然怎麼不敢當著他的面講。

馮覬跟蔡瑩瑩之前在網路上聊過，還算熟，所以馮覬直接叫了蔡瑩瑩的名字：「蔡瑩瑩，妳不介紹一下這位美女妹妹？」

徐梔長得沒得挑，又白又精緻，屬於在人群中一眼就能注意到並且想要問名字的，唯一不出挑的可能就是臉型，因為偏鵝蛋，眉眼清亮，蘋果肌飽滿立體，笑起來漂亮偏可愛，像鄰家妹妹，有些保護欲過剩的男人會格外照顧她。

「嗯，我叫徐梔。」徐梔自己說，她並不喜歡別人叫她妹妹，「雙人徐，梔子花的梔，我負責寫稿子。」

「妳好，我叫馮覬，水馬馮，覬見的覬。」

徐梔「嗯」了聲，說了聲你好，就沒再理他，低下頭玩手機。

好有美女的自覺。馮覬心說。

不過一番蒼白的自我介紹過後，氣氛再次陷入尷尬。於是蔡瑩瑩跟馮覬開始有一搭沒一搭地亂聊，從攝影到網紅，天南地北的聊，馮覬還挺能聊的，也不管蔡瑩瑩想不想聽，也不給她插話的空間，口若懸河地說他自己過去的旅遊經歷。話是真的密，他也確實去過不少地方，還跟蔡瑩瑩說自己登過珠穆朗瑪峰，惹得蔡瑩瑩連連尖叫，真的假的，你上去過珠穆朗瑪峰？

馮覲覺得她可能電影看多誤解了，還是解釋一下，不是，是那種坐著巴士到珠穆朗瑪峰的大本營，吸著氧氣瓶住了一晚而已。馮覲相機裡都是他拍的照片，他一張張翻出來跟蔡瑩介紹，這是我在阿里拍的，我們還去了可可西里，不過那邊無人機不好飛，有些地方飛無人機還要提前申請，之前都沒想到。對，這是玉龍雪山，麗江妳們去過嗎？如果妳們下次去我建議妳們不要旺季去，根本買不到索道票。

車子駛上高速公路，車內依舊話很密，都是馮覲一個人在侃侃而談，連司機都時不時回頭瞧他，踩油門都起勁。

相比馮覲，陳路周真是一個話少的攝影師，聽朱仰起說，陳路周去過的地方也很多，每年寒暑假都會跑那麼一兩個國家。

徐梔一邊想，一邊有點隔靴搔癢的意思，打開通訊軟體，點開陳路周的頭貼，他的個人頁面背景應該就是他自己拍的建築物，不過徐梔不知道是哪，看建築風格應該是法國，因為是獨一無二的哥德式古堡建築，個人頁面沒更新，他們也很久沒聯絡，聊天訊息已經是上星期。

下山之後，徐梔其實傳過一次訊息給他，問他相機的型號是哈蘇哪一款，徐梔對相機不太了解，只能認出個牌子，除非像 Canon、Sony 那種最大眾的型號，哈蘇這個牌子還是後來幫表弟看相機的時候稍微關注了一下，才知道陳路周用的單眼相機都是哈蘇的。但她沒說是幫他挑鏡頭，所以陳路周應該也以為她就是隨便問問，只回了個型號過來，連多餘的標點符號都沒有。

那天拍流星雨的時候，陳路周拿他的相機給她看照片，徐梔看他相機照片存儲量已經到近萬張，128G 的記憶卡包裡還有一堆，他每張卡都寫上編號，徐梔覺得他應該也很熱愛拍照吧。不過也沒見像馮覲這樣，一見面就拉著人說他去過哪哪哪，照片是哪哪哪拍的，大概是怕她們不喜歡。朱仰起說，陳路周這個人好像一直都挺會考慮別人感受的。

每次跟他在一起，他們聊的好像都是她喜歡的話題，都是她的事，她好像一點都不了解他。

——「妳怎麼那麼想知道我念什麼？」

——「人有時候，不一定是喜歡什麼，就能去做什麼。」

——「那就去學，管親戚們說什麼。」

——「具體選擇在妳啊，就好像今天，妳在等星空，我呢，其實在等秋風，也就會有人守著沙漠執著等花開，各有各的選擇，各有各的風光。」

——「我們的前程，誰說了都不算，只有我們自己說了算。」

馮覲越在耳邊喋喋不休，恨不得將他所有拍過的照片全都翻出來竹筒倒豆地給她們看，誇誇其談地說他曾拿過多少大獎，目前已是慶宜市的攝影協會理事等等，徐梔就越覺得陳路周這人好煩啊，搞什麼那麼神祕。

抵達臨市是中午，徐梔他們這次探的是網紅街飯店和美食之類的店鋪發掘。合作店家會給相應的費用，但前提是他們需要給出建設性意見，再加上幾篇社交媒體的廣告貼文，所以這次食宿的費用都由幾個合作店家出，通俗點說，就是找她們來打廣告的。

她們趕得巧，臨市這幾天正巧是廟會，這兩天特別熱鬧，網紅街幾乎是人山人海，叫賣聲不絕於耳，但整個環境，很一言難盡。臨市比慶宜還小，市中心是一條街捅到底，一條古運河貫穿南北，兩旁是破舊不堪但是帶有新農村建設風格的古舊矮樓，黑瓦白牆屹立在兩側，很像沒改建之前的慶宜。

徐梔在網紅街閒散地逛了一天，吃完三碗不同口味的螺螄粉之後，說實話，她覺得這錢還真沒那麼好賺。

東西很難吃，但妳不能寫。

環境也髒亂，妳也不能寫。

剛才廚師抓了一把麵下鍋之前，還用手摳了一下鼻子，妳更不能寫。

要是昧著良心把這網紅街誇得天花亂墜，她良心不安。徐梔百思不得其解，茫然地嘆了口氣，要為五斗米折腰嗎？

於是，徐梔坐在網紅街的遮陽篷下，身後是喧囂熱鬧的人流，抱著小孩的，牽著老人的，情侶嬉鬧的，旁邊馬路上汽車一輛接一輛，一盞盞路燈次第亮起，好像心裡的路被人打開，她堅定不移的掏出手機，點開通訊軟體。

徐梔轉二百五十元給陳路周。

然後就把手機放在桌上等他回訊息，視線裡是鬧哄哄的人群，心裡卻莫名很安定，她覺得陳路周一定有解。

大約三分鐘之後，那邊回過來。

陳路周：『？』

徐梔：『陪聊費。』

徐梔：『現在。』

徐梔：『我們是朋友吧？還是你要全價？』

之後陳路周就沒回了，錢也沒收。徐梔把手機放在桌上，盯了好一陣子，也絲毫沒有動靜。

街上人流如潮，每個攤位門口顧客絡繹不絕，香味四溢，幾股濃烈的氣味全串在一起，臭豆腐、螺螄粉……整條街骯髒破舊，油膩膩的，談話間都是油星沫子，簡直讓人想拿一個巨大的抽油煙機狠狠抽上一泵。

徐梔沒胃口。

馮覲和蔡瑩瑩點了兩碗酸辣粉，嗦了兩口也沒再動筷子，馮覲不死心，又興沖沖去打包了一碗酥油茶回來，喝了一口，直接吐了，「我靠，要不是我喝過西藏的酥油茶，我他媽還以為酥油茶就這麼難喝，難怪我上次去西藏的時候，導遊跟我吐槽，說很多遊客在外地喝過一些假的酥油茶，以為西藏酥油茶就這麼難喝，來了之後怎麼也不肯喝，最後嘗了才知道，很多美食街的酥油茶都是騙人的，真正的酥油茶回甘是甜的，這什麼東西，我還以為我在喝我爸的大紅袍呢。」

「是嗎？」蔡瑩瑩喝不出來，就覺得比普通的茶鹹一點，入口很澀，而且越喝越渴，她就著馮觀的碗又喝了一小口，「欸，西藏好玩嗎？」

馮觀覺得蔡瑩瑩性格有點大剌剌，見她都不在意，自己倒也沒什麼好彆扭的，他什麼場面沒見過，以前出去旅遊的時候還跟女旅友擠過一個帳篷，那是形勢所迫，只是單純跟人借了一晚帳篷，要不然他可能就已經凍死在山上了。

「當然。妳呢，妳喜歡旅遊嗎？」馮觀反問。

蔡瑩瑩一笑：「喜歡啊，誰不喜歡旅遊啊，不過我爸不讓我去太遠的地方，所以長這麼大，我跟徐梔幾乎很少出省，也就偶爾跟我爸出差的時候去過幾個國家。」

蔡院長工作忙，早幾年世界各地到處跑，這幾年工作上的事情脫不了手，也不放心蔡瑩瑩自己出去玩，所以寒暑假就把蔡瑩瑩打發去上補習班或者丟在傅玉青的山莊避暑。

徐梔也同理，從小到大幾乎沒離開過S省，蔡瑩瑩是被動，她是主動，出去玩太燒錢。

馮觀說到這個就起勁，他放下碗，靈光一閃，喉嚨裡藏不住話：「我有一個朋友啊，絕對不是無中生友，其實是我好兄弟的朋友，也玩攝影的，下次介紹他給妳們認識，他比較厲害，高一拍的照片就已經被雜誌社收用了，有一組還上了國家地理。而且，上次去西藏玩了一趟，市裡電視臺用他拍的可可西里直接原片播放了。」

蔡瑩瑩聽了覺得好厲害，不過腦子裡只有一個想法，「帥嗎？」

馮觀想說，妳要問這個，那就問對人了，妳要是說他不帥那就沒幾個帥的，人家從小到大就是校草，喜歡他的女孩子就跟葡萄架子下的葡萄一樣，都是成串的。

「帥啊，那必須帥啊。」馮覲還是賣了個關子。

蔡瑩瑩將信將疑，又低下頭喝了口酥油茶，她這人熟得快，這時已經對馮覲毫無保留了，「欸，算了，你們男生的帥和我們女生眼裡的帥，應該不是同一個帥。」

馮覲誤解了，「我知道了，妳們喜歡那種小 idol。」

「小 idol 我們也喜歡啊，但是我最近被一個帥哥糾正了審美，也不算糾正，就是提高了審美標準吧。」蔡瑩瑩望著茫茫長街，此時天已經徹底黑了，街上行人漸多，蚊蠅也多，在耳邊嗡嗡作響，蔡瑩瑩用手揮開，長吁短嘆道：「我現在看誰都有點拐瓜劣棗的意思，可怕可怕，這樣下去很容易找不到男朋友。」

話音剛落，徐梔放在桌上的手機響了，是拐瓜劣棗的始作俑者。

陳路周：『在臨市？』

徐梔：『嗯。』

陳路周：『在美食街？』

看到這則，徐梔下意識回頭去環顧四周，這裡雖然人山人海，但徐梔隨便一掃就知道，他應該不在。他很好找的，人群裡最白最高的那個就是。

徐梔：『你怎麼知道？』

陳路周：『蔡瑩瑩的動態。』

徐梔：『哦。』

陳路周：『我過去找妳？』

陳路周：『見面聊。』

徐梔沒想到，本來以為陳路周頂多回兩則訊息。

徐梔：『這邊人很多，環境也不好，有點吵。』

陳路周：『那妳定地方。』

徐梔立刻去分享平臺上搜尋了下附近有沒有咖啡廳，結果就在評價裡面看見一句吐槽：什麼都好，就是光線太暗了，我都看不清他的臉。不能看臉，光聽陳路周說話，會想打他吧。不能不防，他有時候太欠揍了。

徐梔覺得陳路周應該沒吃晚飯，在分享平臺上挑挑揀揀半天，最後還是選了間餐廳，臨市挺有名的熱炒店，主要是燈光打得很亮。臨市吃飯不用排隊，哪怕是網紅店，徐梔抵達的時候，也是剛剛才滿桌，她只要等一桌就能輪到，比慶宜方便太多。

這邊是市中心，整座臨市最為繁華的地界。地勢開闊，幢幢高樓拔地而起，林立的雲層之下，車道上汽車一輛緊靠著一輛，車燈在黑夜裡閃爍著，好像一條怎麼也望不到盡頭的長龍，綿延到未知的遠方。運河貫穿南北，潺潺水聲淌在長橋之下，旁邊就是防洪壩。

城市結構很陌生，徐梔連最熟悉的便利商店都找不到幾家，她被夾在熙熙攘攘的人流裡，嘴裡說著的都是她最陌生的當地方言。

徐梔從小到大其實沒有自己一個人出過遠門，每次要麼是老徐跟著，要麼是老蔡跟著，她和蔡瑩瑩也很少分開。如此單槍匹馬在一個陌生的城市，陌生的環境，赴一個算是半個陌生人的約，還是個男人，也是第一次。

到底還是十八九歲的小女生，縱使徐梔膽大包天，這兩年有些可以忽略情緒這種東西後，也還是第一次，心裡像揣了一隻小兔，開始活蹦亂跳，血液倒灌的那種緊張感，慢慢從心底蔓延開來。

所以，當陳路周高大清俊的身影出現在馬路對面的時候，徐梔在這個人地生疏、毫不起眼的陌生城市裡，連一個公車站都沒找到的地方，居然感受到了前所未有的歸屬感。

熱炒店在馬路旁邊，旁邊就是整個臨市人流量最大的十字街口。陳路周還是簡單的一身黑，他身形好，穿什麼都出眾，被人打量是常事，腦袋上還是黑色的鴨舌帽，站在斑馬線口等紅綠燈。

「……」

「……」

兩人一坐下，保持了一段時間的尷尬沉默，徐梔低頭裝模作樣地看菜單，陳路周跟服務生都說了好幾句，問廁所在哪，又問有沒有借行動電源的機器，他出門手機好像永遠都沒電。大概就是兩人太久沒見，又算不上特別熟悉，但是徐梔一開場就發了個二百五的紅包給他讓他陪聊，此刻應該也覺得尷尬，反正就是沒主動跟徐梔開口說一句。

等他上完廁所回來，還是徐梔率先打破這種詭局，「喝酒嗎？」

陳路周也沒再演下去，人懶散地靠在椅子上，一隻手鬆散地放在隔壁的椅背上，伸手跟她要手上的酒水單，「還以為妳能憋多久呢，我不說話，妳就不會說話？」

徐梔把酒水單遞給他，「那你幹嘛不說話？」

他拿過酒水單慢悠悠地掃，話裡是陰陽怪氣：「不是陪聊嗎，金主都不說話，我說什麼？」

「二百五你都沒收呢。」

「罵我呢？」陳路周斜她一眼。

徐梔得逞地笑了笑，「那你當初不是這麼罵我的？」

陳路周也跟著撇了下嘴角，心不在焉地看著酒水單點了點頭，「好，妳這人真會記仇，什麼話都得補回來？妳不信那晚真的就是二百五？」

當初加好友也是，隨便一句，她總能在適當的時候補回來。

「那不管了，反正今晚是二百五，」徐梔不想就這個二百五的話題延伸下去，「你在這邊待幾天啊？」

「喝點生啤？」他問。

徐梔點頭。

陳路周把酒水單遞回去給她，其他讓她自己再點，喝了一口剛剛服務生倒的水，這才回答她先前的問題，「兩三天吧，妳呢？準備玩幾天？」

「我不是來玩的。」徐梔看著他。

陳路周想起來，「哦，探店？」

「我覺得這錢我可能賺不了。」

陳路周猜到她為什麼找他了，多半是為了這事，他還是剛才那個姿態，手散漫地放在隔壁的椅子上，都不用她敘述事情的經過，「沒有什麼賺得了賺不了的，就看妳想不想賺了，沒那麼難，不想賺就回家，想賺就回家寫稿子。」

「你呢，我聽朱仰起說，你在這接了個活。」

陳路周「嗯」了聲，服務生上了道前菜，他推到徐梔面前，示意她先吃，下巴微微一抬，「有興趣？」

徐梔實在無聊透頂，一邊從筒子裡抽了兩雙筷子，一雙遞給他，想了想說：「我能跟你去看看嗎？」

不能，陳路周心裡是這麼想，妳來看，我容易分心。

他表情冷淡地垂著眼皮，手上接過筷子，裝模作樣地夾了塊海蜇皮放進嘴裡，酸酸漲漲的感覺一直到胃裡，才說：「妳有時間？」

有啊，有的是時間。

徐梔十分誠摯地點點頭。

店在一樓，他們的位子正好靠窗，能看見外面的車水馬龍，防洪壩開了燈，大橋上也燈火輝煌。徐梔不知道這條街是臨市最浪漫的羨魚路，旁邊就是櫻花林，因為這片櫻花林帶動了整座城市的經濟命脈，政府這幾年重點打造這條街，乾脆把街上的垃圾桶都做成了愛心形狀。上過熱門的，很多外地遊客慕名而來，所以此刻大馬路上牽著手壓馬路的情侶比比皆是。

陳路周是知道的，所以隨便看出去，就算看見一對情侶拿著自拍桿在對著那個愛心形狀的垃圾桶，一邊接吻一邊拍照時，也沒覺得有什麼。

大概是照片沒拍好，女生不滿意，拉著男朋友又親了一次，如此親過四五次之後，女生終於心滿意足地拉著男朋友離開。

陳路周心裡只剩下一個想法，他們也是挺不怕讓人看的。

「陳路周？」

「嗯？」

陳路周一邊下意識應著，一邊慢悠悠地轉回頭。

徐梔很直接，陳路周也不知道為什麼金主聽起來好像很沒耐心，「別人接吻很好看嗎？我跟你說話呢，你沒聽見啊？」

陳路周：「……」

聽聽這口氣像不像，我花了錢找你陪聊呢，你在這給我分心？

兩人吃完飯，陳路周沒吃兩口，其實來之前他吃過晚飯了，工作餐，等等還得回去接場，他這幾天幾乎每天都拍到凌晨兩三點，所以只是趁這個吃飯的功夫出來跟她見一面，剛剛已經被人用訊息催了好幾遍，他也沒看。

「明天真的要來？」陳路周問了句。

徐梔跟服務生要了兩個餐盒，準備把剩下的雞腿豬腳帶回去給蔡瑩瑩，這可憐兒，今天一天大概都沒吃什麼好吃的，「你要是不方便就算了，我就是想看看你接了個什麼活。」

陳路周看著她笑了下，把剩下的酒一口氣喝完，「行吧，明天早上我去接妳，記得穿褲子。」

徐梔震驚：「……這還用你提醒，你什麼時候看過我沒穿褲子。」

陳路周站起來準備去結帳，無語地用食指彈了一下她的腦門，「……我的意思是，別穿裙子。」

徐梔突然想起來，放下正在打包的筷子，「啊，陳路周！」

「說。」他又走回來。

徐梔仰著臉看他居高臨下，眼神裡寫著「妳又怎麼了」，卻無可奈何的表情，「瑩瑩不吃蔥啊，我剛全撒進去了，你幫我問問服務生有沒有香菜，用來蓋蓋味，她蔥不能單吃，但是可以和香菜一起吃。」

「嗯。」

最後走的時候，陳路周還是讓老闆又做了一份豬腳帶回去，「妳要是餓了自己熱了吃，蔡瑩瑩那份我讓服務生重新裝了。」

徐梔好像有點沒吃飽，畢竟一天沒吃東西了，亡羊補牢地問了句：「我剛剛吃得很多嗎？」

陳路周低頭看她，臉上是笑的，指了指旁邊一隻狼吞虎嚥的小黃狗，「跟牠差不多吧。」

徐梔：「……」

兩人站在門口等餐，陳路周看她剛才吃東西的樣子就知道今天一天大概都沒怎麼吃，美食街的東西應該是不太好吃，昨天他隊裡幾個攝影師也去了，回來之後吐槽了一整晚，凌晨兩三點還點了一大堆烤肉串。

但徐梔有點發愁的是：「要不然我讓老闆再炒點河粉？」

陳路周靠在店的玻璃門上，這時正低著頭在回隊裡人的訊息，聽見這話，抬頭吊兒郎當地掃她一眼，「挖煤去了？幾天不見，食量見長啊。」

徐梔：「不是，我們三個人來的，還有一個攝影師，是個男生，他應該也沒怎麼吃。」

「……」

陳路周冷颼颼地「哦」了聲，訊息也沒傳完，就把手機揣回口袋裡。

徐梔渾然不覺，掏出手機打算把飯錢轉給他，她覺得任何人之間，只有ＡＡ的關係才最長久，雖然不知道為什麼，她還是挺想跟陳路周保持這種長久的飯友關係。

陳路周口袋裡的手機「叮咚」一響，徐梔說：「錢轉給你了。」

陳路周：「……」

於是，陳路周回隊裡之後，抓了個人過來，長得也挺帥，就是偏黑瘦。年紀不大，但戀愛經驗豐富，叫嚴樂同。

「女孩跟你ＡＡ能是什麼意思啊，」嚴樂同叼著根菸，振振有詞且斬釘截鐵幫他分析，「說明下次不想跟你聯絡了唄，要是對你有意思的話呢，要麼你買單，要麼她買單，這樣又有下次見面的理由了。」

是嗎？

陳路周在調試等等要航拍的飛行器，他這兩天在幫一個摩托車隊航拍，是傅玉青介紹的，說他一個朋友的摩托車隊正在找航拍攝影師，他二話不說就答應了。同隊還有幾個攝影師，陳路周只負責航拍，而且，隊裡都是年輕人，沒想到來的幾個攝影師也都這麼年輕，沒一個晚上，大家就已經打成一片。

嚴樂同說完，自己都覺得有點不可思議，看著陳路周站在那，認真調試機器的樣子，覺得挺匪夷所思，「還有女孩對你沒興趣？」

鬼知道。陳路周把無人機定格在U型賽道的入口。

嚴樂同無法想像，畢竟陳路周剛來隊裡第一天，幾個女攝影師一改往日死氣沉沉的狀態，連帶對他們都格外殷勤。怎麼看出來的呢，那幾個女攝影師是他們隊裡常駐的攝影師，有什麼比賽都是讓她們拍，平時私底下也玩得不錯，他們之間已經達成了一種平靜且和諧的默契狀態，誰也不願意去打破這種平衡，畢竟以後還要合作的，所以她們每次來隊裡拍攝也從來不化妝，結果聽說隊裡來了個大帥哥，第二天上工所有人都妝容精緻的宜晴宜雨、宜室宜家。

陳路周蹲下去，一手撐著，索性坐在草坪上，另隻手拿著遙控器，抬頭看著天上的飛行器，笑了下說：「她不是一般女孩，無論你怎麼逗她，她都不會生氣，反正挺有意思。」

嚴樂同身經百戰，笑笑跟他解釋：「這你就不懂了，跟你談戀愛之前吧，這女孩子的心啊，就有宇宙那麼大，反正無論你怎麼逗她，她都能包容且滿足地跟你說『沒事啦我可以的』，等跟你談戀愛之後吧，她的心就會變得跟針眼一樣小，」他還比了個手勢，信誓旦旦的表情，「反正你做什麼都不對，做什麼都能生氣。」

陳路周坐在草地上，一條腿伸著，一條腿屈著，手肘搭著，試飛過一遍後，就把飛行器降下來，也沒看他，專注地看著遙控裡的畫面，說：「你知道這是為什麼嗎？」

「為什麼？」

等飛行器降落，陳路周才放下遙控器說：「因為你就是她的宇宙啊。你把她的宇宙填滿了，她心眼自然就小了，要怪怪你自己吧。」

嚴樂同莫名醍醐灌頂，狗腿地追在陳路周屁股後面，「厲害啊，哥，你好會啊。」

陳路周：「……還行吧，去幫我把機器撿起來。」

「OK，哥以後多教教我啊。」

「得了吧，我自己都搞不清楚。」

話音剛落，手機在口袋裡震了震，陳路周直覺是徐梔，於是撈出來看了眼，果然。

徐梔：『陳路周，我剛剛被瑩瑩嚴刑逼供，她知道我明天要去找你，她說她也想跟，明天可以帶她嗎？』

Cr：『隨妳。』

徐梔：『……我們的攝影師……也被他聽見了。』

這麼快就跟他「我們」了是嗎？

Cr：『……隨便妳啊。要說幾遍？』

陳路周傳完就把手機扔包裡，不想再看，也不想再回了。決定她要是再傳來也不回了。

然而，徐梔再也沒傳來，等她再傳過來大概已經是半小時後，那時候陳路周已經在拍攝。摩托車訓練的場地是跟人租借的，一天費用很高，他們車隊本來也沒什麼經費，只是這次為了拍俱樂部成立十週年的紀念影片，隊長把家底都掏空了，所以大家都挺珍惜在這裡的每分每刻，車手們幾乎是沒日沒夜的訓練，想把最好的狀態展現在鏡頭裡。

陳路周來的第一天就知道這裡條件比較艱苦，除了幾個女攝影師住小旅館，男生們都是睡在樓上的大通鋪，工作餐基本也都挺素，但這都好說。主要是這個拍攝環境，訓練基地雖然在臨市的郊區，四周也沒什麼高樓大廈，全是湫隘破敗的平層樓，人跡罕至，荒草叢生。但附近有個軍事區域，無人機不能隨意升空，航線需要申請，批准通過才允許拍攝，而且，白天大部分時間都不讓拍，只有晚上九點之後才允許飛行。

所以一旦進入緊鑼密鼓的拍攝狀態，整個團隊都是按部就班，沒有人會停下來等誰，車手更不會，車手的狀態爆發都在千鈞一髮。一旦錯過沒抓到，再練個兩個月大概都出不來同樣的成績。昨天就因為有個攝影師分心沒抓到他的最好成績，車手氣得直接跟他打了一架，至今兩人都沒說上話。

陳路周看到徐梔後來回覆的那則訊息，已經快十二點，他剛收工，在棚子裡處理完手裡最後幾個空鏡，睏得不行，掏出手機最後看了訊息一眼。

徐梔：『那，如果不太方便，要不然明天就算了，你先忙，等你忙完，我們回慶宜再見也是一樣的。』

「啪」一聲，手機被摔在棚內的桌上。他們臨時在賽車道旁邊搭了個剪輯棚，方便剪片和修片，有時候影片拍完當場剪，不滿意還能補拍。棚內設施簡陋，就架了幾張桌子，放了個延長線，插著幾臺電腦，不過幾天功夫，充電線已經雜亂無章到難分彼此。所以陳路周往桌上摔手機的時候，旁邊袒胸露乳的剪輯師大哥，下意識有點緊張地看了延長線一眼，生怕扯斷了。

這邊沒有空調，只有幾臺立式風扇，女攝影師不在的時候，幾個身材挺有料的剪輯師一般都直接脫了衣服幹活。只有陳路周不脫，每天穿得都挺嚴實，隊裡的小男生開他玩笑，問他是不是身材太差不好意思脫。陳路周要麼開玩笑嗆回去「身材太好了怕你們看了眼饞」，要麼就是乾脆不理，他可以說是沒什麼脾氣，從入隊到現在，條件確實艱苦，有些一天拍幾個小時的攝影師抱怨連連，一下要回去一下又要加錢什麼的。陳路周一天拍十幾個小時，也沒見他說過什麼。

所以這時見他發脾氣，連平日裡不怎麼跟他們聊天的剪輯師，都忍不住開口關心一句：「你怎麼了？家裡有事？」

月亮盡職盡責地掛在天邊，照著山川，照著大地，照著草坪，照著少年滾燙的心。

「沒事，你忙吧。」他搖搖頭，沒有傾訴欲。這種事也不好說，根本拿不上檯面，他根本連什麼都還不是。

剪輯大哥沒有追問，丟了包菸過去，「你抽菸嗎？會抽可以抽我的。」

陳路周扯了扯嘴角，謝了好意，他真的不會抽。也沒再說話，一副反躬自省地樣子靠在椅子上，長腿踩在地上，椅子往後推，翹著椅腳有一下沒一下地晃著，仰著腦袋，盯著棚頂上光禿禿、接得很潦草的白熾燈，那燈不算亮，大概就十幾瓦，但看一下子也暈，再撈過桌上的手機時，情緒已經調整好了，剛才是凶了點。

Cr：『睡沒？』

徐梔：『沒，你忙完了？』

Cr：『嗯，在幹嘛？』

徐梔：『看劇，你之前發在個人頁面的，還挺有意思。』

Cr：『翻我個人頁面了？』

徐梔：『嗯。』

陳路周想問，什麼意思，為什麼翻我個人頁面，到底什麼手段。徐梔又鍥而不捨地立刻傳過來一則，似乎怕他誤會，在解釋。

徐梔：『稿子實在寫不出來，想在你個人頁面找點靈感，按你說話的水準，我覺得這活你能接。』

Cr：『……謝謝，徐梔，不是每件事都需要解釋。有時候風颳那麼大，花草樹木跟誰說理去，都是自然現象，理解。』

徐梔：『對哦。』

Cr：『妳上次問我的問題，我剛剛想了想。』

徐梔：『什麼問題。』

Cr：『妳問我心裡的牆倒了怎麼辦。』

徐梔：『哦，有答案了嗎？』

Cr：『要聽嗎？』

徐梔：『嗯，你說。』

Cr：『不用訊息說，明天過來，當面說。』

徐梔：『好。』

第二天，陳路周本來要過去接她，被徐梔拒絕了，一想他們三個人過來，她應該不會有什麼事，便沒再堅持，傳了個定位過去，讓她到基地之後打通電話給他。

徐梔這才發現自己其實還沒有陳路周的電話，兩人都是用通訊軟體聯絡。不用她提醒，陳路周很自覺地傳了一串手機號碼過來。

陳路周：『183891xxxx，有事電話，訊息聽不見。』

徐梔存號碼時默念了這個號碼一遍，馮覲坐在副駕駛座，他這時還並不知道徐梔帶他們去的地方會見到誰，但是這個號碼他聽了覺得很熟悉，就是想不起來是誰，反正就是在哪見過，因為最後四個是連號。那時候這種號碼很少，他去電信公司申請的時候，人家放出來的號碼都是一些比較難記的。

車子抵達訓練基地門外時，陳路周已經在了。他雙手插在口袋裡，站在訓練基地門外的花壇牙子上。

馮覲此刻還沒認出花壇上的大帥哥是誰，反倒是陳路周一眼認出他了，他們雖然沒正式見過面，但是好歹視訊過幾次，在朱仰起的手機上也打過兩次招呼。

「馮覲。」

幾人一下車，陳路周走到徐梔旁邊，高高大大的個子挺自然地罩住她，反倒先跟馮覲打了招呼。

馮覲盯著他看了老半晌，太陽晒在頭頂上，徐梔感覺自己都快烤化了，馮覲終於後知後覺地反應過來，不過還是被陳路周捷足先登地做了自我介紹，「我是陳路周，你應該認識我。進去再說。」

說完，他低頭看徐梔，「熱？」

徐梔點頭，「臨市好像比我們那邊熱很多，昨天瑩瑩都中暑了。」

陳路周帶他們往裡面走，「這裡面沒有空調，不過會比外面稍微涼快一點，等等我找兩臺風扇給你們，我還有個組要拍，你們先到處逛逛，拍完了我再找妳。」

馮覲還在身後滋哇亂叫，我靠我靠，一連幾個我靠都無法平復他此刻的心情，蔡瑩瑩耳朵都快被他喊聾了，「馮覲，你夠了，我見到劉德華都沒你這麼激動。」

「那不一樣好嗎，我們有個共同的樞紐，叫朱仰起，但一直都沒見過彼此，我老是聽朱仰起吹他有多厲害有多厲害，而且朱仰起本來打算找個時間介紹我們認識，但是沒想到我們提前先認識了！」

蔡瑩瑩：「你沒覺得，陳路周並不是很想認識你啊？」

剛剛那聲馮觀，連蔡瑩瑩都聽出來有點冷颼颼的。

馮觀：「不可能，他一眼就認出我了，肯定對我也是仰慕已久。」

蔡瑩瑩無語地翻了個大白眼。

基地人還挺多，來之前，徐梔就聽他說了大概的情況，是一個摩托車隊俱樂部，大多都是男生，除了幾個女攝影師。徐梔一走進去就聽見外面車道上傳來轟鳴的引擎聲，應該是有人在訓練，陳路周把他們帶到剪輯棚那邊，陳路周難得帶人過來，還是兩個美女，要換作其他地方應該早就沸反盈天了，但這個基地吧，比較特殊，一撥男人只愛車，一撥男人只愛攝影，對美女都免疫，反而看到脖子上掛著相機的馮觀，有種他鄉遇故知的激動，倚老賣老地說：「怎麼樣，這行辛苦吧，哥們勸你，你還年輕，趁早轉行。」

蔡瑩瑩和徐梔備受冷落，蔡瑩瑩備受打擊，她比不過柴晶晶就算了，居然連馮觀都比不過。

徐梔看陳路周半天沒走，於是對他說了句：「你忙你的啊，不用管我們，等等如果實在待不住，我們打算去附近逛逛。」

「附近就一個軍區，別亂走，在這等我，」陳路周不知道跟誰要了兩瓶藿香正氣水過來，放在桌上，「隊裡沒醫生，要是不舒服，妳先喝點。」

徐梔坐在他平時剪影片的位子上，接過，仰臉問他，「你什麼時候結束？」

「一小時左右，」陳路周把自己的ＰＳＰ丟給她，「先玩一下，吃晚飯叫妳。」

徐梔「嗯」了聲。

然後陳路周走了，徐梔坐在棚內，順著他走的方向望過去，一眼認出他那個無人機。他的機器和設備全在賽道那邊，旁邊站著一個男攝影師，和一個女攝影師，兩人在閒聊似乎在等他開工，他走過去，女生笑盈盈地遞了一瓶水給他，陳路周沒接，下一秒，彎腰從地上撈起一瓶水，就去開機器。

夕陽沉在天邊，隱沒在山脊背後，散發出最後一抹餘光，像脫了妝髮的洋娃娃，透著一種灰敗的生機勃勃。剪輯棚裡味道其實並不好聞，黃昏的風一吹，熏味沖天。

但藏鴉的暮色裡，那抹餘光像有人輕輕撕開的天光，試探性地摸了摸少女的臉龐。

今天白天有一小時的時間可以航拍，審批過的。賽車手還在一旁分秒必爭地做準備活動，想把最好的狀態拿出來，而陳路周則一副慣常老姿勢，手肘擱在膝蓋上懶洋洋地坐在草坪上，仰著頭最後檢查一遍，附近有沒有干擾物。

等他確認完畢後，距離準確的飛行時間還有五分鐘才能開始，賽車手仍沒停下來，一直認真嚴謹、毛髮倒豎地在鍛鍊身上的肌肉記憶，徐梔來之前沒想到氣氛是這麼劍拔弩張，旁邊的剪輯師大哥跟她們解釋說——

「是這樣的，陳路周他們是負責幫這個車隊拍十週年的紀念影片，就這個騎大排氣量的車手比較難伺候，很龜毛的。前幾天還因為沒拍好跟我們其中一個攝影師打了一架，鼻梁骨都打斷了。陳路周特地申請了白天的航線幫他補幾個航拍鏡頭，而且據說他已經把狀態調整到最佳狀態，說是今天一定會出自己前所未有的好成績，說實話，我都替陳路周捏把汗。」

難怪徐栀一走進來，確實就感覺這邊氣氛這麼壓抑，整個現場看起來比國際比賽還緊張，看那位賽車手在那邊草木皆兵抓緊訓練的樣子，連剪輯棚這邊幾位觀望的老大哥都忍不住開始為他屏氣凝神。

然而，這最後的五分鐘，連徐栀的心臟都跟著緊了下，陳路周倒是在那邊老神在在地玩了四分鐘手機。

他身上穿著黑T恤黑褲，今天不一樣的是，不是運動褲，是修身的黑色工裝褲，腦袋上還是頂黑色的鴨舌帽，不過logo不一樣，他應該有很多這樣的帽子，襯得下顎線清晰，骨相確實優越，整個人乾淨俐落，他又愛穿一身黑，所以身上線條最為鋒利。

蔡瑩瑩都看不下去，忐忑不安地說：「這都什麼時候了啊，陳路周怎麼還有心思玩手機？」

馮觀都不知道陳路周有沒有女朋友，大膽猜測道：「是不是在回女朋友訊息啊？」

大概是拍攝開始的最後幾秒，陳路周終於一副「黑雲壓城城也不催」的姿態慢悠悠地收起手機，緊跟著，徐栀的手機猝不及防地「叮咚」一響。

Cr：『那天妳問我的問題，我昨天想了想，如果我心裡的牆塌了，那我想我會再建一座更堅固的城堡；如果世界上的河流都乾涸，那我會用眼淚融化冰河和山川；如果太陽也不再升起，那我會嘗試點亮所有的燈。』

Cr：『月亮圓或者不圓，都沒關係，我會永遠陪在妳身邊。』

陳路周小時候寫過不少亂七八糟的詩，如果朱仰起此時在這，一定會念他最著名的那首，他八歲時候寫的詩——雲層遮不住月亮的臉，衣櫃也裝不下我弟的臭襪子……

至今國文老師在路上碰見他，第一句話就是，哎喲，陳大詩人，怎麼樣啊，現在出書了嗎？

陳路周覺得自己算是個黑歷史挺多的人，從小到大，好像就沒做過幾件讓自己覺得真正厲害的事情，朱仰起覺得他這人挺凡爾賽[5]，但他真不是，是確實沒覺得自己哪裡特別厲害，說成績，放在市一中也就這樣，也有好幾次沒考到第一，升學考又出了意外，榜首多半是沒戲了。

但他覺得自己最厲害的地方就在於，永遠不服輸，永遠都充滿希望。如果牆塌了，他就建城堡，如果太陽沒了，他就是光。就像書裡說的那樣，「他有著明確的愛，直接的厭惡，真誠的喜歡和站在太陽下的坦蕩，可以大聲無愧地稱讚自己」。[6]

他的心是鋼鐵，太陽晒一下就滾燙。

但有時候，中二一下就行了，再說下去，就跟「我是個熱血青年，吸血鬼吸我的血能燙滿嘴泡」的中二程度不相上下了。

拍攝進展還挺順利，車手勉強覺得陳路周拍的東西能看，他確實吹毛求疵，也就陳路周理他，隊裡的攝影師已經沒人理他了，陳路周頂多也就是表面功夫，客氣兩句，真讓他拍，

5 凡爾賽，意思是以一種輕鬆、不經意的口吻，透露出自身的優越感。
6「他有著明確的愛，直接的厭惡，真誠的喜歡和站在太陽下的坦蕩，可以大聲無愧地稱讚自己」出自於中國作家黃永玉。

他也沒時間，況且這棚子明天就撤了。

等他收工，徐梔已經跟旁邊幾個剪輯師開始學起了短片，陳路周看她跟剪輯師在那交流的認真勁，也沒叫她，隨手拎了張椅子坐在她旁邊看她學。

「一般我們都用Premiere這個，陳路周用FCP，現在市面上有很多短片博主其實都不用這些，用的是傻瓜式的剪輯軟體，根本都不懂剪輯這個東西，真正學剪輯是很有意思的，轉場和運鏡的處理才是剪輯的目的，而不是把幾個影片片段串一起，妳要是真的想學，我推薦幾本書給妳。」

「陳路周為什麼用FCP啊？」

剪輯大哥看她一眼，心說，我他媽兢兢業業、唾沫四濺地跟妳說了這麼一大堆專業內容，原來妳就聽見陳路周三個字是吧？

徐梔聽得入神，沒察覺陳路周已經回來了，剪輯棚一眾八卦群眾也不提醒她，抱著一種看年輕人談戀愛的心態，都在看戲，眼神裡都是姨母笑。

「因為系統不一樣。」剪輯大哥有點沒好氣了。

徐梔坐在剪輯大哥的旁邊，茫茫然聽著，「哦」了聲，頭也沒回，若有所思的不知道在想什麼，手伸回去摸放在陳路周桌位上的水。

陳路周靠在椅子上，見她在這玩盲人摸象，就逗逗她，一副頑皮賴骨的樣子，把水拎開了。徐梔沒承想一摸空，下意識回頭瞧了眼，眼尾猝不及防地映入一抹熟悉的黑影，「你回來了？」

「陳大帥哥！」

陳路周剛要說剪輯好玩嗎？身後有人大剌剌地叫他，應該是撤剪輯棚的事情。陳路周又起身，把水遞還給她，「等我一下。」

陳路周走後沒多久，蔡瑩瑩和馮覲拎著相機回來了，顯然，蔡瑩瑩出片了，興奮的小臉通紅，「徐梔，那邊晚霞超級漂亮啊，妳要不要過去拍一張？」

馮覲被她折磨得不成人形，一屁股坐在陳路周剛剛的位子上，像一灘爛泥，死活也不肯起來，「我不去了，要拍妳們自己去拍，我累死了，陳路周還沒結束啊？」

「結束了，又被人叫走了。」徐梔眼神一指。

馮覲順著她指的方向看過去，陳路周這哥大概得有一百八十五吧，腦袋都快頂到棚頂了，這身形站哪確實都優越。他對面站著一個黑瘦的年輕男子，兩人不知道在聊什麼，陳路周低頭笑了下，掏出手機大概是跟他加了個好友。怎麼說呢，這種勁確實看起來挺吸引人，馮覲不禁思索起來，上帝到底是幫陳路周關了哪扇窗呢？

馮覲嘖嘖搖頭，對徐梔說：「大忙人吶，萬萬沒想到，我們慶宜還挺小，這麼說，妳們應該也認識朱仰起囉？」

徐梔點頭，「認識。」

「原來都是熟人吶。」馮覲嘆了口氣。真是裝到對方的朋友圈了，萬萬沒想到，徐梔居然跟陳路周這麼熟，「獻醜了啊，我之前跟妳們說那個照片上過國家地理的朋友，就是陳路周，那妳們對他應該很了解了，他有多厲害，那就不用我說了，妳們都很熟。蔡瑩瑩說的那個被帥哥糾正審美的也是他對吧？」

徐梔「嗯」了聲：「但我們也沒那麼熟。」

可能還沒他知道的多，確實不太熟，陳路周很少說自己的事情，所以馮覲不說，徐梔也想不到那人就是他。

馮覲剛要說什麼，就聽見蔡瑩瑩叫了聲：「陳路周，什麼時候吃晚飯啊？」

徐梔這才發現他已經回來了，位子被馮覲占了，她下意識站起來，想把自己的位子給他，陳路周沒理，站在馮覲旁邊收拾電腦和延長線，低著頭聲音冷淡地說：「這個棚要撤了，等等你們跟我進去吃。」

話音剛落，旁邊有個女攝影師拎著兩個便當過來，「我跟另外一個姐姐的工作餐要不然你先給她們吃了？」

陳路周正把電腦裝包裡，拉上拉鍊，抬頭看她一眼，「妳 4015 拍完了？」

女攝影師把便當放桌上，跟他抱怨道：「沒呢，還有幾個鏡頭要補，楊姐都快煩死了，有個哥們非要化妝，現在去哪幫他找化妝師，對了，楊姐想問問你的無人機型號，想買一個給她老公。」

陳路周「嗯」了聲：「我等等傳訊息給她。」

女攝影師遲遲沒走，欲言又止地看著陳路周。

蔡瑩瑩和馮覲對視一眼，這，有隱情啊，這兩人不會有什麼吧，蔡瑩瑩眼睛都快盯穿了，原來陳路周喜歡這種類型的，怎麼說呢，龐克風，綁一腦袋辮子，皮膚黝黑，就很浮誇的風格。

他們或許不知道，但陳路周大致猜到她想幹嘛，平時在剪輯棚這幫人閒著沒事就愛聊人八卦，這個女攝影師喜歡的是女生，陳路周對這些事一向不太發表意見，但知道她好像有個女朋友，前兩天還來探過班。

也多半猜到，她是想要徐梔的聯絡方式，因為剛剛聽她跟嚴樂同說，那女生的長相是她們圈子裡的天菜，陳路周順著他們的視線回頭看，發現她說的是徐梔。

不等她開口，陳路周直接隨便找了個理由，畢竟就算她不介意當眾說出來，陳路周也不習慣當眾點破別人，「楊姐剛剛好像叫妳了，挺急的，妳不去看看？」

還真有事忘了，「靠。」女攝影師匆匆罵了句，跑了。

基地二樓有個小房間，架了一張小桌子。陳路周收拾完東西帶他們上去，嚴樂同已經把點好的外送放在上面了，工作餐實在太悽慘，陳路周沒想讓徐梔吃工作餐，看她最近食量應該不小，因為多了個馮覲，所以這頓外送大概快花了陳路周半天拍攝的錢，他最近確實不太富裕，連惠女士為了逼他回家停了他的卡，以前花錢又沒節制，從沒想過有天自己或許要自立門戶，再加上攝影本來又是個燒錢的愛好，所以最近真的沒什麼錢，但說什麼他都不想讓徐梔跟著他吃工作餐。

所以，他不懂，到底要怎麼樣，才算熟。

陪她看流星不算熟，陪她喝酒還不算熟，那帶她來自己工作的基地，也還不算熟？她以為他跟誰都可以這樣是嗎？

隨隨便便幫她拍照，隨隨便便就陪她大半夜喝酒談心，隨隨便便傳則訊息他就跑去請人吃飯了，隨隨便便就帶她來參觀他工作的地方是嗎？

「你怎麼不吃啊？」徐梔還不知所謂地問了句。

陳路周面色冷淡靠在椅子上，一副威武不能屈貧賤不能移、傲骨嶙嶙地看了她兩三秒，然後面不改色地拆掉免洗筷子，一言不發地低頭扒了口飯。

陳路周在生氣。這個男人眼神下隱藏的暗潮湧動只有徐梔真真切切地感覺到了，就好像平靜無瀾的海面，底下的波濤洶湧，藏著無數風光和危險。但其他兩個人渾然不覺。

「我剛聽蔡瑩瑩說，徐梔妳會騎摩托車？」馮覲在找話題。

蔡瑩瑩立刻接話，嘴裡還在嚼，一副你算是問對人了的得意洋洋表情，「會啊，她騎摩托車很厲害的，知道傅玉山莊吧，就明靈山那塊，晚上經常有飆車黨在上面飆車，那都是徐梔小弟。」

果然近朱者赤近墨者黑，蔡瑩瑩加油添醋的本事真是有點向朱仰起看齊了。以前沒發現她這麼能吹牛，明靈山九曲迴環，山路崎嶇又刺激，在上面玩車的人確實很多。但徐梔還是想說，也就是幾個離經叛道的小孩在上面玩摩托車，也能讓她吹成飆車黨。

馮覲是聽進去了，一邊風捲雲殘地扒著飯，一邊跟她說：「妳等等要不要下去玩玩啊，跟他們跑一圈。我剛剛聽隊長說，等等他們要比賽，肯定很刺激。」

馮覲話音剛落，聽見樓下的賽車道上響起一陣此起彼伏的起鬨聲以及震碎耳蝸的油門轟嗚聲。

「靠，開始了開始了。」他匆匆把剩下的飯都一股腦地塞進嘴裡，筷子直接往桌上一丟，拿起相機就衝出去了。

「我也去看看！」蔡瑩瑩風馳電掣地撂下筷子，也跟著跑了。

小屋裡只剩下兩人，徐梔環顧一圈，發現這邊應該是廢棄工地，窗戶都沒封上，通透地敞著，窗外是金烏西墜的天，風一股股湧進來，帶著樹葉的清香，比樓下清涼。

她們吃飯的桌子其實就是一塊板子，底下疊了兩個油漆桶，所以桌子其實很矮，那塊板子也就剛到陳路周的膝蓋，他吃飯全程都得弓著背。

徐梔看著他，陳路周自始至終都安靜地扒著飯，偶爾看手機一眼。這時蔡瑩瑩和馮覲一走，他仍疲塌地靠在椅子上，拿著筷子的手杵在膝蓋上，另隻手拿著手機正在回訊息，沒跟她搭腔的意思。

徐梔沉默地扒了兩口飯之後，將筷子反過來，用她沒吃過的那頭夾了塊牛肉放在他碗裡。

陳路周從手機中抬起頭，看她一眼，很快視線又回到手機上，聲音冷淡地說：「謝謝。」

徐梔說：「你趕緊先吃吧，不然等蔡瑩瑩他們回來，又要被搶沒了。你晚上還有拍攝嗎？」

「沒了。」陳路周放下手機，傾身回來弓著背，筷子杵在碗裡，繼續低頭扒飯，沒看她，「訊息看了嗎？」

徐梔「嗯」了聲：「有被激勵到，不過第二句你後來立刻就收回了，寫什麼我沒看清楚，就看到什麼月亮圓不圓。」

「隨便扯的，跟妳沒關係。」陳路周靠在椅子上，把筷子放下，他吃飽了，徐梔夾給他的牛肉也沒吃，孤零零地躺在碗底。

「哦，好吧，」徐梔扒了兩口飯，等嚥下去，又問了句：「那明天要不要一起回去？我們打算包輛車。」

「跟馮覲？」陳路周大概是剛剛弓著背吃飯弓久了，這時脖子有點酸，所以手掌壓著一邊脖頸在慢條斯理地活動筋骨，口氣錚錚地說：「再說，看明天幾點起來。」

他最近沒睡過幾個安穩覺，晚上打算訂個飯店補覺。

當然徐梔是察覺到自己多少可能有點把人得罪了。但不知道自己哪裡惹到他了，如果直接開口問又覺得好像也不太對勁，加上此刻樓下的引擎轟鳴聲如同野獸一般在黑夜裡發出歇斯底里、沉悶的嘶吼聲，一浪浪將整個比賽氣氛推至最高潮。徐梔說話要很大聲他才能聽見。

二樓沒有門，只有兩塊足夠遮擋的窗簾布，陳路周大概也覺得樓下吵，所以將窗簾拉上，又從旁邊拎了兩塊板過來，將漏風的門和窗都嚴絲合縫地擋上，聲音隔絕在樓下，耳邊瞬間清淨很多，徐梔甚至能聽見蚊子在她耳邊嗡嗡震呢。

空間一旦變得幽閉而私密。某些情緒就容易放大，神經好像容易變得敏感，陳路周聽著自己的心跳聲漸漸加快，如鹿撞，如鼓敲，如巨石掀起無數的海浪。他覺得自己很沒出息，自從認識她之後，整個人就越來越不像樣了，心裡也沒件像樣的事。

他坐回去，兩腿敞著，剛好能把桌子圈在他的腿間，連同她的腿也一併闊在自己裡面，把剛剛她夾給他的那塊牛肉放進嘴裡，直白地看著她說：「妳跟馮覲很熟嗎？」

「馮覲？」徐梔覺得很莫名，也夾了塊牛肉放進自己嘴裡，「那還沒跟朱仰起熟呢。」

「哦，懂了，跟朱仰起熟，」他覺得好笑，又好氣，倨傲地拿腳輕輕撞了一下她的腳邊，踋王的譜擺起來了，「就跟我不熟，是吧？」

「我什麼時候說跟你——」

徐梔說到一半，大腦應該是檢索到了，嚼著牛肉的嘴慢下來，想起來了，「你在氣這個？」

徐梔這人就是直接，要論直球她更直，居然這麼直接替他點出來了，人有時候就是這樣，生氣的時候想方設法讓對方知道，對方要是真的知道了，這氣又覺得生得沒那麼理直氣壯了。

「我生氣了嗎？」

「你剛剛挺生氣的，拆筷子的時候，像在拆我的骨頭。」徐梔說得真切，彷彿他剛才生氣的模樣可見一斑。

陳路周弓起身，現在胃口似乎好了點，又夾了塊牛肉塞嘴裡，他拿筷子比很多人標準，徐梔正要誇一句，你是我見過拿筷子拿得最標準的男孩子。只見他長腿往裡收了收，一臉坦誠、也不藏頭亢腦，看著她說：「多少有點，我覺得我對妳算掏心掏肺，結果妳轉頭跟人說我們不熟，我不爽正常吧。」

情緒明朗，是個光風霽月的少年。

「我是覺得我對你不是特別了解，沒別的意思。」徐梔甚至覺得他很乾淨、自律、聰明，社交圈子簡單乾淨，哪怕升學考失利，他的未來也應該是不可限量，所有人應該都對他充滿了期待，「馮覲說的那些事，我都沒聽過，所以我才覺得我好像不太了解你。」

「比如？」他顯然是打破沙鍋問到底的態度。

「他說你的作品上過很多雜誌，說你曾經拍的可可西里被電視臺直接拿去原片播放了。」

「這就是他覺得很厲害妳覺得不了解我的事情？作品上過雜誌算什麼，陳星齊八歲的時候離家出走還上過報紙呢，原片播放是我媽就在電視臺，那期他們欄目開了天窗，有個片源出了問題，我媽臨時拿我拍的影片上去頂了。」

「……」

陳路周氣定神閒地看著她的眼睛，補充道：「哦，我拍的是兩隻藏羚羊交配。妳想聽這個？」

徐梔：「……」

外面的歡呼聲熱浪一波高過一波，風也在呼呼颳著，擋板似乎搖搖欲墜，隨時要倒塌，徐梔嘆了口氣，有些認命，「要不然，我跟你講個笑話吧。」

陳路周直白問：「算哄我？」

徐梔：「算是吧。」

他還是忍不住拿喬，心說，妳誰都哄嗎？

他一言不發地靠在椅子上看著徐梔，眼神閒散但挺有野心，像一個要騙出所有賭徒籌碼的黑心莊家。

徐梔剛要問他你到底聽不聽啊，身後「嘭」一聲，蔡瑩瑩氣喘吁吁地破門而入，絲毫察覺不了這屋子內若有似無的曖昧氣氛，拉著徐梔的手火急火燎地說：「快快快，樓下摩托車比賽居然有獎金！五千塊啊！」

徐梔騰地站起來，毫不猶豫地拋下陳路周，「你先等一下。」

陳路周：「……」

徐梔跑下樓時，隨口問了蔡瑩瑩一句：「妳有沒有覺得這裡蚊子好多啊。」

蔡瑩瑩腳步未停，表情猶疑地看她一眼，「沒有啊，哪有蚊子？」

是嗎？

外面熱火朝天。此時，比賽已經進到白熱化程度，賽道上圍著一大撥人，機車沉重低旋的轟鳴聲一浪高過一浪，在賽道上久久迴盪著。馮覯正舉著相機夾在人堆裡抓緊拍照，轉頭見她們下來，才擠出來說：「車隊隊長說，誰都能比，我打算上去試試，妳要不要一起？」

徐梔說好。五千塊呢，不比是傻子。

「夠膽。」馮覲對這個人狠話少的女孩越來越欣賞，話音剛落，見陳路周從身後走過來，大剌剌也跟著招呼：「偶像，你要不要上去試試，玩過賽車嗎？」

陳路周雙手插在口袋裡，看著外面沸沸揚揚的賽車道，目不斜視地走到徐梔旁邊，面不改色冷淡地回了句：「沒玩過，不比。」

徐梔轉頭看他。她身高不算特別高，但絕對不矮。升學考前體檢剛量過，一百六十三公分，不過她覺得不太準，同學們都說比原本的身高矮了兩公分，她記得過年剛量過也是一百六十四，快一百六十五了。

但陳路周站在她旁邊壓迫感還是很強，側頭瞧過去，剛好到他下巴，能一眼看見線條完整、清瘦乾淨的下巴頦。

耳邊又開始嗡嗡嗡，徐梔覺得蚊子怎麼那麼陰魂不散呢，她問：「你吃飽了？」

陳路周尋聲低頭看她一眼，「嗯。」

「我看你都沒怎麼吃。」

「不太餓。」

陳路周算是一個很惜命的人，他只是看起來冷淡不好接觸，一旦熟了，了解他的人都知道，這種危險運動他向來敬而遠之，別說賽車，他連遊樂園的雲霄飛車都沒坐過，但他看徐梔眼神很堅定，滿眼藏不住的躍躍欲試，知道自己勸不動，也沒再多跟她廢話。

肩膀被人拍了一下。

陳路周回頭，是嚴樂同，用手捂著電話，似乎有事求他幫忙，陳路周手還在口袋裡，身體微微後仰，把耳朵遞過去。

嚴樂同言辭懇切，一臉火燒火燎，「陳哥，幫我個忙，我妹妹過來了，我現在實在走不開，你幫我去公車站接一下？」

陳路周下意識低頭看了徐梔的後腦勺一眼，心想去一下也沒事，反正對她來說，你也沒五千塊重要，那她的比賽你看不看也不重要。陳路周「嗯」了聲說，把我號碼給她，讓你妹妹到了打給我。

嚴樂同如釋重負，對他千恩萬謝，朝電話那頭說：「妳站那別動，我讓隊裡的哥哥去接妳。」

那邊似乎問了句我們怎麼接頭，嚴樂同看了陳路周一眼，半開玩笑地表示，妳看哪個最帥跟他走就行。

陳路周知道他妹年紀好像還挺小，一副好哥哥的做派，輕輕踹了他一腳，眼神還看著徐梔的後腦勺，對嚴樂同挺義正辭嚴地謔了句，你就這樣帶小孩？

嚴樂同收起嬉皮笑臉，掃他一下，才對電話那頭說，行了，不逗妳了，穿黑衣服，戴頂鴨舌帽，長得肯定是帥的。叫陳路周。妳先跟他確認一下名字。

等嚴樂同走了，沒幾分鐘，陳路周就接到他妹妹的電話，掛掉後把手機揣回口袋裡準備去接人，走沒兩步，想想又折回來用食指彈了下徐梔的後腦勺，沒好氣地叮囑了一句：「妳玩歸玩，注意安全。」

「好。」徐梔點頭。

其實摩托車賽道上女孩子並不少見，尤其這兩年關注這個圈子的人越來越多，很多聲名大噪的職業車手都是女孩子。而且國內有女子車隊，但沒有女子組的單項競技，所以很多女車手都是直接跟男子組競技的。也有不少女車手取得過不遜於男車手的成績。

而這個車隊俱樂部也僅僅只是一個三四線小城的業餘車隊，真正參加過職業比賽的沒幾個人。前場有個女攝影師上去玩了一把，徐梔上場時，氣氛倒是比剛才高漲了些，滿棚的口哨聲和喝彩聲，不過不是因為她是女孩子，而是因為她長得過於漂亮，大家只當她想玩玩，一個勁在旁邊如火如荼地幫她敲邊鼓。

但他們不知道的是，徐梔有個賽車手乾爹。傅玉青早年就是職業摩托車手，拿過一屋子的獎盃。徐梔從小跟他在明靈山那塊玩車，要不是老徐覺得太危險，傅玉青早就把徐梔扔進車隊訓練了。她的心理素質非常適合當大賽選手。但老徐不同意，覺得女孩子還是得幹點簡單的工作，加上徐梔自己看起來也是一副興趣不大的樣子，傅玉青就放棄了。後來傅玉青也發現，徐梔不是對賽車有天賦，是她這個人善於觀察，技巧性的東西掌握很快，就是做什麼都有點三心二意，屬於什麼都會一點，但是會的都不精。

傅玉青說她在職業選手面前或許有點班門弄斧，但是業餘車隊裡她絕對綽綽有餘，要不然絕對不敢認是他帶出來的。而且，徐梔下午跟著剪輯師學剪輯的時候，看過一些影片素材，臨市這個車隊就是個業餘車手的俱樂部，每個人都有養家糊口的主業，玩車只是愛好，幾乎沒幾個人正經地參加過職業聯賽，更別說拿名次了。

徐梔沒太管那些善意的還是惡意的、還是好奇的眼神，她這個人做事情向來只在乎結果。

不過等她穿好賽車服，戴好安全帽和護膝等等一系列裝備，車隊隊長告訴她一個晴天霹靂的消息。因為看著她戴護具一連串動作挺嫻熟，覺得這女生多半也是個賽車愛好者。為了以防萬一，隊長出口提醒：「那個，美女，先提前跟妳說清楚啊，雖然比賽是不受限制的，歡迎各界人士一起來玩，但是獎金我們是明文規定只給隊裡的隊員，所以就算妳贏了，我們也不會把錢給妳的。」

這免責聲明發得及時，不然徐梔這一腳油門轟出去她玩命也要拿到這錢。陳路周的鏡頭錢可都在裡面了。

馮覲在一旁笑咪咪地解釋說：「沒事的，隊長，我們就玩玩，重在參與嘛。」

隊長莫名鬆了口氣，說那就行。

然而，徐梔二話不說開始摘安全帽，又毫不猶豫地脫掉一層層護膝：「那算了，我不騎了。」

馮覲震驚地眨了下眼：「……」

隊長也相當震驚地眨眨眼：「……」

陳路周抵達公車站時，才知道嚴樂同這個妹妹並不小。這麼想來，嚴樂同簡直是個妹控，平時在隊裡總是妹妹長妹妹短的，說他們有時候還睡一屋，陳路周以為也就七八歲，不然這時公車站上那個穿著ＪＫ制服、綁著雙馬尾，個子都快趕上公車站牌的女孩子，怎麼也得避避嫌吧。

「嚴樂琳？」陳路周慢吞吞地晃過去，邊走，邊跟她確認名字。

「是我是我。」嚴樂琳從公車站上的馬路牙子上跳下來，雙馬尾一晃一晃，「哇，哥哥你真的好帥。」

嚴樂琳滿臉寫著機靈，性子跟嚴樂同一樣外向奔放，但她比嚴樂同更誇張，簡直是恃美行凶的典範，見面不過兩分鐘，應該連他今天穿什麼顏色的衣服都沒看清，就揚手指著公車站對面的冰淇淋得寸進尺地說：「哥哥能請漂亮妹妹吃個冰淇淋嗎？」

這話單這麼聽，陳路周覺得也不算過分，畢竟自戀是一種病。但是這女生直接上手挽住他的手臂，還把腦袋靠過來，就讓他有點反感了。

這恃美行凶的程度簡直比他還惡劣。陳路周覺得自己幸好沒有妹妹，不然遇上這種鬼靈精，大概天天算計著對方的錢了，還是陳星齊那種人傻錢多的弟弟好玩。

陳路周人模狗樣地抬開手臂，沒讓她碰自己，擰起眉，低頭挺不耐煩地看她一眼。要換平時，大概也懶得多說什麼，隨口丟一句妳哥只讓我來接妳。但今天嚴樂琳剛巧撞他槍口上了，他想誨人不倦也是一種好品德。

陳路周渾球本性藏不住，渾得從善如流，渾得直接傳授「恃美行凶」或「恃帥行凶」的心得給她，「不是我打擊妳，妳長得也就還行，但手段不行，至少看看對象吧，如果對方長得比妳好看，妳就別說這種話了，聽了尷尬。比如我。」

賽場內，比賽似乎還沒結束。賽道上轟鳴聲仍未停歇，呂楊甚至還囂張地轟了油門一下，像是久旱逢甘霖的野獸發出饜食前最後的嘶鳴，隨後他目光挑釁地看向一旁的徐梔。

場下，嚴樂同剛下賽場，懷裡還抱著安全帽，一腦門子汗地匆匆趕來，連忙問蔡瑩瑩和馮覲：「到底怎麼回事？她怎麼跟呂牙膏槓上了？」

呂牙膏就是呂楊，把所有攝影師都得罪光了的龜毛車手，陳路周花了一下午幫他補拍鏡頭的那個人。

但馮覲對這個外號比較感興趣，「牙膏是又小又軟嗎？」

嚴樂同看他一眼，相視一笑，有點男生間那種心照不宣的猥瑣，「不是，是他拉屎跟牙膏一樣，擠一點是一點。」

馮覲：「……」

蔡瑩瑩：「……你們好噁心啊。」

嚴樂同言歸正傳，「你們到底怎麼回事？」

蔡瑩瑩咬牙切齒：「他就是嘴賤，自以為是！」

徐梔本來就不打算比的。他們去上廁所的時候，恰好在公廁門口聽見這位老哥在裡面跟隊友大吹法螺，因為車場這邊只有露天公廁，隔音效果也很差，靠近點還能聽見他拉屎的撲稜聲。

他說徐梔就是想釣凱子，女孩子那點小心思誰不懂啊。就是想在喜歡的男人面前裝一下，誰知道陳路周這麼不給面子，去幫嚴樂同接人了。說什麼是為了五千塊錢，就是想釣凱子沒釣上。而且，就陳路周那種長得好看的有錢凱子，朋友圈裡不知道多少她這樣的女孩子。就他拍的那幾張照片，你說能看嗎，我還以為玩無人機的多厲害呢，動一下他的東西跟要他的命一樣，舔著臉叫我哥。你說他好笑不好笑。

這話馮覲聽了都氣，衝進去要和他理論，被徐梔拉住，三人就這麼耐心十足、齊齊整整地堵在公廁門口。

呂楊和那個隊友提上褲子一出來，沒想到正巧被人聽了牆角，索性也破罐子破摔，你們什麼意思？想打架啊？

馮覲原本想跟人說理，但呂楊的態度並沒有道歉的意思甚至三番四次挑釁，剛準備掄起拳頭往這傻子臉上招呼時，徐梔再次攔住他，還挺好聲好氣地說：「這位老哥，我們比一場。」

呂楊則是一臉不屑地挑眉，「就妳？」

徐梔「嗯」了聲：「比一場，輸了的話，我要的不多。」

呂楊笑得格外賤，「妳要什麼，不會要我親妳一下吧？」

馮覲拳頭又硬了，蔡瑩瑩看著他那一口大黃牙，惡臭撲鼻而來，只覺得胃裡一陣翻江倒海。

徐梔眨眨眼，一臉平靜地拒絕表情：「那倒也不用這麼客氣，你把五千塊給我就行。」

她四兩撥千斤的功力了得，反倒弄得呂牙膏一下子接不上話。

賭錢！

馮覲說妳瘋了，怎麼能賭錢！賽車賭錢犯法！

「犯法了嗎？」徐梔「啊」了聲，想了想，建議說：「那要不然讓他親你一下？」

馮覲嘆了口氣，「……那妳去坐牢。」

徐梔也跟著嘆了口氣，「沒事，如果我贏了，我有辦法讓隊長把獎金給我們。」

「妳一定能贏？」馮覲問。

「我試試吧，我實在太煩他了，要是真的贏了，我願意掏出一百請你們去美食街打包所有螺螄粉，餘下的錢我留作私用。」徐梔甚至毫不避諱地當著呂楊的面跟馮覲討論獎金分配的問題。

呂楊根本沒聽見，他目光正垂涎欲滴地上下打量著徐梔，這女孩子模樣漂亮乾淨，皮膚白嫩，一雙長腿修長筆直又勻稱，整個人水嫩得像一朵被人用心澆灌長大的白玫瑰，露水飽滿晶瑩，清純得很。

「妳真的要跟我比？」

呂楊看著徐梔，那顆心有些火燒火燎的癢癢。

冰淇淋店門口有棵大白楊，光禿禿的筆挺立著，陳路周手裡拿著一罐冰可樂，單手插口袋地斜倚著冰淇淋店的玻璃門看著那棵「未老先衰」的白楊樹，這個季節著實不應該啊，怎麼就禿了呢。

世事無常，比如他怎麼也想不通，徐梔骨頭為什麼這麼硬，五千塊他又不是沒有。

轉念一想，現在似乎還真的沒有，帳戶裡好像就剩下一千塊了。

靠。

陳路周回頭看了眼，發現嚴樂琳站在櫃檯前還在選自己要吃什麼冰淇淋，陳路周只給她一百塊錢，說買個哈根達斯，剩下的錢隨便她買什麼。

嚴樂琳最後選了個草莓聖代，加上他手上的可樂，買完還剩八塊錢。她把零錢連同哈根達斯遞給陳路周，這哥哥真的很與眾不同，也是第一次有人請她吃冰淇淋，自己吃快八十塊錢的哈根達斯，請她吃八塊錢的聖代。有錢又吝嗇。

陳路周帶著嚴樂琳回來的時候，賽車道上的轟鳴聲越演越烈，比他走時更為熱烈、沉重，像一隻沉睡已久的猛獸發出蟄伏已久的嘶吼聲，在賽車場的上空經久不息盤桓著。

嚴樂琳一進去便被火熱的氣氛吸引住了，興奮地跺腳：「哇，居然還有女車手！好帥啊，那個姐姐。」

他們都來不及反應，賽道格外安靜，驟然發出一聲猝不及防的槍響。兩輛重型 YAMAHA 摩托車同時出發，如同離弦之箭倏然衝出起跑線，賽道上的人頓時熱血沸騰起來，歡呼聲層層堆疊，翻滾在雲層裡。

陳路周找了一圈，都沒找到蔡瑩瑩和馮覲，連嚴樂同都不知道去哪了，他隨手拽了個人過來問：「怎麼還在比？第幾場了？」

「你朋友一聽說沒有獎金本來都不比了，後來不知道怎麼跟呂牙膏槓上了，現在才剛比，第一場呢。」那人說。

陳路周看了賽道外一眼，兩輛車咬得很緊，徐梔並沒有落後很多。剛想問呂楊做什麼了，身後嚴樂同一臉嚴肅地走過來，都沒顧上自己的妹妹。

表情嚴正以待，一絲不苟地和陳路周說——

「陳哥，這事我得跟你解釋。」

馮觀和蔡瑩瑩在距離賽道最近的位置，兩人從一開始的膽戰心驚到現在熱血沸騰，加油聲喊得撕心裂肺，字縫裡都是對呂楊的咬牙切齒。然而，開槍的時候，蔡瑩瑩和馮觀兩人齊刷刷地將眼睛捂得嚴嚴實實地，都不敢看賽道。一個說蔡瑩瑩妳睜眼看看，徐梔出發了沒，她會騎嗎，車動了嗎？一個說我不看，我不看，要看你自己看，我從小心臟不好，我怕我暈過去。你說她萬一輸了，不會真要陪那個呂牙膏玩一晚吧。馮觀說，那我和陳路周就烙人，妳放心，陳路周認識的人很多，絕對能弄死那個呂牙膏，還想讓徐梔陪他，做夢，他想得美！癩蛤蟆想吃天鵝肉！蔡瑩瑩閉著眼感動得稀里嘩啦，嗚嗚嗚以後再也不說你照騙了。馮帥你是個好人。

還是旁邊的剪輯師大哥好心提醒他們，「你們真的不睜眼看看？你們的朋友可厲害了。」

兩人倏然睜開眼，賽道上兩輛車咬得其實很近，而且兩人穿得嚴實，也不知道哪個是徐梔，聽人這麼一說，以為騎在前面那個就是徐梔，立刻就歡呼雀躍起來，「哇，她居然比牙膏快！」

大哥：「不是，後面那個才是你們的朋友。」

馮覲：「……」

蔡瑩瑩：「……」

大哥解釋說：「我是說她入彎技巧比呂楊好，可能還沒適應，所以速度沒提上來，但是她入彎比呂楊早，而且，呂楊入彎走大圈，她入彎走的是小圈，你們別小看這幾個過彎技巧，我在這俱樂部拍攝這麼多天，就沒見過幾個人過彎不用剎車的，她算一個。像呂楊，你們看他，過彎習慣性後剎，很大一個弊端就是容易走大圈，這就好像我們跑八百公尺，人家跑內圈你跑外圈，非常不占優勢。你們看著，等到第五個彎，如果呂楊還是習慣性後剎，你們的朋友肯定能超過呂楊。」

蔡瑩瑩心裡想的卻是，傅叔還是厲害，其實她小時候也跟著學過一段時間的賽車，壓彎是傅叔手把手教的，傅叔當時就說過職業車手過彎從來不剎車，彎道是一個分水嶺，征服不了彎道就不用練了，她不行，徐梔那時候壓彎確實練得特別好。不然傅叔也不會想把她扔去車隊訓練。

陳路周和嚴樂同站在外圈，目光也是一瞬不瞬地盯著賽車上兩道緊追不捨的車影，嚴樂同篤定地說：「呂楊慌了，他也發現徐梔的過彎比他順滑了，他一直都不覺得自己過彎有什麼問題，說很多大賽選手都是用後剎，這次應該真的慌了。」

陳路周說：「他每過一個彎都會被徐梔追上一點，而且徐梔現在適應了，直線開始提速，他應該想嘗試搶第四個彎。」

嚴樂同卻想到點別的，說：「我發現徐梔這女生真的挺聰明的，她答應比賽的時候，呂楊還挺狂的，怕別人說他欺負女孩子，讓她隨便提一個要求，比如輸多少秒以內都算她贏，結果徐梔只要求一個就是比長距離。她剛剛應該觀察過他的習慣，如果呂楊掛不住臉，肯定會嘗試在第四個彎不用剎車。」

這樣的結果，就是翻車。

倒不是這個操作有多難，而是呂楊心急吃不了熱豆腐，想在賽道上臨時改變自己的賽車習慣，這是作為車手最忌諱的。

於是，所有人都眼睜睜看著呂楊在過第四個彎時猝不及防地翻了車，伴隨著巨大的摩擦力，他整個人被一股巨大的慣性甩出去，金屬刮蹭著地面發出刺耳尖銳的聲響，霎時間，地面星火四起——

所有人提心吊膽地看向另一邊。

賽道上引擎聲如同擂鼓在轟鳴，徐梔眼裡的草木已經連天，姿態比平時都妖嬈，也格外迎風招展，世界像被割裂過，她聽不到任何聲音，風聲很勁，呼嘯在身後。幾乎都來不及躲避，那輛車整個橫跨過來，還好她提前做了準備，兩車在賽道上猛然相撞，發出一聲巨大的聲響，「嘭——」。

她一下收不住力直接從車上撲簌撲簌滾落下來，不過還好，她提前減速，有緩衝勁，防護服完全擋住了所有的刮蹭，沒太大問題，不太疼，所以掉地上後就立刻爬起來了。

不知道為什麼，那瞬間徐梔想到陳路周走時那句，妳玩歸玩注意安全。然後下意識朝賽車道外看了眼，她覺得陳路周可能在看，那自然的心虛反應特別像小時候因為自己貪玩不小心磕碰了，下意識去看她爸媽的感覺。

所以，哪怕此刻膝蓋上隱隱作疼，她也裝作若無其事的樣子，朝賽場外走去。

再比一場也沒有意義，呂楊這點自知之明還是有的，他大概知道再比一場還是輸，除非比短途，他這人這點骨氣還是有的，於是徹底認輸，把獎金給了徐梔。

鬧劇散後，人差不多陸陸續續都撤了。

回程的車上，蔡瑩瑩和馮覲萬萬沒想到這趟收穫簡直可以用滿載而歸來形容，激情澎湃地討論著等等去哪吃宵夜，以及呂楊那傻子最後認輸的樣子，這種舒爽的程度簡直比一口吃下整顆冰西瓜，渾身毛孔都舒張開來，血液從腦裡倒灌下來還刺激。

餘興未了，馮覲坐在副駕駛座說：「我打通電話問問陳路周，他說再補拍兩個鏡頭就過來找我們，他今晚好像訂了我們那個飯店，是打算明天跟我們一起走吧。」

蔡瑩瑩看了徐梔手裡的哈根達斯一眼，「妳什麼時候買的？」

徐梔「哦」了聲：「嚴樂同妹妹給我的，說陳路周買的，讓我敷敷腦門上的傷。」

相比鼻青臉腫的呂楊，徐梔還好，除了膝蓋有點疼之外，就是腦門上有點瘀青。

蔡瑩瑩後知後覺地說：「陳大帥哥就是有錢，哈根達斯冰敷，這待遇可以，徐梔我感覺妳最近好像跟陳路周越來越熟了。」

「是嗎，他好像跟誰都熟。」徐梔這麼說：「嚴樂同妹妹的冰淇淋也是他買的。」

馮觀撥了電話聽她們聊天有點走神，沒想到手機已經接通，顯示通話已經有十幾秒，他剛接起來，那邊陳路周說：『馮觀，你把電話給她。』

馮觀也不知道自己為什麼這麼敏銳，自覺這個她應該是徐梔，而不是蔡瑩瑩。

徐梔接過電話，那道欠揍的聲音透過聽筒傳過來多少有些陌生，有些低沉，透著意外的性冷感，但卻很奇異的有一絲奇怪的電流從徐梔的心尖上劃過，『嚴樂琳的冰淇淋八塊錢，妳的哈根達斯八十塊錢，妳說我跟誰熟？』

徐梔沒想到陳路周居然聽到了，她看著車窗上自己的倒影，試圖看清楚腦門上的瘀青，好像有點出血，發現看不太清楚，她這個人還蠻看臉的，要是小時候她能哭一整天，大概要老徐哄好久，換作現在心情也很不爽，她還是想嘗試看清楚，不知道會不會留疤呢，要是破相了她還是挺在意的，於是心不在焉地，有些甕氣地對著電話那邊回：「這麼簡單粗暴嗎？」

『對我們來說，金錢不就是最好的衡量方式嗎？』陳路周剛補完最後兩個鏡頭，收了設備，從嚴樂同手裡接過他剛沒喝完的可樂，就著草地直接坐下去，結果看見一窩螞蟻正在眾志成城的挖洞，他看得挺起勁，一手舉著電話，一手鬆鬆垮垮地撐著草地，鮮綠的淺草沒過他的手臂，襯得他手指骨白皙而禁欲，脫口而出的話是挺狗的，『比如，我現在給妳五千塊，讓妳親我一口，妳應該也挺奮不顧身吧。』

那邊更狗，「可以，現在轉錢過來，我讓司機立刻掉頭。」

第七章　間接

陳路周那瞬間是有點後悔的，後悔昨天為什麼要買那個鏡頭，之前那個鏡頭蓋被徐梔撞斷了，正巧他本來就想換，所以他又花了一萬買了個新鏡頭。不然照他的性情，現在可能真的會轉五千給她。

陳路周相信徐梔絕對會讓司機掉頭，但不是多想親他，是為了那五千塊。他現在倒是很有自知之明。

他自嘲地一笑，看著地上越來越大的螞蟻洞，仰頭看了眼，不過現在天色已黑，什麼也看不見，陳路周還是問了句：『帶傘了嗎？』

徐梔看了車窗外一眼，颱風剛過境，還留有餘韻，立在兩旁的樹木像被一隻狂亂的手扯天扯地，他剛問完，徐梔就隱隱瞧見前擋風玻璃上落下急促的雨點，她嘆了口氣，厭煩得很，「沒帶，你是烏鴉嘴吧，說下就下。」

徐梔很討厭下雨天，南方小城總是陰雨連綿，尤其現在還是梅雨季節。一到這種天氣，總能想到小時候去外婆家的日子，那個牆上滿是霉斑的小房間，無論噴多少花露水永遠都驅散不盡的腥潮味，還有隔壁那隻總在三更半夜狂吠的狗。

老徐和林秋蝶那陣子特別忙，她被暫時送到外婆家寄住，外婆對老徐偏見頗深，連帶著對她也沒什麼好臉色，每天給她吃的都是剩菜剩飯，徐梔每天都起濕疹，脖子全是紅疹子，外婆為了省錢就幫她塗了一種草根水，結果當晚徐梔過敏休克，隔壁鄰居大叔二話不說背起她，從村衛生醫院輾轉幾趟送到縣醫院，連醫生都心有餘悸地說，再晚半小時，這麼漂亮的女娃娃就沒了。

老徐忍氣吞聲那麼多年，第一次跟外婆紅了臉，外婆則縮在角落裡一言不發，有好長一陣，他們都沒再回過老家。徐梔其實知道外婆不是有心害她，躺在醫院那幾天想到的都是外婆對她的好，外婆就是嘴硬，知道她愛乾淨，知道她要過去住，外婆裡裡外外把房子都清洗了一遍，一個六十五歲的老太太，又有先天性的脊椎炎，外公走得早，就自己一個人拿著毛巾幫她擦牆上的霉斑。吃剩菜剩飯也都是老人家根深蒂固的習慣，她自己的孩子都是這樣帶大的，所以不理解為什麼現在的孩子吃不了。

外婆就是長了一張得理不饒人的嘴，徐梔知道她是討厭老徐，不是討厭她。因為當初老徐和林秋蝶女士還沒結婚的時候，聽說城裡有個有錢人在追求林秋蝶，聘禮是城裡好幾間房，兩人都快到論及婚嫁的程度了，結果林秋蝶意外懷孕了，是老徐的。

對，那個倒楣蛋就是徐梔。徐梔好幾次旁敲側聽，也沒能從老徐嘴裡打聽出來完整的故事，反正他們最後結婚了。老太太城裡的房子飛了，自然把氣都一股腦撒在老徐身上，徐梔多少能理解。

所以那時候躺在急救病床上命懸一線、癢得生不如死的小徐梔沒辦法討厭外婆，也沒辦法討厭老徐，更沒辦法討厭林秋蝶女士，她奄奄一息，只能斬釘截鐵地替自己洗腦——我討厭下雨天。

卻沒想到，電話那頭的陳路周聽出來了，『不喜歡下雨天？』

計程車被堵在去往市區水泄不通的車流裡，一溜泛著紅橙光的車尾燈裡依稀能看見幾根毛毛細雨，玻璃窗上也漸漸落下疏疏密密的雨腳，頃刻間，雷聲在天邊轟鳴、翻滾，暴雨如注。

徐梔舉著電話，看著雨水在玻璃窗上淌著一條條小河，「可以說很討厭了，如果知道今天會下雨的話，我就不想出門了。你呢？」

陳路周不知道是不是故意跟她抬槓，他笑了下，說：『我很喜歡，特別喜歡下雨天，不下雨我都不出門的。』

「……」徐梔想像了一下，「你不會還喜歡在雨中行走吧，四十五度角仰望天空，這樣的話，你就分不清是雨水還是淚水，也感覺不到心裡的難過了是吧？陳大詩人？」

雨是一路下過來，疾風暴雨覆蓋到臨市郊區，陳路周感覺到臉上有大顆冰涼涼的雨水落下來，抬頭看了眼，他把手從地上收回來，拍了拍手上的灰，用眼神示意旁邊的嚴樂同，準備站起來走，聽見徐梔這麼說，直接笑出聲，笑得肩顫，洞中肯綮地反問：『徐梔，妳經歷過什麼？』

徐梔嘆了口氣，彷彿真的是她的經歷，「往事不提也罷。」

氣氛很好，你們都很幽默，但可以把手機還給我了嗎？馮覲實在聽不下去，「徐妹妹，手機是我的。你們趕緊……」想一想，又說：「算了，妳順便問問他幾點回來。」

徐梔這才想起來，對電話那頭說：「我把手機還給馮覲了啊，他問你，幾點結束，晚上要不要一起吃宵夜？」

『下暴雨妳還吃宵夜？』

「看看吧，大概也就陣雨，很快就停了，現在都已經小了。」

陳路周「嗯」了聲，聲音冷淡下來，『回去再說，到飯店大概要十一點。』

「那掛了。」

『徐梔。』那邊又叫了聲。

「啊？」

『我在馮覲包裡放了把傘，下車的時候擋一下，腦袋上有傷，別被雨淋了。』雨傾盆而下，陳路周和嚴樂同小跑著往棚內走。

徐梔有點沒想到他這麼周到，「你知道要下雨啊？」

陳路周看下午天氣就有點不對，晚上應該會下雨，問了馮覲沒帶傘，於是跟嚴樂同借了把傘，讓馮覲先帶著，不過他這人向來正經不過三句，『說了不下雨我不出門，又沒騙妳。掛了。』

等他掛斷，陳路周轉了二十塊錢給嚴樂同，這傘應該是拿不回來了，他明天回慶宜，過陣子就出國了，臨市應該是不會再來了。

嚴樂同就跟過年去要紅包的小孩似的，嘴上說著不要不要，收錢卻很快，樂呵呵地說：「也沒事啦，一把傘而已。你出國也不是不回來了，我們兩個城市開車也就一個小時多，總還會再見的。」

是啊，關山重重，想見的人，總還會再見的。

剪輯棚的人陸陸續續都差不多撤了，棚內徹底空蕩下來，不過是短暫相處幾天，嚴樂同覺得陳路周這個人未來一定前途無量，就憑他這性子，以後一定不會差，所以不僅主動跟他加了好友，走時還送了兩頂自己的摩托車安全帽給他，簽了名的，自信滿滿地要求他妥善保管，「要放好啊，以後很值錢的。未來滿貫種子選手的安全帽，帥哥，你很幸運。」他叮囑說：「另一頂幫我給徐梔，她壓彎真的帥到我了。」

陳路周笑了笑，把安全帽扔車裡，說行，我會給她的。嚴樂同大概是覺得跟陳路周這樣的人分別，有種莫名的熱血沸騰——有點「各自努力，我們在頂峰相遇」的意思，於是中二滿滿地坐在車裡對他兩指併攏，從太陽穴一劃，用滿腔熱忱和豪情吩咐司機：「司機，出發！」

剛在後車廂放完東西，還沒上車的嚴樂琳：「……」

陳路周抵達飯店正好十一點，剛辦完入住，朱仰起的電話就殺過來了，問他什麼時候回去，說自己無聊得快發霉了。陳路周一手舉著電話，一手推著行李箱正準備走進電梯裡，正巧碰見徐梔一個人從裡面出來。

徐梔見他正在打電話，就打算先走，所以沒打招呼，只眼神示意了一下我出去買點東西。

經過陳路周身邊的時候，手臂被人一拽，徐梔直接被他拉住了，她穿著短袖，露著纖瘦乾淨的手臂，男人寬大溫熱的手掌壓在她的肌膚上，有種陌生的觸感，剎那間，好像小時候貪玩好奇用手去摳插座，猝不及防被電流刮過毛皮的感覺。

陳路周還在打電話，是下意識的動作，也沒顧上自己這樣冒不冒昧，生怕一鬆手她又走了，所以哪怕在觸上她的第一秒心裡就覺得不太合適也沒鬆手。但他這時也進退維谷，心裡覺得，她怎麼這麼軟，又怕手上力道太重，把她弄疼了。他不敢調整力道，一旦調整力道，那種鬆弛度是情侶間才有的，反而更冒犯，所以只能維持著剛剛的力氣，跟電話裡的朱仰起心不在焉地說了句：「那等我出國了你怎麼辦，守活寡啊。」就匆匆把電話掛了。

他把電話揣進口袋裡，才漸漸把手鬆了，低頭看她，「去哪？」

徐梔說：「我去幫瑩瑩買點藿香正氣水，她好像有點中暑。」

「剛在棚裡給妳的呢？」

「我和馮覲一人喝了一瓶。」

「腳沒事了？」他視線下移，盯她的膝蓋。

陳路周剛就看到了，她走下場的時候有點一瘸一拐，就讓嚴樂同找人幫她看了下，正好車隊裡有個車手以前是骨科醫院的實習醫生，替她檢查過，說沒傷到骨頭，養養就好了，陳路周也懶得過去問了，因為知道她跟呂楊的賭注時，是有點氣的。剛在電話裡，他沒提，也不想提，因為他知道自己說話可能會很難聽。其實補拍鏡頭也就沒幾分鐘的事情，他讓馮覲先帶徐梔她們回去，沒讓他們等，是想讓自己冷靜一下。

「嗯，還好，現在好像不疼了，就是有點瘀青。」徐梔晃了晃自己的腿。

「上去吧，先去我房間，」陳路周下巴朝電梯裡一揚，「藿香正氣水我行李箱裡有，正好，我有東西給妳。」

陳路周住九樓，剛把門打開，徐梔環顧了一下，就說你這層樓住的好像是一個小明星，陳路周讓她先進去，然後把電卡插上，一邊開燈一邊漫不經心地問她：「誰啊？」

徐梔真說名字，陳路周也不一定知道。他不太關注這方面的資訊，尤其是高三後。

徐梔不敢走太進去，就規規矩矩地站在門口的位置，房間設計是開放式的洗漱間，徐梔靠著洗手臺說：「剛查過，我又忘了。是個小網路劇，她的緋聞男友很有名，我想不起名字了，就是奇怪，我們前幾天來辦入住的時候，這層樓都封掉了，不讓我們上來，我跟瑩瑩蹲門口兩天了，就想看看明星。」

臨市還有個著名的國家級風景區，很多熱播的古裝劇都是在這邊拍的，這個飯店的九樓就是專門供給劇組的，所以陳路周這個運氣，徐梔覺得也是厲害了，略帶羨慕地說：「你運氣怎麼總是這麼好，跟條錦鯉似的。」

陳路周把行李箱扔地上，沒急著找藿香正氣水給她，開了瓶水，跟她一樣靠在洗手臺上，邊喝邊有些挑釁地睨著她：「羨慕嗎？」

「羨慕啊。」

陳路周本來想說那就別跟蔡瑩瑩睡了，搬過來跟我睡啊。這話太渾，最後還是忍了忍沒逗她，把水擰上，手指拎著，手掌撐在洗手臺上，低頭笑了下，正經丟出來一句：「這有什麼好羨慕的，我媽從小就告訴我，福禍相依，讓我得意忘形的時候就想想這句話，誰知道後面會有什麼在等著我，或者遇上什麼過不去的事也想想這句話，比如失戀，下一個更乖是不是？」

「你失戀過嗎？」

陳路周：「打個比方而已。」

「哦。」徐梔若有所思的點頭，表示了解。

他懶洋洋地靠在洗手臺，瞥她一眼，「先別哦，我們的事還沒完。」

徐梔：「什麼事？我欠你錢了啊？」

笑話呢？不是要哄我嗎？陳路周咬了咬牙，把心裡那隻亂竄的蝴蝶硬生生按回去，也沒再張口，他這點骨氣還是有的，也不再看她，眼神往窗外瞥，聲音冷淡下來：「忘了就算了，我去找藿香正氣水給妳。」

陳路周起身把行李箱拖過來。

徐梔低頭看他蹲在地上一手撐著膝蓋，一手在行李箱裡東翻西翻，突然想到，他們第一次見面，陳路周也是這樣蹲在她面前繫鞋帶，少年線條硬朗的脊背如同朝陽似火間的山脊，讓人很有「攀登而上」的欲望。頭髮毛茸茸的，像小狗一樣軟。

陳路周順手給了她一瓶雲南白藥，連同藿香正氣水還有嚴樂同的安全帽一起給她，一副公事公辦的懶散口氣，「雲南白藥用來噴膝蓋，剛順路買的，不用謝，妳可以走了。」

徐梔剛想問你怎麼了。陳路周以為她想問多少錢，有些不耐地擰了下眉，低頭看著手機準備找部電影看，看也不看她，傲骨嶙嶙彷彿看不上她那幾個臭錢，冷淡地說：「不用錢，妳要是再跟我提錢，我們就當沒認識過。」

徐梔抱著安全帽很無奈，「你怎麼又生氣了？公主病又犯了？你這樣年紀大了，要注意體檢，不然容易得乳腺癌。」

陳路周：「……」

他當徐梔在關心他。陳路周發現自己對徐梔的那股征服欲越來越濃烈，就好奇她這樣的女孩談戀愛會是什麼樣？會吃醋？會生氣？還是像木頭一樣。但細細一想，徐梔現在這樣也挺好的，不開竅或者她也在釣他不說破，這樣兩個人還能沒臉沒皮的繼續當朋友一直到他出國，要是忍不住，那才犯難，要怎麼收場？

他又一次把自己說服，只能舊話重提，把鍋甩給呂楊，「妳以後做事考慮一下別人的感受，今天是我帶妳去的，如果妳跟呂楊飆車出點什麼事，我怎麼跟妳爸還有傅老闆交代？」

「就因為這個？」徐梔在對他的眼睛，似乎在尋找別的蛛絲馬跡，「那你想多了，我要是因為玩車出事，我爸只會覺得我活該，傅叔你更不用擔心了，小時候在明靈山他帶我騎的時候，我壓彎沒控制好力道，直接翻下山了，還好卡在一棵歪脖樹上。」

那次傅玉青也是嚇得魂飛魄散，再也不敢讓她玩車了，所以在山莊徐梔提出要開車下山幫他們買水的時候，傅玉青才氣得當場發飆。

徐梔一手撐著洗手臺，對他抬起腳，渾不在意地折了下膝蓋，房間靜謐，骨頭「呀呀」的聲響清晰可聞，「你聽，我的膝蓋骨就是那個時候摔壞的，經常會有這種聲音，有時候下雨天，走路就呀呀特別響，所以我特別討厭下雨天出門。」

陳路周簡直心情複雜，怎麼會有女孩子這麼大膽，不知道她是裝不矯情還是真不矯情，看她眼神明顯更氣，「……妳還很驕傲是不是？」

徐梔笑笑說：「不是，其實還有一次過敏送醫院，醫生說晚到半小時可能就掛了，我人生大概就這兩次與死神擦肩而過吧，身邊的老人都說，大難不死必有後福，我還兩次，說明以後一定飛黃騰達。」

陳路周沒理她，心裡還是堵著那口氣，彷彿剛剛那隻蠢蠢欲動的小蝴蝶被人用繩捆住了，堵得他心慌。人靠著，雙手環在胸前，側低頭眼神冷冷地盯著她，「……如果今天輸了呢？」

徐梔一愣，也抬頭看他。

陳路周聲音其實並沒有多冷淡，似乎怕她覺得自己太凶，或者說話太難聽，刻意放緩了語調，所以聽起來是溫柔的，只是沒什麼情緒，「如果妳今天輸了，妳打算怎麼辦？陪他睡是嗎？」

就好像一桶溫水澆下來，水是溫熱而細膩的，可等澆完之後，肌膚暴露在空氣中，那種冷颼颼的感覺，比直接澆下一盆冷水還刺骨，後勁十足。

徐梔也沒生氣，儘管他說話很赤裸，還是耐心跟他解釋說：「沒有，我覺得我有百分之七十的機率能贏，輸了的話，我也想好了，我讓馮覲報警，說我們賽車賭錢，這樣我們一起去警察局待一晚，不也就陪他……一晚了嗎。」

「……小聰明，那萬一他出來纏上妳呢？妳以為留案底這麼好玩？妳還想不想上大學了？」

徐梔笑了下，跟他插科打諢道：「啊，明明是馮覲說你能找警察局擺平啊，我才答應的。他說朱仰起說過你媽媽可厲害了。」

「哦，懂了，」陳路周反應過來，意味深長地瞥她一眼，口氣陰陽怪氣：「還是想見我媽啊。」

「不行嗎？」女孩眼睛很亮。

陳路周看她一下，笑出聲，單手插口袋裡，低頭撣胸口的衣領，也不知道在撣什麼，漫不經心的明顯是開玩笑的語氣：「行啊，要是女朋友的話，別說見我媽，想見玉皇大帝，我也得幫妳搭梯子。」

窗外雨早就停了，此刻是深夜，暮氣沉沉，樹葉任由著清風撩撥，也任由著湖面上的海浪將小船迎來送往。

兩人並排靠著洗手臺，她也側頭意味深長地瞧他，學著剛剛他陰陽怪氣的口氣，若有所思地擠出相同兩字：「懂了。」

陳路周還沒反應過來是學他，就覺得好笑，指節在她腦門上彈了下，「妳懂個什麼就懂了。」說完蹲下去從攤在地上的行李箱裡找出一片OK繃，一邊撕一邊說：「腦袋過來。」

徐梔此時也從鏡子裡看見自己腦門上真的破皮了，「咦，剛剛都還沒有，是不是被你打的？」

陳路周低著頭專心致志拆OK繃，聽見這話，被她氣笑，索性也認了，「行行行，我打的，我讓妳去賽車的，我讓妳摔的，都怪我，行了吧。」

「那你還氣嗎？」徐梔把腦門上的碎髮撥上去，看著他說。

陳路周靠著洗手臺，慢條斯理地把OK繃黏上去，分寸拿捏得很好，盡量沒讓自己再碰到她，「我氣也是氣自己，沒氣妳，妳沒什麼好在意的。」說完他把外面的包裝膜囫圇擰作一團，扔進旁邊的垃圾桶裡。

「那不行，」徐梔特別講義氣，「你帶我玩，我還把你惹生氣了，這事得記著。」

記著什麼記著，妳能給我什麼。

誰料，徐梔豪情萬丈的口氣：「我欠你兩個笑話了。」

他一愣，然後笑著回了句：「……稀罕。」

「欸，我先跟你講第一個笑話吧？」徐梔不知道為什麼，看著陳路周就來了靈感，突然想起來前幾天老徐跟她吐槽的一件事。

房間裡有特別供應的新鮮水果，應該是劇組專門供應，徐梔她們那層樓就沒有，陳路周挑了顆蘋果遞給徐梔，徐梔搖頭，大晚上吃什麼蘋果，但陳路周百無禁忌，就自己吃了，單手插在口袋裡咬了口，聲音清脆懶洋洋地嚼著，還在那做張做勢，彷彿對她的笑話一點都不感興趣，「說。」

徐梔獲得批准，張口就來：「也不算是笑話，但是應該挺新鮮，也可以跟你提個醒，就是前幾天，我爸說他們科前幾天來了一個帥哥，長得真的很帥，但是那方面好像不太行，還硬說自己行，但是連那個測試都做不了，我爸就說現在的年輕人都有這個毛病，熬夜啊，抽菸啊，喝酒啊，很多大學生的小蝌蚪存活率居然只有百分之三十，不過我看你挺自律的，應該沒有這方面的毛病。」

陳路周：「……」

其實徐光霽原話是這麼說的，不知道是為了提醒她還是讓她防範渣男，說得很隱晦——「梔，爸爸跟妳說啊，現在市面上有些男的，妳別看他長得人模狗樣的，行為其實很不檢點，比如才高三畢業就掛了我的號，誰知道在外面幹了什麼壞事，而且深諳送禮文化，走時還塞了一個紅包給我，反正妳以後交男朋友，第一件事就是先把他帶到爸爸這來做個體檢，不用害羞，這很正常。」

市面上，這種用詞就很像人口販賣。

陳路周咬蘋果的動作頓時一怔，下意識低頭看了自己的下身一眼，然後有些慌張地將嘴裡嚼一半的蘋果匆匆嚥下去，可見有多張皇，喉結重重的、狠狠地一滾，沒腦子的話也脫口而出，「妳爸姓徐啊。」

徐梔：「你這不是廢話？」

「不是，」陳路周拿著蘋果回過神，咳了聲，「所以，妳爸是男性專科醫生？」

徐梔當然不知道這內裡的乾坤，只點頭，「嗯，上次你問我我沒好意思說。」

陳路周：「……」

妳他媽要是早點說，我死都不會聽朱仰起的！

陳路周第一次覺得這麼尷尬，難怪那天在診療室時他總覺得那個徐醫生的眼神怪怪的，原來是徐梔的爸爸。徐梔那天發動態的時候發過他的名字，他爸肯定認得他的名字。

難怪問了句，你就是陳路周？

他還以為是他哪個同學的家長，畢竟從小到大，他都是別人家的小孩，很多他都不認識的叔叔阿姨一聽到他的名字，第一反應都是這樣，哦，你就是陳路周啊，我女兒兒子跟你是同學。

徐梔看他眼神有些渙散，不知道在想什麼，「你怎麼了？」

陳路周沒理她，靠著洗手臺有些機械地咬了口蘋果，心裡滿是勝負欲地想，回去得找個時間去把精子測試做了，不光做，還要找徐光霽做，還要做得漂漂亮亮！

徐梔又問了一遍。

陳路周嘆了口氣，把啃剩下的蘋果核扔進垃圾桶裡，臊眉垂眼誠懇地說：「睏了。」

徐梔點頭，很識趣，「那我走了，明天跟我們一起回去嗎？」

陳路周心說，本來是想回的。現在不太想了，他現在都不敢細想當時自己跟徐光霽的對話。

「再說吧，等我睡醒再說，你們要是等不了就先走，」陳路周又嘆，挺無精打采地補了句，「這兩天在棚內都沒睡好。」

「好。」

陳路周替她開門，看了她的膝蓋一眼，「把藥帶上，雲南白藥記得噴，不然以後更嚮，我說妳這個毛病要不要去醫院看看，以後不會瘸了吧。」

「看過好多醫生了，沒辦法，小時候落下的病根，瘸了也沒辦法，不是有輪椅嗎？」

「得了吧，八十歲之後，人家都跟老伴手牽手散步，妳和妳老伴比誰輪椅滾得快？」陳路周扶著門框半開玩笑地謔她。

徐梔看他此刻挺有精神，哪有犯睏的樣子，「你看起來一點都不睏啊，要不然我們再聊一下？」

陳路周無語地笑了下，「真拿我當陪聊了啊，錢先轉過來。」

「我現在有錢，」徐梔很想把五千拍他臉上，「你不要挑釁我。」

陳路周徹底認輸，「行，我錯了，我真睏了。」

徐梔終於放過他，這才說：「那你明天睡醒聯絡我，我跟瑩瑩打算去附近的早市逛半天，說不定你醒了，我們還沒走。」

陳路周大概是真睏了，瘦削的臉龐貼著門側邊沿，大概有陣子沒剪頭髮，瀏海有點半遮擋住眉眼，看著她的眼神格外乖和毫無反抗之力，特別像一隻小狗狗，重重且認真地點頭。

「嗯，知道了。」

但也就那麼一瞬間，下一秒，他又欠揍得不行，看起來好像一臉挺誠懇地倚著房門，幫她出主意，實則挖坑：「不過建議妳還是不要逛附近的早市了，那地方跟美食街差不多，沒好到哪裡去，實在想出去走走，隔壁有個南音寺，聽說特別靈啊，升學考分數馬上要出來了，妳還不如去拜拜。」

徐梔一想，分數確實快出來了。是得去拜拜。

於是她第二天真的和蔡瑩瑩起了個大早，到了南音寺又是燒香，又是送貢品，還出了兩百元香火錢，無比虔誠地跪在一個同樣滿臉虔敬的阿姨旁邊，這裡香火來往不斷，應該是真的很靈，於是她仰頭看著眉眼散放著慈悲光芒的菩薩，滿懷希望地許願，默念著——希望能考到理想的大學。

旁邊的小師父實在看不下去，出口提醒了一句——

「小妹妹，雖然佛家普渡眾生，但是還是要提醒妳一句，這位是送子觀音。很靈的。」

徐梔：「……」

所以當徐梔回到家裡，針對送子觀音很靈的這個問題，她想了一路，基本常識是有，但確實有點未經人事的害怕，畢竟小時候跟著老徐看了無數遍白娘子，送子觀音發孩子一發一個準。老太太又是個迷信的人，說玄學是大於科學的存在。她滿肚子不放心，決定問問老徐：「老爸，如果不小心拜了送子觀音，會不會有事啊？」

徐光霽剛捧起碗準備吃飯，筷子還沒往裡伸，直接嚇掉了，血液完全不受控制地往腦袋上衝，氣得他直接轉身回廚房拿了把菜刀出來。

「陳路周那狗東西在哪？」

徐梔更詫異，老爸怎麼會知道是陳路周騙她去送子觀音殿的，不敢置信地說：「爸，你怎麼知道是他幹的？！」

陳路周進了警局，這大概是今年暑假第二次。第一次是剛考完那幾天，他陪老爺子逛花鳥市場，老爺子手賤撩了一個女孩子的裙子，還被人拍下影片，對方獅子大開口，張口要錢。但老爺子說是女生讓他撩的，說裙子底下有東西讓他拿出來，可沒有證據，老爺子撩裙子是鐵證如山，最後沸沸揚揚鬧進警局，哪怕真的就是個詐騙集團也說不清楚，老爺子也不肯賠錢，就說是他們敲詐，打電話給連惠女士打不通，老爺子倔強起來也跟頭牛一樣，陳路周勸不動也懶得勸，就在警局陪他待了一整夜。

他沒想到，不過短短幾天，他又進去了。陳路周覺得自己自從聽了朱仰起的意見去看男性專科之後，就什麼奇奇怪怪的事情都能遇到。他媽說的福禍相依真的是任何時候都適用，凡事果然不能得意忘形。

事情是這樣，前臺辦理入住的小女生粗心大意幫他開的房間出了問題，事實上那層樓確實不對外開放。恰好陳路周入住那天前臺接到通知說這幾天還有幾個新人演員要入住，讓他們開放九樓幾個房間。

前臺的小女生看陳路周長得比男主角都帥，以為他鐵定也是演員之一，就隨口問了一句，是組裡的吧？當時陳路周在跟朱仰起講電話，囫圇吞棗根本沒聽清，以為她問是不是跟馮覲他們那個組一起的，就「嗯」了聲。

陳路周第二天從九樓下樓吃早餐，組裡的演員也都沒懷疑，都覺得這新人演員好帥啊，以後鐵定要紅，暗戳戳地想著怎麼過去要通訊軟體ＩＤ。結果正巧在電梯裡遇到製片人，一眼就認出了陳路周不是組裡的演員，二話不說把人喊住，立刻打電話讓前臺上來解釋清楚。才知道鬧了這個大烏龍。

本來解釋清楚就行，陳路周馬上也要退房。但沒想到，對方看他退房的時候，還帶了相機，身上還有一些專業設備，頓時覺得這事有蹊蹺，懷疑他可能是狗仔或者代拍，於是找了個理由把他扣下來，要求檢查他相機裡的內容。陳路周當然不肯，但對方堅持認為他偷拍，直接報警了。

於是，陳路周又被請到派出所。

「我解釋過很多遍，我只是來這邊幫車隊拍攝，我朋友他們就在六樓。就算是合理懷疑，他們也沒資格搜查我的相機。」

警察打電話跟飯店前臺確認過，六樓確實是他的幾個朋友，名字能對上，但是他們早上都退房了。

他一直聯絡不上，徐梔他們幾個大概等不住，先包車走了。陳路周此時耐心已經耗盡，口氣實在說不上好，對警察說：「可以先把我的手機還給我嗎？」

錄筆錄的警察人很好，年紀也不大，長得眉清目秀，應該也是剛實習不久，知道這個劇組是出了名的難纏，看陳路周還是個學生也沒太為難他，隨便盤問了兩句便知道怎麼回事，這個劇組隔三差五就報警，他們早就習慣了。

「我幫你問問同事，誰拿了你的手機。」小警察還在吃泡麵，也沒顧上吃幾口，說完就站起來幫他找人。

陳路周見他這樣，也沒忍心，嘆了口氣，徹底認命：「算了，你先吃。」

話音剛落，陳路周聽見身後有人叫自己，他以為自己是幻聽呢，不甚在意地回過頭，看見一道熟悉的身影。他倒是愣了下，因為谷妍身上穿著古裝戲服，盤著頭，應該在拍戲。

「還真的是你。」谷妍大大方方朝他走過來，眼裡是出乎意料的驚喜，「我早上在餐廳看到有個人挺像你，都不敢跟你打招呼，我還以為只是跟你長得像，後來聽他們說鬧到派出所了，我才知道可能真的是你。」

「嗯，這麼巧。」他冷淡地回了句。

谷妍是這部戲的女三，一部小成本網路劇，製片人為什麼這麼風聲鶴唳，陳路周不知道為什麼，谷妍是知道的。因為這部劇的男主和女二是真情侶，昨晚兩人乾柴烈火在房間裡偷偷見面，被經紀人撞見，然而女二的房間恰好就在陳路周這個倒楣蛋的隔壁，男主正在事業上升期，經紀人聽說鬧了這個大烏龍說什麼也不肯甘休，怕被人偷偷錄了音。

谷妍一看真的是陳路周，就知道這事應該是個烏龍，於是打電話給製片人，替他把事情澄清了，「真的是誤會，許總。陳路周是我一中的同學，他成績很好的，準升學考榜首好嗎，怎麼會去當狗仔啊，而且他爸爸媽媽都是我們那有頭有臉的人物，他媽媽是慶宜市電視臺的製片人，他爸爸做生意的，之前王茜參加的那個綜藝冠名商就是他爸爸的公司，他爸爸是地方企業，投資的項目很多的，嗯知道了。」

谷妍到底是混娛樂圈的，深諳怎麼拿捏這些老總的手段，他要是知道老陳和連惠女士這麼好用，他也不會跟個傻子一樣坐在這等人搜查他的相機了。

等陳路周拿回自己所有東西，他也沒急著走，拖過自己的行李箱放在派出所門口，人鬆垮地坐在行李箱上，好像無所事事那般，長腿抵著地面，拿著相機低著頭認真檢查自己相機裡的照片有沒有少。

陳路周低頭的時候，後頸上的衣領微微翹起，後脊背棘突明顯，線條硬朗清晰，領子裡的後背風光若隱若現，橫闊勻稱，像一條被大自然精雕細琢、線條俊秀的神祕山峰，讓人想撫摸，甚至想像為她流汗時的樣子。

谷妍看著他說：「陳路周，我算幫了你吧。」

陳路周抬頭看她，自然也沒否認，下一秒又低下頭，「嗯」了聲：「等妳回慶宜聯絡我，叫上朱仰起，請妳吃個飯。」

「一定要叫朱仰起嗎？不能是我們兩個人嗎？」

陳路周頭也沒抬，後頸線條清晰明顯，真是瘦得很有味道，低著頭還在翻照片，噗哧笑了下，很確定、且懶洋洋地「嗯」了聲：「不能。」

「為什麼？」谷妍問。

陳路周似乎沒聽到，因為相機裡正巧翻到看流星那晚的照片，徐梔回頭那張，女孩子滿臉詫異和錯愕，卻有種慵懶朦朧美。他手指微微頓了一下，臉上面不改色地快速翻過去，似乎絲毫沒有異樣，但心裡還是順勢罵了句——狗東西，都不等我。

谷妍又問了一遍：「為什麼啊陳路周？」

陳路周心想，如果換作徐梔，她肯定不會問為什麼啊陳路周，她只會「哦」。一天到晚除了個「哦」，她嘴巴裡擠不出別的字，剛剛翻完照片，陳路周順手翻了下他們的聊天紀錄，大概幾十則聊天紀錄，一半都是個「哦」。

狗東西，真就沒等他。

「說了啊，」陳路周叫了輛車，看了車牌號碼一眼，就把手機揣回口袋裡，這才坐在行李箱上，平心靜氣地掃了谷妍一眼，一如既往地直白扎心，「對妳沒感覺，而且，我說了，我現在不想談戀愛。」他意味深長地看她，故意拿話刺她，他這人永遠知道對方的軟肋在哪，「還是妳願意放棄妳的演員夢跟我去利物浦？不能吧，谷妍，妳每天早上五點起來練功多辛苦啊，全身上下沒一處關節是好的，沒名沒分地跟著我多吃虧啊，妳好好拍戲吧，能為國家爭光拿個獎，我會更欣賞妳，而不是在我這釋放這種沒用的信號，就很無趣。真的。」

這話聽起來很渣，但谷妍知道，陳路周這個人就是嘴上沒好話，但他社交圈子很乾淨，高中三年從沒跟哪個女孩子不清不楚過，別說女朋友，如果不是她那件事，連個緋聞對象都沒有，或者說，從沒見他跟哪個女孩子走得特別近。身邊來往清一色都是男孩子，他特別知道怎麼跟女孩子保持距離——比如之前隔壁班有個女生喜歡他，那女生也挺漂亮，學美聲的。陳路周每次從他們班經過來找朱仰起時隔壁班的男生就狂起鬨，他一開始不知道原因，後來知道了，就沒再從那個班門口經過。

谷妍想起朱仰起曾經就說陳路周被罵的最主要原因，還是他那張「殭屍都能被他糊弄起來走兩步」的嘴，以及那根本不做人的性子。

「你說這狗東西是不是人？」

徐光霽一口白酒悶下去，花生也吃完了，心裡燒得慌，實在不吐不快，掐死那小子的心都有。

蔡賓鴻一邊嗑瓜子一邊聽他絮絮叨叨快兩小時，顧客都讓他熬走幾撥，總算聽明白了：「你說徐梔和陳路周在談戀愛，還那什麼……了？」

兩人坐在巷子口的丹姐生煎吃宵夜，徐光霽顴骨酡紅，他沒醉，只是喝酒上臉。陳路周這事把他的社恐都治好了，敢直接把空盤遞給老闆娘讓人再幫他續一盤花生，要換作以前，他絕對不敢。然後信誓旦旦、咬牙切齒對蔡賓鴻說：「談戀愛八成是在談了，有沒有偷嘗禁果我不知道，你也知道，我們養的都是女兒，我這個當爹的，有些話總是不如當媽的那麼方便。」

蔡賓鴻丟了顆花生在嘴裡，說：「徐梔怎麼說的？」

「她就說她不是自願的，是陳路周騙她的。」

「我靠！」蔡賓鴻都坐不住了，「這他媽你還不報警！徐梔才幾歲啊！」

「是吧，我當時直接從廚房拿了把刀，準備去砍了那小子。」徐光霽又灌了一口白酒，火辣辣的感覺一直蔓延到胃裡，這才慢吞吞地補了句：「但徐梔說的是，陳路周騙她去拜送子觀音，你說這小子缺不缺德？」

「你說話別這麼大喘氣行不行？」蔡賓鴻唉了聲，老心臟又放回肚子裡，「不是我們理解的意思，不過他們接觸是不是有點頻繁了？」

「不然我能懷疑那小子？」徐光霽說：「我女兒有事向來都不會瞞我，但你最近只要跟她提陳路周這個人，她總能悄無聲息地轉移話題。」

蔡院長說：「那是有點古怪，要是真的談了，你得防著點，現在的小男生都沒什麼底線，騙點錢也就算了，要是遇上個騙財騙色的，你都沒地方哭。女兒養這麼大，養這麼漂亮，你得防著外面這些野狼。」

「怎麼防，我總不能隨時隨地都跟著徐梔吧？」

蔡院長幫他出了主意，「笨蛋，你可以從陳路周那邊下手啊，反正他現在不是要定期去你那複查嗎？你盯著他不就行了？」

「也是，」徐光霽想想也是個主意，突然想到，「分數馬上要出來了，你高血壓藥開了嗎？你多少備著點，我是不打算再找老婆了，你現在就是我唯一的戰友。」

蔡院長一派悠然自得，「不抱期望就不會失望，反正我跟蔡瑩瑩說好了，考幾分我都不生氣，隨便她，她愛去哪上大學就去哪，反正我不管了。徐梔呢？」

「徐梔說想去北京，她第一次提出要去外地，以前從來不會這麼想，雖然我知道自己不能一直把她留在身邊，但是現在也真的覺得，時間真的過得挺快的。以前她才這麼點大，一點不順心就哭，滔滔不絕的，像個水龍頭一樣，關都關不上。」

「徐梔居然提出去外地？她不是一直都想留在你身邊陪你嗎？」蔡院長也覺得震驚，見徐光霽臉色難看，又馬上安慰，「不過，孩子們都長大了，會有自己的想法。」

「不，徐梔是遇到這個陳路周開始變的，這兩天你都沒看見，心不在焉的，整天捧著個手機，我也不知道她在想什麼，說不定就在想那小子。」徐光霽話說到這，他索性拿起一旁整瓶的白酒一飲而盡，彷彿嚼穿齦血地說：「他要是對我女兒是認真的，他們談也就談了，他要是敢欺騙我女兒的感情，看我不弄死他！」

徐光霽酒量其實一般，第二瓶白酒乾下去差點上社會新聞，整張臉漲得比豬肝都紅，第二天睡醒頭昏腦脹，人還不太清醒，所以在門診門口看見陳路周時，第一下還沒反應過來，覺得可能是幻覺，等那小子大剌剌在他面前坐下，看著那張清晰英俊的臉，才回過神，這絕對不是幻覺，是這小豺狼自己送上門來了。

徐光霽接過他的病歷，確認過名字，是那個陳路周沒錯。

「恢復了？」

「嗯，我是來做——測試的。」不知道為什麼，這小子今天看起來比之前順眼了，看他的眼神比之前乖順多了，不像那天，跩的二五八萬，明明不行還非說自己行。

徐光霽掃他一眼，例行公事地問：「這幾天感覺怎麼樣？有過性生活嗎？」

「沒，」陳路周咳了聲，他們顯然都不打算捅破這層窗戶紙，但陳路周知道徐光霽應該認出他了，不然對他的態度不會這麼惡劣，畢竟是寶貝女兒身邊的異性朋友，他能理解徐光霽的老父親心思。但心想要不然還是強調一下，於是隨口補了一句：「我是處男。」

「……我問你這個了沒？」徐光霽表情很嫌棄，但還是順竿問了句，「那你對婚前性行為怎麼看？」

陳路周正襟危坐，義正辭嚴：「強烈譴責！絕對抵制！」

他們之間有種心照不宣的「愛在心口難開」，徐光霽不點破，是不知道他們進展到哪步了，陳路周不點破是他以為自己只是個普通的異性朋友，要是主動打招呼，人會覺得他太冒昧、圖謀不軌。

所以一直到他做完精子測試，兩人都沒開口提過徐梔一句。

徐光霽看完他的報告，心裡不由得感慨一句，到底是年輕，這小子身體素質真是不錯。

於是把報告拍在桌上，讓他定時複查，就可以滾了。

陳路周「啊」了聲，不太明白徐光霽的意思，「為什麼還要定時複查？」

徐光霽瞥他一眼，「是不是禁欲很久了？」

陳路周一副你這個老頭怎麼聽不懂人話的表情，人靠在椅子上，嘖了聲，剛說了我還是……

「嘖什麼嘖，跟長輩說話就這個態度？」到底薑還是老的辣，徐光霽面無表情地說：「我說的禁欲，包括你自己用手。」

陳路周：「……」

徐光霽用手在報告上指了下，慢條斯理地跟他補充道：「怎麼說呢，你這個活躍度是很高沒錯，但是你的精子畸形率也很高，有兩種可能性，一種可能是你禁欲太久，還有一種可能就是你家族有遺傳基因，所以我問你是不是禁欲很久了。」

陳路周再人模狗樣，也裝不下去了，人還靠在椅子上，咳了聲，眼神有點不好意思地往別處撇了眼，拖拖拉拉地「啊」了聲，才不情不願地「嗯」了聲：「……是有陣子了。」

徐光霽問了句：「超過七天了沒？」

「超過了。」

「嗯，禁欲超過一週再做測試確實會有這個問題，下次過來複查最好保持在三到五天，太少也不行，精液量不夠。」徐光霽把病歷和報告一併推過去，「行了，回去吧，下個月再來複查。」

陳路周：「……」

然而，陳路周回去的路上心情挺複雜，不知道是不是徐光霽有恐嚇他的成分，但是恐嚇他幹什麼呢，他又不是徐梔的男朋友，他又不會跟他搶女兒。那這事多半還是挺嚴重的。

不能怪他胡思亂想，他會被親生父母拋棄多少也是有點原因的吧。

因為基因畸形？

相比育幼院其他小孩，陳路周其實沒有太多關於拋棄的記憶，打從他記事起他就已經在育幼院了，也就是說，他可能是一生下來就被人送進育幼院，他自身又沒有其他缺陷，這麼一想，徐梔爸爸說的並不是沒有可能。

不過，這有什麼大不了呢，不生小孩不就行了。他已經很幸運了，相比那個小孩。

那個小孩是他育幼院的朋友，但其實他現在已經不太記得對方的長相和名字了，只是隱約記得，那個小孩每天都守在育幼院的門口，陳路周好奇過去問他在看什麼，他說在等爸爸。

陳路周覺得好笑，他很直接地說，你爸爸不要你了啊。

那個小孩卻堅持說，不是的，爸爸說他只是去幫我買蛋糕，很快就回來。

守著這樣的信念大概過了五六年，他終於接受父親拋棄他的事實，他變得越來越自閉，易怒狂躁，患得患失，最終也沒能從父親拋棄他的陰影中走出來，蛋糕成了他一輩子的禁忌，看到或者聽到類似的東西，他就歇斯底里地開始摔東西。聽說後來因為過失傷人進了少年輔育院。

某種程度上，直接果斷的分離，比起拖泥帶水的謊言更能讓人接受。所以陳路周這人一直都是這樣，有事直說，哪怕再離譜的事他都能接受。畢竟小時候院長們騙他說他是蓮藕精，說是院長媽媽把他從蓮藕裡挖出來的，他也信了。每次看到蓮藕上桌，他內心都很崩潰，但是又覺得好好吃，一邊吃一邊哭。

——對不起，嗚嗚嗚好好吃，院長媽媽，再來一碗。

那時候大概三四歲吧。

再大一點知道自己是怎麼來的就很難哄了，說什麼都不好用，偶爾也想找爸爸媽媽，就在他最渴望父愛和母愛的時候，老陳和連惠女士來把他接走了，給了他足夠的關懷和保護，陳路周才長成現在這樣。

晚上，他跟朱仰起去體育館打球。慶宜市這兩天雨水下得抽抽噎噎，像五六月小孩那張臉，想起來落兩顆，斷斷續續沒停過，忽晴忽陰的。

室外球場濕濘不堪，朱仰起提前找人占了體育館，結果發現阿姨們動作更快，整齊劃一地占領了半個球場，左蹦躂，右蹦躂。喇叭裡傳出鳳凰傳奇頗有節奏感和穿透力的聲音響徹整個空蕩蕩的體育館。

他們三對三鬥牛，打半場。有賭注的，輸了一頓人均八百的日式燒肉，最近市裡剛開的一家店。朱仰起和姜成對賭，誰輸了誰請。陳路周、朱仰起、馮觀一組，姜成、姜成女朋友、還有個朱仰起美術班的同學，叫大竣。他們三個一組。

「姜成，你玩認真的？要不然你女朋友跟我換，讓陳路周帶她，不然這怎麼打？」朱仰起於心不忍地說。

姜成和他女朋友一人耳朵上戴著一個耳釘，身材高挑，俊男美女確實養眼，他不屑道：「我女朋友是省隊的，一個挑你們三個都隨隨便便。」

說得朱仰起鬥志昂揚，一臉關門放狗的表情，「行，陳路周幹他，幹得他找不到媽。」

朱仰起是沒打過，陳路周跟姜成他們打過好幾次，省隊是姜成吹牛的，但是水準確實不差，朱仰起屬於人菜癮大，他懶得理他，「打狗還給根棒槌呢，你吼兩句我就得替你賣命？」

朱仰起卻在他耳邊不怕死地小聲說：「你不替我賣命，替誰賣命啊，徐梔啊？這兩天火氣這麼大，人又好幾天沒聯絡你了唄？」

陳路周站在籃球架下，一邊看著他，一邊報復性、狠狠地把籃球按在他胸口，還擰了兩下，「挑事是吧，行，今天四打二。」

四打二基本上朱仰起毫無反擊之力，被人拎著打，陳路周根本不讓他碰球。

朱仰起眼看這頓日式燒肉要他請了，最後還是屈於他的淫威之下，中場休息的時候在他耳邊咬牙切齒說：「你好好打行吧，好好打我告訴你徐梔今天在哪玩。」

「……稀罕。」

下一秒，話音剛落。

「哐噹」，三分球。

姜成發現局勢有變，立刻親切地呼喚陳路周：「草，說好的四打二呢！」

也許有情之所至的罵人意思，但是姜成確實也是一直叫他單個字「草」。

有意思了有意思了。朱仰起三叉神經都開始興奮起來，摩拳擦掌地提醒著馮觀：「老馮，來，注意，比賽正式開始了！」

全場大概只有馮觀一頭霧水，「啊？我以為快結束了呢。」

姜成不信陳路周這麼快又背叛了，搶下籃板還是不死心，騷裡騷氣地一邊胯下運球，一邊試圖挽回陳路周的心，「草啊，做人不能這麼牆頭草。」

陳路周扔完三分球，站在三分線外，一臉寡廉鮮恥的表情，懶懶散散地擰了下手腕，似乎也有點恨自己的手不爭氣，嘆了口氣說：「最近，被朱仰起抓到……把柄了，等過陣子吧，過陣子我過了這個勁，我陪你打死他。」

慶宜市體育館附近最近新開了一條夜市街，每天九點十點最是熱鬧，整條街燈火通明，攤位擺得嚴絲合縫，琳琅滿目的，什麼都有賣，看得人眼花繚亂。

陳路周沿路走過來，每個攤位都大致掃了眼。從衣食住行、老人小孩的玩具和輪椅，摩托車、電玩以及各種盲盒娃娃機，套圈圈、射擊。還有人擺著攤算命、相親介紹、銀行理財諮詢、棺槨、壽衣訂製等等。他大致總結了一下，除了不能人口販賣，基本上這裡什麼都能幹。還有個大爺穿著四角短褲，半死不活地躺在路邊讓人乾洗。

旁邊還有一個酸酸的文藝渣男在糊弄女孩子——

「妳有沒有聽過一句話？」

這大約是一場不太愉快的相親，一見面從男方就提出婚後要跟他母親一起住、並且需要她承擔全部家務還要每月交多少錢孝敬他那個老母親開始，一路走來，兩人分歧意見無數，女孩子認為這並不符合自己對婚姻的預期，對他的耐心也到了極限，吸了口氣，似乎只是想看看他究竟還有多少花樣：「你說。」

文藝男青年此刻停在一個美甲攤子上，正巧那攤子上還擺了幾盒花種子，他隨手撿起一包，振振有詞地對女孩子繼續灌輸他的觀點：「就像這個花種子，人生有時候也是這樣，其實沒有人規定妳一定要長成玫瑰，向日葵也有屬於它的驕傲，對吧，只要我們目標一致，就能組成一個美好的家庭。」

女孩子：「話是這麼說——」

陳路周突然覺得他們這代人找女朋友困難也不是沒道理，有些男的確實挺一言難盡。尤其前面這位。

「但這個是玫瑰花種子，」一道很煞風景的聲音直白且鋒利地響起，宛如一桶冷水澆下來，乾淨而清亮，有著獨屬於她的不耐煩和敷衍勁，「它不長成玫瑰，能長成什麼？跟人畫餅至少得有點邏輯吧。」

「……」

徐梔也是忍無可忍，這位青年每天都換一個相親對象在這條街上溜達來溜達去，每次經過還都對她的玫瑰花種子動手動腳，然後用他那套毫無邏輯的文藝理論，試圖勸女性放棄自己的思想和理想為他服務，剛剛還勸人辭職，當全職太太。

徐梔一向不太喜歡管閒事，主要是不想給老徐惹麻煩，以前林秋蝶女士在的時候，有人為她撐腰。她也算是個俠肝義膽的小女生，看見狗打架她都要上去勸架，兩肋插刀不在話下，現在她不這麼幹了。主要是老徐太膽小，什麼鍋都自己背著，重度社恐還舔著臉瑟瑟縮縮上門去跟人道歉的樣子，她實在不敢看。

所以她盡量讓自己看起來像隻和平鴿，不跟人生氣，也不強出頭。

但是說實話，勸什麼她都能忍，勸人辭職、不賺錢，她忍不了。這可以五雷轟頂了。

還好今天白天一直下雨，所以逛夜市的人不多，也沒什麼女孩子要做美甲，不然這時全嚇跑了。徐梔此刻就讓蔡瑩瑩貼指甲片貼著玩，一抬頭，就看見陳路周神出鬼沒地斜倚在對面的電線桿旁。

他今天還是一身黑，身上線條仍舊鋒利乾淨，因為沒戴帽子，五官看起來格外清晰而英挺，可能是剛跟朱仰起打完球，額頭上還綁著一條黑色髮帶，襯得臉上皮膚冷白而乾淨，頭髮凌亂汗涔涔地東一戳西一戳立著，腦門上全是汗，但是看起來很鮮活，環抱在胸前的雙手青筋突戾明顯，好像一棵脈絡清晰、朝氣蓬勃的白楊樹。

在他身上總能感覺到一股淋漓的性冷感。因為他身上那股若有似無的荷爾蒙以及從容的勁，旁邊的攤主姐姐都在看他，似乎沒人想到他只是一個高三畢業生。

旁邊有隱隱的說話聲和一些不安分的騷動，像春風在搔著枝頭，和貓叫聲，血液似乎在沸騰，心跳也是快的。

徐梔跟他眼神對上的那瞬間，心頭微微一滯，緊了下。

是有幾天沒見了。

文藝哥大約覺得沒面子，見她和蔡瑩瑩就兩個小女生，臉色一變，露出臂膀上的刺青，蔡瑩瑩看著他抖動的肌肉有點被唬住了，但嘴上還很硬，立刻就演上了，哽著脖子期期艾艾地大聲說：「怎、怎……麼，你想打我們啊。我們就是兩個小女生而已啊。」

徐梔剛要說，大哥，你這脾氣也太暴躁了，一點都不文藝。

結果徐梔看著對面那道身影終於懶散地從電線桿上起身，朝她們過來。

不等文藝男說什麼，陳路周三兩步就走到那位大哥的身後，「讓一下，可以嗎？」

文藝男回頭瞧他，「幹嘛，你有事？」

「我找她們做生意啊。」

「這是美甲攤，帥哥。」文藝男笑起來。

「怎麼，還不允許人有點特殊愛好？」陳路周都沒看他，看起來很坦然，但眼神是忍辱負重的，只能表情冷淡地對她說：「隨便畫吧，鋼鐵人蜘蛛人美國隊長綠巨人都行，我不挑。」

「哦，綠巨人不行。」他很有原則地補了句。

徐梔：「……」

陳路周從小就這樣，能用嘴解決，他一定不會動手。大多時候，男人打架的目的是一個爽快，並不是要什麼結果，打完就爽了。但這種兩敗俱傷的事情陳路周從來不參與，主要是怕受傷，掛彩會被他媽訓。

不過那個年紀的男孩子，正是肢體血液最衝動的時候，怎麼可能不打架。所以之前好幾次，姜成朱仰起他們在球場跟人起衝突，知道他陳大少爺是個只聽媽媽話的「媽寶」，每次也都自動自發地不帶他，動手之前把身上外套一脫齊刷刷全丟給他，讓他上一旁乖乖看東西去。

暴雨剛停歇，街上行人寥寥，連看熱鬧的人都少，雨水在地面上泛著浮漾的水光，陳路周大剌剌敞著腿坐在攤位椅上，心安理得地享受著徐梔為他的修甲服務，看了那文藝男一眼，表情懶懶，「還不走啊？要我報警嗎？」

擺明是護著。

女孩子跟徐梔道歉，連再見都沒和那男的說，背著包轉身直接走了。

文藝男狠狠瞪了陳路周一眼，趕緊跟上去。

陳路周看著他的身影消失在長街盡頭處，才放心轉回頭，下意識剛要把手抽回來，徐梔也狠狠一拽，拉著他的無名指正在塗護甲油，「別動，馬上塗好了。」

「妳真畫啊？」陳路周不情不願地說，手是不動了。

攤子上就兩盞折疊檯燈，白熾的光線照得他手指骨清晰而乾淨，指節修長分明，指甲也乾乾淨淨，應該是剛修剪過。這麼好看的手，不畫也太可惜了，徐梔興致勃勃，一邊專心致志地幫他塗護甲油，一邊說：「當然，這不是你自己要求的。」

陳路周睇起眼，湊過去瞧檯燈下她的眼睛，嘖了聲，「我怎麼看妳有點恩將仇報的意思？」

「沒有。」徐梔一笑，知道他少爺脾氣就得哄，於是好聲好氣地央求道：「就畫一個？就一個。我今天還沒開張呢。」

陳路周靠在椅子上看她老半晌，才茫茫然地問了句：「好卸嗎？」

「好卸好卸，讓她畫一個！」說話的是旁邊賣絲襪內褲的老大姐，一臉笑呵呵地看著他們。

「……那就畫個無名指。」陳路周說。

徐梔點頭，「要不然幫你畫個戒指？」

「也行。」

「黑色的可以嗎？」

「嗯。」

這時，旁邊插入一道嗷嗷待哺的聲音：「陳路周，你帶手機了嗎？」

陳路周聞聲看過去，這才發現，蔡瑩瑩也在旁邊擺了個手機貼膜的攤位，陳路周剛要說不用謝謝，我手機從來不貼膜。

「你讓瑩瑩幫你貼個膜吧。」徐梔沒看他，低著頭在手機上幫他找戒指的樣圖。

陳路周靠在椅子上，嘆了口氣，摸出手機，丟給蔡瑩瑩，說了句妳隨便貼吧。才轉回頭，夾槍帶棒地對徐梔說：「妳還真懂得物盡其用啊，不把我榨乾，妳們今天不收攤是吧？要不要我把朱仰起他們都叫過來幫妳捧場？」

「這不是跟你學的？」徐梔始終都沒抬頭，看完圖，又去盒子裡找相似的圖案貼紙，漫不經心地和他說：「你騙我去拜送子觀音我還沒跟你算帳呢。」

「哦，那為什麼不找我算帳。」他一臉欠揍，也不知道哪來的理直氣壯。

「忙。」

「忙什麼？」他不信她忙得連傳則訊息的時間都沒有，冷笑道，「妳就是拿我當陪聊機器，有問題了想到我是吧？」

「欸，我給錢了啊，是你自己沒收。」徐梔問心無愧，還是低著頭，拿著鑷子，在一格格收藏飾品的小盒子裡，認真地挑選戒指的形狀，還挺沒心沒肺地問他：「要鑽戒嗎？還是普通的那種？」

「隨便。」他冷淡。

「那還是普通的好了，鑽戒要貼鑽石。」

陳路周這就很不服了，「怎麼，我貼不起？」

徐梔一愣，這才抬頭看他，有點愣，「不是，我以為你不會喜歡這種亮晶晶的。」

「就鑽戒。」他顯然是跟她槓上了。

「好。」徐梔笑了下，蓄勢待發地晃動著手上的指甲油，說：「手過來。」

「涼死了，徐梔妳搞什麼。」陳路周剛伸過去，就被凍得一個激靈，想抽回手。

徐梔專心致志，「別動，用酒精消毒一下。」

陳路周卻靠在椅子上，一隻手被她牽著，淡淡地看著她：「我說妳的手怎麼這麼涼。」

徐梔低著頭，捏著他的無名指，全神貫注在他手上，低低慢吞吞地「嗯」了聲：「剛手心都是汗，就過了下冰水。」

陳路周看她低頭那專注勁，眼睛都快埋進去了，他覺得徐梔有時候很像那些抽象派畫家最得意忘形的古老油畫，有著最精緻的技巧結構，卻充滿了神祕色彩。

她頭髮又軟又細，替他畫指甲的時候，垂在額前那縷碎髮會時不時戳到他手背，鵝毛似的輕輕蕩蕩，春風化雨一般、若有似無地撩撥。

妳故意的吧？嗯？

陳路周剛這麼想，徐梔大概嫌礙手礙腳，一言不發地把那縷碎髮別到耳後去了。

陳路周：「……」

這條街上本來沒什麼人，美甲就美甲吧，陳路周還挺坦然的，但他忘了一點，這條夜市街剛開張，最近電視臺一直在這條街上採訪做民意調查，連惠女士是製片人，這段時間都在加班趕這個欄目。

所以當他聽見旁邊賣絲襪的大姐好心提醒徐梔和蔡瑩瑩說，電視臺的人來了，妳們注意一下衛生和垃圾，別讓他們拍到，不然過幾天警察就來讓妳撤攤了。

這裡陳路周還沒覺得有什麼，直到聽見身後一陣熟悉的高跟鞋腳步聲，以及劉司機那句：「連總，我先把車停回去，您好了打電話給我，我過來接您。」

他才驚覺事情有點不妙。

這條街原意是做成休閒風情街，但最後政府批下來做的還是夜市街，主要是慶宜年輕人居多，可能更喜歡這種快節奏的消費型夜市街。

連惠電視臺最近有個專題欄目，主要還是圍繞慶宜市在地年輕人的生活方式。但前幾期效果都不太理想，所以今天正巧開完會還早，她順勢過來一起做個民意調查，看能不能找到點靈感。

連惠是下車的時候才認出陳路周，與此同時，陳路周大概是聽見動靜下意識轉過頭，也發現她了，高高大大的個子坐在那條夜市街的攤位椅上格外鶴立雞群，引人注目。眼神錯愕地看著她，然而，當連惠看清他在幹什麼的時候，比他更錯愕，直接是震驚地立在原地，那腳步是怎麼也邁不開。

旁邊兩個小記者渾然不覺這尷尬場面，更沒有認出這是她們連大製片人常常掛在嘴邊、引以為傲的學霸大兒子，只記得剛剛在車上連製片人字字鏗鏘的訓話——

「我告訴你們，現在做新聞不能這麼做，大一女生為男友整形，卻被騙裸貸還慘遭男友嫌棄，這種新聞誰寫的？當我沒看過原稿？人家整形是為了參加比賽，跟男友有屁關係，你把人改寫成這樣，什麼意思，引人關注？你們不要總是把目光放在女孩子為了什麼上面，而是女孩子做了什麼。」說到這的時候，連惠當時在車上隨意往車窗外一瞥，也沒看清那人是誰，畢業於加州大學政經部的連惠女士才思敏捷，「你看，高冷男神為愛做美甲，攤主跟他竟然是這種關係，點閱率絕對比你那個高，什麼年代了，別總是女孩子幹什麼都是為了男人，換個角度——男孩為了討女孩歡心，竟然當街做美甲，今天標題有了。」

所以陳路周覺得自己被麥克風團團圍住的時候，閃光燈格外熱烈和緊迫，應該是不可能輕易放過他。

他也挺聰明的，直接坦然無謂地對著身後筆直僵硬的連大製片人叫了聲媽。

唦擦唦擦，所有閃光燈瞬間都停了，麥克風也被放下來。

眾人紛紛回頭看，連惠嘴角難得抽搐了一下。

「散了吧，」連惠一貫的溫婉，聲音難得磕磕碰碰，抱著手臂，撫著額頭，「他……念書壓力大，那個，我剛聽見，十字路口有隻狗好像咬人了，你們去問問牠原因——不是，去看看情況嚴不嚴重。」

等所有人一撤，連惠才抬起腳步朝陳路周走過去，她裹緊了身上的披風，高跟鞋踩在地上格外清脆，小心翼翼地避開地上泛著浮漾光面的水坑，優雅高貴，像冰極花，也像沙州雁，總之整個人、連同她手上那個保養得鋥光發亮的愛馬仕皮包都雍容華貴得跟這條街格格不入。

徐梔想起林秋蝶，然而，林秋蝶女士沒有這麼高雅的氣質，她時常戴著工地帽在工地裡吃一臉灰，身上總是灰塵僕僕的，她甚至大大咧咧，唯一細膩的一面，就是在幫她縫衣服的時候。徐梔小時候皮，衣服經常破洞，大多時候都是老徐幫她補，林秋蝶女士偶爾也補，但她總是笨手笨腳的，一針一針戳出來的，戳一針就得哈口氣。特別憨。

連惠沒注意到旁邊有道視線正緊緊盯著她，徑直走到陳路周面前，幫他攏了攏衣領，「你怎麼穿這麼少，冷不冷啊？感冒好點沒？」

連惠女士是一年四季都不怎麼穿短袖的人，她體寒，所以總是擔心陳路周他們會冷，總覺得男孩子們好像穿得有點少了，就這種別的家長碰見了可能要追著打的場面，也沒顧上指責，第一時間先問他冷不冷。

「還好，不冷。」陳路周說。

連惠女士扯過他的手看了眼，其實現在男式美甲並不少見，他們電視臺裡有個男孩子正經熱衷於做男式美甲，什麼稀奇古怪的顏色都往上手塗，她不喜歡，但連惠知道陳路周性子，肯定直，多半是跟女生鬧著玩的，所以也不太管，而是將苗頭對準了徐梔。

不過她心裡有數，陳路周答應過她不會在國內找女朋友就不會亂搞，加上她這個眼神向來無謂的兒子第一次對她有了示弱的意思，於是連惠沒讓他太難堪，只雲淡風輕地說了一句：「明天回家一趟，有事情和你說，指甲記得卸掉，別讓你爸看到。」

蔡瑩瑩突然明白一開始的徐梔為什麼那麼執著，陳路周媽媽的聲音跟林阿姨的可以說是一模一樣，只是陳路周媽媽明明看起來很溫柔，說話也是輕聲細語、井井有條，不知道為什麼，給人一種咄咄逼人、完全無法反抗的窒息感。

這種窒息感在那位女士走了很久後，蔡瑩瑩都覺得空氣似乎還有那股凝滯的味道，凝固得像漿糊，怎麼攪拌也攪拌不動。她也突然明白朱仰起為什麼總說陳路周是個媽寶，不反抗，換她也不敢反抗，裹挾著愛的糖衣炮彈，換誰都無法拒絕。

「一見面就是穿這麼少冷不冷啊寶貝兒子，轉臉就是指甲記得卸掉，其實根本就不尊重陳路周，說到底，還是因為是領養的，陳路周走的時候心情應該挺不好的，連手機都忘了帶走。」

回去的路上，蔡瑩瑩跟徐梔吐槽，見她沒說話，自顧自地仰天長嘆一句，看著滿月當空，「欸，明天成績就要出來了，我好緊張啊，我怕老蔡當場出殯，雖然他當爸爸不夠格，但是相比陳路周媽媽這種明顯帶著挾恩圖報的，我還是喜歡老蔡，至少輕鬆舒服。」

月光鋪了一地的亮銀色，風在她耳畔輕輕地颳，巷子裡的樹葉發出窸窸窣窣的聲響，這條青石板路一如既往的泛著江南雨城的腥潮味，牆頭的貓小聲喵喵地跟她們討食，牆角的破三輪依舊沒人修，徐梔不知道為什麼，越看到這些熟悉的景物，她越覺得自己當下的情緒很陌生。

「瑩瑩。」徐梔突然停下腳步。

蔡瑩瑩跟著停下來，茫茫然地「啊」了聲：「怎麼了？」

「妳把陳路周的手機給我。」她說。

巷子裡的小貓還在叫，路燈柔軟地灑在青石板路上，好像一層毛茸茸的白色毯子，在指引她去那個方向。

「妳要去找他嗎？」蔡瑩瑩把剛剛貼完膜的手機遞過去。

話音剛落，「轟隆」一聲巨響，天邊滾過一聲驚天動地的悶雷，巷子裡的人接二連三地關上窗戶，連樹上的鳥都撲稜著翅膀往窩裡鑽，連貓都嚇得屁滾尿流直接竄回牆洞裡。

蔡瑩瑩抬頭看了天空一眼，擔心她的膝蓋：「馬上要下暴雨了，徐梔，妳不好走吧。」

「我走慢點就行，妳先回家吧。」徐梔說。

「那妳要記得回家，千萬別在他家留宿，老徐要是知道會直接砍了他的！」

「蔡瑩瑩！」

蔡瑩瑩笑得比誰都精，邊喊邊跳，在青石板路上對她一個勁的嚷嚷：「徐梔妳知道什麼是喜歡嗎？喜歡就是，妳看，現在是妳最討厭的下雨天，妳還是要義無反顧地送手機給他！」

徐梔：「蔡瑩瑩妳閉嘴！」

「我不我不，我就不。」蔡瑩瑩一個勁的蹦，得意的笑聲劃過整個小巷，結果戛然而止——

「欸，徐叔。」

徐光霽正拎著一個鳥籠，面無表情地問她，「她去送手機給誰？」

蔡瑩瑩反應很快，「一個熱愛美甲的顧客，今天在我們那美甲，結果把手機落下了。」

「女的？」

「美甲能是男的嗎，徐叔，你真逗。」蔡瑩瑩乾笑兩聲說。

月亮黃澄澄地倚偎在天邊，雨水豐沛充盈的空氣裡，歡聲笑語不斷。吃飽喝足的人們作鳥獸散後步履仍匆匆，似乎永遠都有趕不盡的下一場。

陳路周自己一個人，也沒下一場了，所以他蹲在便利商店門口看路人聚散，看路人告別，看路人們熱血沸騰地奔向明天。

「嘎嘣，嘎嘣，嘎嘣——」一聲聲清脆而有力，啤酒罐被他一個個捏扁，旁邊的狗朝他狂吠，假正經地看著他，「汪汪汪汪——」

陳路周知道自己發出的噪音，連狗都忍不了了，被凶了，投降似地笑了聲，懶洋洋地抬了下手，「好好好——我錯了。」

於是，乖乖起身，把所有喝剩的啤酒罐都一一扔進垃圾桶裡，狗叫聲才停下來。

街道又恢復片刻的寧靜，月色靜謐無聲地傾灑著光輝，大約是盛夏快來臨，那蟬鳴聲倒是越來越響亮和清晰。

陳路周不太餓，啃了半個漢堡丟給旁邊那隻小黃狗了。其實他沒吃晚飯，打完球跟朱仰起拿到地址就去夜市街找徐梔，他本來打算請她吃宵夜，順便再請她看場電影。他在博匯定了私人包廂，哦，博滙是老陳旗下眾多產業之一，不過這些都跟他無關，老陳說了這些東西都是留給陳星齊的，嗯，他沒想過要搶的。

他知道蔡瑩瑩在，所以他想，他可能還要請朱仰起幫個忙，然而為了讓朱仰起幫忙，幫他白打球不說，還反欠了他一頓尚房火鍋。

哦對朱仰起，忘了跟他說，現在不用他幫忙了。

陳路周下意識去摸手機，才後知後覺地想起來，手機好像還在蔡瑩瑩那裡貼膜。剛一路光聽他媽說話，忘記手機沒拿回來，買酒用便利商店會員卡。所以這時才想起來。

他正在猶豫要不要用公共電話打過去。

一摸，口袋裡又沒現金。

要換平時，他應該會進去跟店員借個手機，但今天，他實在不想跟陌生人說話。

其實他偶爾也會社恐，尤其是對陌生人，他並沒有表面上看起來那麼陽光開朗，尤其是這段時間，他總覺得是自己哪裡做得不夠好，所以老陳和連惠才想把他送出國。

蔡瑩瑩剛把鑰匙插進門鎖裡，電話就響了，「什麼？你要約我？朱仰起你腦子是不是有病？你知道現在幾點了嗎？你約我幹嘛？我不去。」

電話裡朱仰起死皮賴臉，『尚房火鍋，妳來不來啊。』

尚房火鍋，人均一千。蔡瑩瑩又小心翼翼地把鑰匙拔出來，躡手躡腳地鑽回電梯裡，

「朱仰起，你發財了？就我們嗎？還有誰？陳路周在不在啊？他不在的話徐梔豈不是也不

在，能打包嗎？我帶一點給她，聽說那邊的鴨血可好吃了。」

朱仰起這時才聽出一絲不對勁，『陳路周沒在妳那嗎？』

「剛來了，不過後來他媽也來了，陳路周就跟著他媽回去了。」

然後，蔡瑩瑩聽見朱仰起清了清嗓子說，『那個……蔡瑩瑩，要不然哥請妳吃肯德基？最近肯德基新出了一種套餐，送兩個鋼鐵人。妳肯定沒吃過。』

「朱仰起，你有病。大半夜耍我？」

『行行行，妳出來，哥請妳吃尚房。』

蔡賓鴻坐在沙發上跟徐光霽打電話，狐疑地往門口看了眼，剛剛明明聽見開門聲和蔡瑩瑩的說話聲，等了老半天也沒見人進來，於是走過去開門一看，鬼影都沒有。

「奇怪，」他對電話那頭的徐光霽說：「我剛剛明明聽見蔡瑩瑩的聲音了。」

『瑩瑩？』徐光霽之前養了隻鳥，最近有壽終正寢的跡象，怎麼逗都不開心，剛剛下樓帶那鳥去溜達一圈，也是興致缺缺，這時正在餵香蕉，『我剛在樓下碰見她了，她回來了啊。』

「應該又跑出去了，」蔡賓鴻倒是沒當回事，蔡瑩瑩一天到晚跟個野人一樣不著家，繼續跟徐光霽說工作上的事情，「這事我還沒想好，也就算個同級平調，本來沒這麼快，同山醫院那邊最近學術造假鬧得不是很大？就想讓我先過去頂兩天。」

『同山？在N省啊？這不就等於外調了？』徐光霽說：『這我給不了意見，你自己琢磨吧，同山醫院在國內也算是數一數二的專科醫院，去了對你仕途肯定有幫助。』

所以蔡賓鴻在等升學考分數出來，如果瑩瑩決定要重考，他肯定不能走。

「我們這輩子的心就掛在女兒身上了。等她們走了，要不然考慮考慮找個伴吧，我覺得她們現在這個年紀應該也能接受了。」

徐光霽眼神時不時瞟向毫無動靜的門口，心不在焉地說：『是啊，我們找個伴還得考慮她們能不能接受，你說她們談戀愛怎麼就不想想爸爸們能不能接受呢！』

「別帶蔡瑩瑩，她可沒談戀愛。」

『哼，沒談戀愛怎麼大半夜也不在家？半斤八兩，你心也別太寬了。』

蔡賓鴻當時根本都沒想，蔡瑩瑩這件漏風的小夾襖誰穿誰知道，但是萬萬沒想到——他的這件小夾襖，別人穿了不漏風。

陳路周在便利商店門口的露天桌椅位子上，坐了將近一個半小時，因為後來又毫無預兆地下了一場大暴雨，他沒帶傘，就沒急著走，就看著疏疏密密的雨腳急促地拍打著窗戶、路面、車頂，剛剛跟他媽在車裡的對話還言猶在耳——

「明天分數出來，我們知道你會不甘心，但利大也很好，我跟你爸溝通好了，你喜歡攝影對吧，他們的影像學不錯。」

陳路周當時靠在車座椅上大概是真的覺得好笑，勾著嘴角笑了下，「媽，妳也是知名電視臺的製片人，就算平時不關注，在幫我選科系的時候也麻煩稍微了解一下，攝影和X光片是他媽同個東西嗎？」

「影像學是醫學上的影像啊？」

「嗯。」

「那利大好像沒有單獨的攝影系，你要是真的想學攝影要不然讓你爸再幫你看看，我們換個國家？」

當時馬路上有一起追尾事故，車禍現場慘不忍睹，還是雨天，泥水混著血水，滿地都是觸目驚心的紅，死者的家屬撕心裂肺，躺在馬路中央歇斯底里，警察正在處理，他們的車塞在路上，已經半天沒動。

司機拚命按著喇叭催促同行，交警有條不紊地指揮著，面對生離死別都沒什麼人會覺得奇怪。陳路周茫然地看著窗外，知道希望渺茫還是不知好歹地問了句：「我一定要走是嗎？」

連惠回人訊息，口氣溫柔平淡，卻不容置喙：「這個問題就不用再問了，尤其在你爸面前。」

「那如果，我可以不上A大，在國內隨便找個三流大學上，」陳路周說：「我可以去學最冷門的科系，男護士怎麼樣，還不夠冷門的話，動物醫學、殯葬行業、宗教佛學都行。」

「路周，我跟你爸想送你出去，不僅僅是因為遺產問題。」連惠意味深長地看了他一眼，「我不認為出國鍍金對你有什麼不好的，我們電視臺哪個上司的孩子不出國？人家A大保送都不去，高三就申請出國留學了。這個問題到此為止，就算你爸同意把你留下來，我也不會同意的。」

「是因為那天下午的事情嗎？」他直白地問出來了，大概是死也要死得明白一點。

「所以，你一直覺得我想送你出國是這個原因？你要是懷疑我跟楊臺長有點什麼你可以去找你爸說，我有理有據，能解釋清楚，並不會影響你走不走的問題。還有，我送你出國是鍍金，不是流放，你搞清楚。你回來還是繼續要為這個家賣命，就像之前你說的，你覺得在我們眼裡你就是一條看門狗，行，那就回來繼續當不要錢的看門狗。」

溫柔的女人說起狠話來最要命，陳路周後來回想這話都覺得自愧不如，他這性子，多半像連惠，又狠又利。

腳步很沉。他其實沒喝多少，也確定自己沒醉，但推開走廊的門時大概酒精上頭，體內那點中二因子在作祟，也根本沒想到樓梯間裡會有人，一步一腳印、慢悠悠地踩著中間那條線走，主要還是閒的，又不想推開那冷冰冰、空蕩蕩的出租房。

然後，旁邊響起一道熟悉的聲響。

「你埋機關了？」

陳路周嚇了一跳，驀然看見徐梔那張白淨而無欲無求的臉，下意識回頭看了走廊外一眼，有些沒反應過來，「妳……」

徐梔從黑暗裡走出來，站在高他兩三階的臺階處，不知道等了多久，但多少是有點不耐煩了，想說你幹什麼去了，但聞到他身上的酒味，就一目了然。

「去喝酒了？」

「啊。」陳路周低頭繞開她，不動聲色地去開門。

他沒關門，換好拖鞋，順手扔了一雙乾淨拖鞋在門口，沒等她進門，就一言不發地進臥室去換衣服了。

徐梔換上那雙拖鞋就沒再往裡走，只站在玄關，沒動，等他從臥室出來看看怎麼處置她。口袋裡的手機一直在震，是陳路周的，徐梔腿都快震麻了，他確實日理萬機，就手機這個震動頻率，把她社恐都震犯了。

這時應該也就剩百分之一的電量。她剛剛看就只有百分之十了。

陳路周換完衣服出來，他這個人不知道哪來的毛病，進去換了件休閒長袖長褲出來，似乎怕被她占便宜似的，沒露一點肉，除了喉結那塊，但這麼看更凸更清晰，也更大。

陳路周已經在沙發上坐下，回頭透過客廳的隔柵見她還站在玄關那，謔了句：「站那替我當門神啊？我花錢請妳了啊？」

徐梔這才走進來，把手機遞給他，「你走的時候瑩瑩都沒來得及叫住你。」

他坐在沙發上接過手機，不冷不淡地「嗯」了聲，多半也猜到她來幹嘛，接過手機一看，沒電了。

「妳坐一下。」

他起身去房間找充電器。

徐梔聽見裡面有抽屜的開關聲，沒多久，他身上披了條黑色的毯子，整個人倦怠感滿滿，低著頭把手機插上行動電源，趿拉著拖鞋，拖拉地從臥室裡走出來。徐梔是看見那個行動電源才想起，自己還欠他一個行動電源。

她問：「你是不是感冒了？家裡有體溫計嗎？」

陳路周坐回去，靠在沙發上，手機插著行動電源回了幾則重要訊息，最上面一則是谷妍，五分鐘前，約他吃飯，他直接往下滑，找到朱仰起的名字，一手抓著頭髮，單手飛速打了幾個字，傳了則訊息過去，然後就把手機丟桌上沒再看，腦袋徹底懶洋洋地往沙發背上一仰，無所事事地看著天花板，沒回答，有些冷淡：「妳還有事嗎？妳要是想見我媽，我還沒想好怎麼跟她說，妳今天應該見到了，她不太好糊弄。」

客廳電視機開著，是天氣預報，明天局部地區依舊下雨，她盯著電視機，聽著主播熟悉的臺詞和背景音樂，嘆了口氣說：「哦，沒事，我不是來找你媽媽的，我其實是來找你說笑話的。」

陳路周對她的笑話心理陰影面積大概有五房一廳那麼寬，「我能選擇不聽嗎？」

「就發生在剛才，你真的不聽嗎？」

「說吧。」拗不過，嘆了口氣。

「剛剛不知道誰一直打電話到你手機，我跟一個阿姨共乘過來，我們就坐在計程車後座，然後就很尷尬，因為你手機一直震，那個阿姨一直以為是自己的手機在震，每次一震她就掏出手機看，然後可能每次都發現沒人找她，就把我罵了一頓。」

徐梔背挺筆直地坐著，陳路周則靠著，這個角度正好能看見她耳後，她耳朵很紅，軟軟的。陳路周眼神鬆散溫柔地盯著那看了一下，調侃了句：「罵妳什麼了，把我梔總耳朵都罵紅了。」

徐梔不知道自己耳朵多紅，只以為陳路周開玩笑，將話原封不動地複述出來，「說讓我出門不要帶按摩棒，哇，我當時好尷尬，我只好掏出來說，不是按摩棒，是我朋友的手機，結果它、就、停、了！」

陳路周直接嗆住，「……徐梔，妳在跟我開黃腔？」

「不是，我在跟你要精神損失費。」徐梔坦誠說。

陳路周就知道，人靠著，撈過手機，架勢很足，「行，要多少？」

「你有多少啊？」

「我有五百萬，妳要嗎？」他脾氣很好也大方地說。

徐梔很理智，「合法的話，我就要。」

陳路周笑了下，鎖上手機，拎在手上心不在焉地一圈圈轉，看著她開玩笑說：「這麼大筆錢，妳想要合法也很難，除非我們結婚。」

「那不行。」徐梔反應很快。

「妳還嫌棄上了，有五百萬的是我，不是妳！再說，誰要跟妳結婚，妳想得倒很美。」

「啊，我是說我還沒到法定年齡，你也沒到吧。」

「到了我也不結，國家提倡晚婚晚育，優生優育，好好賺錢吧，沒錢妳拿什麼養孩子。」

原來陳路周是這個路子。徐梔想，晚婚晚育，優生優育。

話題戛然而止，外面的暴雨也停了，淋漓的雨水在路燈下泛著光。

大約過了五分鐘，電視機上的畫面已經跳到了午夜新聞，主播正在播報明天升學考成績公布的事情，徐梔又悄悄看了他一眼，「陳路周，我想問你一個問題。」

「說。」他有點睏，眼皮冷淡地閉著，根本沒在看電視。

「就瑩瑩，」徐梔心說，瑩瑩對不起，我先隨便試試，「她最近可能喜歡上一個男生……」

陳路周這才睜開眼，嘆了口氣，朝她看過去，眼神沒什麼情緒，「我說呢，今天怎麼突然賴上我了，想在我這取經？蔡瑩瑩喜歡誰啊？朱仰起？」

「這不能說。」

陳路周斜睨她，腦袋仰在沙發背，後頸托著，又轉回去，閉著眼懶洋洋地說：「行吧，想追還是幹嘛？」

徐梔事無巨細，娓娓道來：「也不是想追吧，就是想繼續跟他當朋友，怕說了就沒辦法當朋友了，這個男生我覺得他也挺渣的，一下對人好得不行，一下就幾天也不聯絡，忽冷忽熱。身邊好像也有女性朋友。」

陳路周：「這不是海王是什麼。」

徐梔：「是吧，我覺得他挺渣的。」

陳路周「嗯」了聲，撈過一旁的遙控器，渾然不覺地建議說：「跟蔡瑩瑩說，玩玩就行了，別太當真。」

徐梔「哦」了聲：「你現在心情好點了沒？」

陳路周：「幹嘛？不好妳能怎麼辦？」

徐梔想了想，看了天色一眼，發出誠摯的邀請：「我帶你騎摩托車吧，特別刺激。」

「不要，妳怎麼天天無照駕駛啊。」陳路周敬謝不敏，裹緊身上的黑色毛毯，實在撐不住了，「妳要是還不想走就自己看一下電影，這電影還行反轉很多，我有點發燒不陪妳了，進去躺一下，要走就過來叫我，我送妳回去。」

「冰箱裡有酒，想喝自己去拿。」他補了句。

說完，他從茶几上掰了顆感冒藥剛要塞嘴裡，突然想起來之前喝酒了，直接吐了，都沒來得及反應，直接去端旁邊的水杯，漱了漱口。他喝完，才反應過來，桌上的水是徐梔的，他沒倒自己的，剛就倒了一杯，杯口還有徐梔的口紅印。

徐梔還不忘記提醒他一句，「……是我的。」

陳路周嘴裡還含著水，面色沉著冷靜，囫圇應著：「……咕，咕咕嘰。」

「嗯，我知道。」他把水吐掉，又口齒清晰地重複了一遍。

徐梔：「？」

毯子直接掉在地上陳路周也懶得撿，大腦行將就木的轉著，喉結無奈地滾了兩下，才解釋說：「我是說，我喝完才知道，現在是我吃虧，妳不用這副表情。」

「難道我要高興？」

「也不用。」陳路周這才去撿地上的毯子，很快又找回了場面，非常欠打：「我們那個五千還作數嗎？我多少也算親了妳一口，雖然是間接的，打個折吧，兩千五行吧？妳轉給我就行。」

徐梔眼疾手快拿起杯子，也喝了一口，找場面誰不會。

「可以了嗎？要不然我再來一杯，你倒找我兩千五。」

「……」

——《陷入我們的熱戀》未完待續——

高寶書版集團
gobooks.com.tw

YH 196
陷入我們的熱戀（上）

作　　者　耳東兔子
封面繪圖　虫羊氏
封面設計　虫羊氏
責任編輯　楊宜臻
內頁排版　賴姵均
企　　劃　何嘉雯

發 行 人　朱凱蕾
出　　版　英屬維京群島商高寶國際有限公司台灣分公司
　　　　　Global Group Holdings, Ltd.
地　　址　台北市內湖區洲子街88號3樓
網　　址　gobooks.com.tw
電　　話　(02) 27992788
電　　郵　readers@gobooks.com.tw（讀者服務部）
傳　　真　出版部(02) 27990909　行銷部 (02) 27993088
郵政劃撥　19394552
戶　　名　英屬維京群島商高寶國際有限公司台灣分公司
發　　行　英屬維京群島商高寶國際有限公司台灣分公司
法律顧問　永然聯合法律事務所
初版日期　2025年04月

原著書名：《陷入我們的熱戀》由北京晉江原創網絡科技有限公司授權出版。

國家圖書館出版品預行編目(CIP)資料

陷入我們的熱戀 / 耳東兔子著. -- 初版. -- 臺北市
: 英屬維京群島商高寶國際有限公司臺灣分公司,
2025.04
　冊；　公分. --

ISBN 978-626-402-242-2(上冊：平裝). --
ISBN 978-626-402-243-9(中冊：平裝). --
ISBN 978-626-402-244-6(下冊：平裝). --
ISBN 978-626-402-245-3(全套：平裝)

857.7　　114004502